Wie der Tod das Lieben lernte

Geboren und aufgewachsen in Südtirol, im Studium zwischen Salzburg und Verona gependelt, von Berufs wegen Deutschland durchquert, ist Bettina Gartner mittlerweile wieder in ihrer Heimat gelandet und schreibt als freie Autorin vor allem für »bild der wissenschaft« über all das, was den Menschen bewegt. »Wie der Tod das Lieben lernte« ist ihr erster Roman.

Dieses Buch ist ein Roman. Die meisten Personen, Ereignisse und Orte sind historisch, stehen jedoch nicht zwingend im dargestellten Zusammenhang und in der dargestellten zeitlichen Abfolge. Obgleich an manchen Stellen zeitgenössische Zitate verwendet wurden, sind die Handlungen, Äußerungen und Charaktereigenschaften der Personen in der Regel frei erfunden.

BETTINA GARTNER

Wie der Tod das Lieben lernte

HISTORISCHER KRIMINALROMAN

emons:

Bibliografische Information der Deutschen Nationalbibliothek
Die Deutsche Nationalbibliothek verzeichnet diese Publikation in der Deutschen Nationalbibliografie; detaillierte bibliografische Daten sind im Internet über http://dnb.d-nb.de abrufbar.

FSC www.fsc.org
MIX
Papier aus verantwortungsvollen Quellen
FSC® C083411

Umschlagmotiv: akg-images/Erich Lessing
Umschlaggestaltung: Tobias Doetsch
Druck und Bindung: CPI – Clausen & Bosse, Leck
Printed in Germany 2012
ISBN 978-3-89705-968-9
Historischer Kriminalroman
Originalausgabe

»Jeder hier die Augen öffne,
thue dises wohl beschauen,
und betrachte, daß es übel,
auf sein eigne Kräfften bauen,
dann es kann nicht lange dauern,
was sich selbsten frech erhebt,
dem, der Böses nur gedencket,
schon die Straff zun Haubten schwebt.«

Spruch auf dem Sonnenburger Henkersschwert, 1680

Prolog

Dies ist die Geschichte eines Henkers und die Geschichte einer Veränderung. Es ist der Vorabend der Aufklärung, und die Welt gerät ins Wanken. Die Medizin steht auf dem Prüfstand. Was man zu wissen glaubt, erweist sich als Illusion. Macht und Ansehen bröckeln, und wem sie entschwinden, der wehrt sich mit aller Kraft. Ein Mensch wird sich seiner selbst bewusst. In der Stille seines Daseins hört er seine innere Stimme. Doch was tun gegen die Angst vor der Freiheit? Gegen die Fesseln der Tradition? Gegen das Böse, das man zu tun meint, im Namen des Gerechten? Nichts fürchtet der Mensch mehr als die Veränderung. Lieber leidet er, als neue Wege zu gehen. Dabei führen neue Wege in neue Dimensionen. Und während wir gehen, wachsen wir über uns selbst hinaus.

1

Kaum jemand kannte seinen Namen. Für die meisten war er der Henker. Ein Mensch, der da war, um zu töten. Ein Mensch, der sich anschickte, seine Pflicht zu tun. Den schwarzen Mantel auf die Schultern gelegt, kauerte er auf einem Baumstumpf am Ufer des Inn und schliff sein Schwert. Die Sonne stand tief und traf seinen Rücken. Der Schatten des Henkers fiel ins Wasser. Die Wellen rissen ihn hin und her, als versuchten sie, ihn zu verscheuchen.

In der Rechten hielt der Henker einen hellgrauen Sandstein, mit der Linken umklammerte er den hölzernen Griff seines Schwertes, das auf seiner Schulter lehnte. Die abgerundete Klinge steckte im Boden. Sie war nicht zum Stechen, sondern zum Hauen gemacht. Das Schwert kannte keine Gegner. Es kannte nur Opfer.

In gleitender Bewegung zog der Henker den Stein über den Stahl. Es zischte wie von einer scharfen Zunge. Das Zischen wurde höher, lauter, durchdringend wie ein Kreischen. Normalerweise kommt der Tod leise. Doch an diesem Tag im März 1690 gaben Stein und Stahl ihm eine Stimme.

Der Henker verstärkte den Druck, wenn das Zischen zu schwach wurde, und nahm die Kraft zurück, wenn der Stahl zu kreischen begann. Er kühlte den Stein im Wasser und wischte den Staub, der sich auf die Klinge gelegt hatte, mit der flachen Hand fort. Immer wieder tippte er mit der Daumenkuppe prüfend gegen die Schneide. Als er endlich zufrieden war, glomm das Abendlicht dumpf durch die Luft. Der Henker hielt die Klinge auf Augenhöhe ins Licht und kippte sie leicht nach allen Seiten. Wenn er sie zu sich drehte, spiegelte sich die Narbe auf seiner linken Wange im Stahl. Wenn er sie wegdrehte, blitzte darin die untergehende Sonne auf.

Der Blick des Henkers tastete über die Klinge. Er achtete nicht auf die Blutrinne, die in der Mitte des Schwertes eingekerbt worden war, um es leichter zu machen, sondern nur auf die feinen

Linien, die der Stein in den Stahl gerissen hatte. Als er sich überzeugt hatte, dass sie gleichmäßig verteilt waren, ließ er den Blick noch tiefer sinken, auf die Gravuren nahe am Griff.

Er sah den Verurteilten, der, auf einem Stuhl sitzend, den Tod erwartete, und den Henker dahinter. Er sah eine arme Seele am Galgen baumeln. Er sah die mahnenden Worte darunter und die Frauengestalt mit dem wallenden Haar, die er am liebsten betrachtete. Sie war nackt, die Scham nur mit einem Tuch bedeckt. Sie war schön. Doch die Schönheit war nur eine Seite von ihr. Die andere war gnadenlos. In der rechten Hand trug sie ein Schwert. Unter den linken Arm hatte sie den abgeschlagenen Kopf eines Mannes geklemmt.

»Judith hat ihre Stadt vom Tyrannen befreit«, hatte sein Vater ihm gesagt, als er als kleiner Junge fragend auf die Figur gezeigt hatte. Sein Vater hatte ihm erzählt, wie Judith sich zum Tyrannen ins Zelt legte, wie sie ihn mit Wein betörte und wie sie ihm den Kopf abhackte. Sie war eine Hure und eine Mörderin und wurde doch als Heilige verehrt. Im Namen Gottes hatte sie gehandelt. Den Henkern war sie ein Vorbild.

Irgendwo sang ein Kuckuck, früh für die Jahreszeit. Der Henker sah auf. Die Sonne war verschwunden. Die Grenze zwischen den Bäumen und dem Boden verschwamm. Der Henker griff in die Manteltasche und zog ein Stück Leder und ein Stück Holz heraus. Er musste sich beeilen, wollte er vor der Dunkelheit fertig sein.

Er wickelte das Leder ums Holz und zog es, wie vorher den Stein, über die Klinge, bis sie zu glänzen begann. Das Schwert war bereit, seine Pflicht zu tun. Der Henker war es auch.

Er verstaute den Lederlappen und den Sandstein in seinem Mantel, warf das Holz ins Wasser und steckte das Schwert in die Scheide. Dann stand er auf. Er wollte den Weg nehmen, der von der Lichtung hinaus auf die Straße führte, als sein Blick auf eine Fichte fiel.

Es war eine Fichte unter vielen, und doch war sie anders als die anderen. Um ihren Stamm lag ein Haufen Steine, fein säuberlich übereinandergetürmt. Der Henker hielt inne. Er straffte sich. Ohne es zu merken, krallten sich seine Finger in die Schwertscheide. Er fröstelte. Dann machte er einen Schritt nach vorn. Einen Moment lang sah es so aus, als ginge er auf die Fichte zu. Doch er drehte ab. Anstatt den Weg zu nehmen, der an der Fichte vorbeiführte, zwängte er sich durchs Unterholz.

***

Während der Henker auf der Lichtung sein Schwert schliff, bekam in Innsbruck ein Mörder Besuch. Wie Ameisen in ihren Bau strömten die Menschen in den Kräuterturm, der an der nordwestlichen Ecke der Stadtmauer lag und als das schrecklichste Gefängnis des Landes galt. Rebecca musterte die dicken Mauern, in denen der Frost wie ein Gefangener hockte. Sie legte den Kopf in den Nacken. Ihr Blick folgte den übereinandergetürmten Quadern, bis die Sonne sie blendete. Ein paar Augenblicke lang sah sie nur noch tanzende Regenbögen vor ihren Augen und merkte nicht, wie die Menschen vor ihr weiterrückten, während die Nachfolgenden immer dichter standen.

»Geht's weiter?«

Rebecca drehte sich um. Ein Männlein deutete mit wippendem Gehstock nach vorn. Als er bemerkte, wen er vor sich hatte, hellte sich sein Gesicht auf.

»Ah, das Fräulein Rebecca!«, grüßte er und deutete eine Verbeugung an. »Was macht der werte Herr Papa?«

Rebecca lächelte. Noch bevor sie antworten konnte, rasselte das Männlein weiter, als dürften sie sich selbst zum Sprechen nicht zu viel Zeit lassen.

»Grüßt ihn von mir und sagt ihm«, er tippte mit seinem Gehstock auf sein rechtes Bein, »dass es schon fast wieder heil ist.«

»Der Apotheker, nicht wahr?«, vergewisserte sich Rebecca.

Das Männlein nickte und zwängte sich an Rebecca vorbei, die vor lauter Überraschung nicht anders konnte, als ihm Platz zu machen und mit ihrem Blick der kreisrunden Glatze auf seinem Hinterkopf zu folgen, die zwischen zahllosen anderen Köpfen verschwand.

Rebecca ging weiter. Je näher sie der Steintreppe kam, die außen am Kräuterturm hinaufführte, desto dichter drängten sich die

Menschen, desto enger wurden das Murren und Surren und Lachen und Husten, das Kichern, Keuchen und Räuspern. Wenn es still war vor dem Kräuterturm, hörte man manchmal die Schreie der Gefangenen, die durch die dicken Mauern drangen. Rebecca hatte sie selbst schon gehört, beim Gottesdienst in der benachbarten Pfarrkirche. Der Pfarrer hatte sich bei der Gefängnisleitung beschwert. Doch die irdischen Qualen scherten sich nicht um himmlische Heilsuche. Und die Hoffnung konnten selbst noch so dicke Mauern nur schwer ersticken.

Rebecca stieg neben zwei Mädchen die Stufen zum Kräuterturm empor. Die Mädchen hielten sich an den Händen und kicherten einander ins Ohr. Immer höher schraubten sich ihre Stimmen. Rebecca tat gelassen. Doch tief in ihr drin begann es zu kribbeln. Mit jedem Schritt wurde es stärker, wärmer. Sie schluckte. Es war das erste Mal, dass sie einen Mörder sah.

Am Ende der Treppe stand die eisenbeschlagene Eingangstür offen. Rebecca zögerte. Die beiden Mädchen waren stehen geblieben. Von hinten drängte es, weiterzugehen. Rebecca stolperte über die Schwelle in die Düsternis. Sie bekam die kalte Mauer zu fassen und ein Stück Stoff. Wie ihre Augen sich an das fahle Licht gewöhnten, tat sich ein Gang auf. Kienspäne steckten in Metallringen. Die Flammen hatten ihr Abbild als Ruß an die Wand geworfen. Vor den schmalen Fensterschlitzen tanzte der Staub.

Ein dumpfes Gefühl lag in Rebeccas Ohren. Sie schluckte erneut. Die Mädchen hinter ihr waren verstummt. Der Trubel jenseits der Eingangstür war kaum noch zu hören. Im Kräuterturm war es still. Schuhe scharrten über den Steinboden. Ab und an ein Hüsteln. Rebecca reckte sich, doch alles, was sie sah, waren aufgesteckte Hauben, geflochtene Zöpfe, zum Dutt gedrehte Haare. Vor ihr holte ein altes Weib einen Rosenkranz aus der Rocktasche und betete sich Perle für Perle voran. Andere stimmten mit ein. Das Murmeln zog an Türen vorbei, die in das angrenzende Kräuterhaus führten, und an der Wendeltreppe zu den oberen Stockwerken des Kräuterturms, hinein in einen Raum am Ende des Ganges.

Je näher Rebecca ihm kam, desto flacher wurde ihr Atem. Eine grausige Vorahnung hüllte sie ein. Im Raum am Ende des Ganges wurde sie zur ekligen Gewissheit. Es roch stechend nach Pisse, stumpf nach Scheiße und süß nach Fäulnis. Rebecca riss ihr Taschentuch aus dem Ärmel, drückte es auf Mund und Nase und sog in kurzen, heftigen Zügen den beruhigenden Duft des Lavendels ein. Den Kopf wandte sie ab. Ihr Blick aber suchte die Luke im Steinboden, aus der der Gestank aufstieg wie giftige Gase aus einem Moor. »Eingang zur Hölle«, sagten die Leute, wenn sie später von dem Loch erzählten.

Das Loch war der Zugang zum Verlies, zu dem man den Sockel des Kräuterturms gemacht hatte. Früher hatte man Schwarzpulver darin gelagert, dann den im Kräuterhaus gebrannten Kräuterschnaps, am Ende die Gefangenen des Landes. Käfer und Spinnen krabbelten aus dem Loch hervor und flitzten nach allen Seiten davon. Fegende Schuhe schleuderten sie zurück ins Verlies.

Doch noch etwas anderes kam aus der Tiefe. Rebecca horchte. Ihre Augen weiteten sich. Sie erkannte Wimmern und Stöhnen, Seufzen und Husten. Die Töne zeichneten Szenen, die niemand sehen konnte: Gefangene kauerten angekettet in der Finsternis. Wer noch die Kraft hatte, lehnte mit dem Rücken an der Wand, an der dünne Rinnsale hinabtropften, unaufhaltsam wie die ablaufende Lebenszeit. Wer nicht mehr konnte, lag auf dem Boden, die Wangen im Dreck, wehrlos gegen die schnüffelnden Ratten. Alle warteten darauf, gefoltert, verhört und verurteilt zu werden. Sie würden gestehen, was immer es zu gestehen gab. Schlimmer als die Hölle im Kräuterturm konnte jene des Teufels nicht sein.

Rebeccas Blick blieb auf dem Loch haften, während die Menschenschlange sie mit sich zog. Als sie sich schließlich wieder nach vorn wandte, zuckte sie zurück. Vor ihr war der Mörder, den zu sehen sie gekommen war.

Der Mann kauerte auf einem Strohsack, von zwei Wachleuten flankiert. Er trug ein schmutzig graues Hemd und eine dunkle Hose. Einzig farbig war das rote Tuch um seinen Hals. Vor ihm stand ein kleiner geflochtener Korb, in den die Vorbeiziehenden Kreuzer warfen. Seine Füße steckten in eisernen Fesseln. Kot klebte auf der Haut, einige Strohhalme dazwischen.

Rebeccas Herz verkrampfte sich. Tagelang hatte sie sich ausgemalt, wie der Mörder aussah. Sie hatte gelesen, was der heilige Augustinus über das Böse gesagt hatte. Dass es aus dem freien Willen des Menschen in der Welt war. Sie hatte darüber nachgedacht, wie man aus freien Stücken einem anderen schaden konnte. Die Antwort war ausgeblieben. Jetzt brauchte sie keine Antwort mehr. Der Mensch, den sie vor sich sah, hatte sich selbst am meisten genommen. Seinen Frieden, seine Freiheit, sein Leben. Geblieben war ihm nur die Henkersmahlzeit in einem Holzteller, den er so krampfhaft festhielt, dass seine Fingerknöchel weiß hervorstachen.

Lange hatte der Mann überlegt, was er sich am Tag vor seinem Tod wünschen sollte, während sein Magen nichts anderes als Haferschleim, Wassersuppe und trockenes Brot bekam. An gebratenen Aal und gebackene Bleie hatte er gedacht, an gegrilltes Huhn und geschmorten Schweinebraten. Die Obrigkeit würde ihm alles gewähren, um seine Seele noch zu Lebzeiten gnädig zu stimmen. Nichts fürchtete man mehr als die Rache einer Seele, der man den Körper nahm.

In diesem Fall hing das Seelenheil der Obrigkeit an einem Berg gekochter Polenta, der Gipfelkrater gefüllt mit Butter, in dem gebratene Speckscheiben schwammen. Die Uhr der Pfarrkirche schlug zur vollen Stunde. Die Wärter gaben dem Mann ein Zeichen. Er durfte anfangen.

Gierig stieß er den Löffel in den Maisbrei und riss ein großes Stück heraus. Seine Nasenlöcher weiteten sich. Noch bevor der Mund richtig offen stand, zwängte die Hand den Löffel hinein. Das Fett rann die Mundwinkel hinab und verzweigte sich in den Bartstoppeln, die ebenso wild standen wie das schulterlange strähnige Haar. Der Mann verschluckte sich, hustete, spuckte aus. Das Erbrochene tropfte in den Teller. Die Hand zwang es zurück in den Mund.

Noch vor wenigen Monaten war der Mann erhobenen Hauptes durch die Gassen von Hall spaziert, als wäre die Welt nur für ihn gemacht. »Habe die Ehre, Herr Münzwardein«, hatten die Leute gesagt und sich andienernd verneigt, während er den Langen Graben hinabmarschiert war, durch das Niedere Tor, vorbei an der Burg Hasegg, die sich keilförmig dem Inn entgegenstreckte. Aus den Sudpfannen der Saline, die in der Burg untergebracht war, war ihm der Geruch des brodelnden Salzwassers entgegengekommen, in dem sich feine Kristalle bildeten, die mit langstieligen Holzrechen abgeschöpft wurden wie die Haut auf verkochter Milch. Er war über die hölzernen Rohre gesprungen, die das Salzwasser von den umliegenden Bergen nach Hall spülten, und im Münzerturm verschwunden, einem Bau mit zylindrischem Sockel und zwölfeckiger Spitze. Einst zum Schutz der Saline errichtet, diente der Turm mittlerweile als Münzstätte Tirols.

Das Schlagen der übermannshohen Walzen und das Rauschen des Wassers, das sie antrieb, hatten den Münzwardein eingehüllt. Er war durch die Reihen gegangen und hatte, um ihren Wert zu prüfen, in die kupfernen Kreuzer gebissen, in die Groschen, in die Sechser, in die silbernen Fünfzehner, in die Halbtaler und in die Taler, die so viel wie eine Goldmünze galten. Der Haller Taler regiere die Welt, hatte der Münzwardein gern gesagt, wenn er mit den Schwazer Bergleuten über den Preis für das Silber verhandelte, aus dem man die Taler machte.

Der Münzwardein hatte die Münzen gepresst und verprasst. Er hatte sein Vermögen verloren und dann sein Gewissen, und er hatte begonnen, sich das zu nehmen, was eigentlich dem Landesherrn gehörte. Statt die schadhaft geprägten Taler einzuschmelzen, hatte er sie abgeschrotet, nachgefeilt und in die eigene Tasche gesteckt. Fünf Jahre lang war alles gut gegangen. Dann war der Landesherr misstrauisch geworden. Er hatte Einsicht in die Rechnungsbücher verlangt und seine Finanzbeamten geschickt. In der Nacht vor ihrer Ankunft steckte der Münzwardein den Münzerturm in Brand.

»Feuer!«

»Feuer!«

Die Schreie des Nachtwächters, der vom östlichen Stadtturm aus sah, wie unter dem Dach der Münzstätte Flammen hervorschossen, drangen durch die Dunkelheit. Er riss die Laterne vom Tisch, stellte sie ins Fenster, das gen Süden zum Münzerturm zeigte, und zog am Seil der Sturmglocke. Als der Klöppel den Kelch traf, stockte der Stadt der Atem.

In den engen Gassen, in denen sich die Häuser aneinanderlehnten, als könnten sie nicht allein stehen, konnte eine Feuersbrunst allen zum Verhängnis werden. Kein Bäcker und kein Schmied durfte bei Wind arbeiten, kein Kamin länger als drei Monate ungewartet sein. Beim Abendläuten mussten die Herdfeuer mit Asche bedeckt werden und die beladenen Fuhrwerke in den Ballhäusern stehen. Die Angst vor dem Feuer begleitete die Menschen in den Schlaf.

Eins! Zwei! Drei!

Bei einem Zimmerbrand wäre die Sturmglocke nun verstummt.

Vier! Fünf! Sechs!

Ein Großbrand!

Fenster wurden aufgerissen, Köpfe herausgestreckt. Die Augen suchten die Stadttürme nach der Laterne ab. Es war unnötig. Am Himmel über dem Inn stand ein gelb-roter Widerschein.

»Der Münzerturm!«, schrien die Frauen ihren Männern zu, die in die Schuppen rannten, um Äxte und Leitern zu holen, und auf die Dachböden für die wassergefüllten Kessel. Sie stürmten aus den Häusern, den Langen Graben hinunter, Frauen und Kinder hinterher. Die Löschspritze, die erst vor wenigen Monaten aus Augsburg geliefert worden war, polterte an ihnen vorbei.

Aus den Ritzen des Münzerturms quoll dichter Rauch. Funken sprühten. Das Gebälk krachte. Es hagelte glühende Kohlen. Fensterscheiben barsten. Feuerzungen leckten in die Finsternis hinaus. Der Feuerhauptmann brüllte Befehle in die Nacht. Die Löschspritze funktionierte nicht. Die Menschen bildeten eine lebende Kette, durch deren Hände Eimer voller Wasser flogen. Die Flammen wurden niedergezwungen, bäumten sich wieder auf. Der Kampf dauerte bis in den Morgen.

Man suchte den Münzwardein. Weder seine Magd noch seine Schwester, die mit ihm wohnten und zu retten versucht hatten, was zu retten war, hatten ihn gesehen. Man fand ihn am Inn, als er versuchte, sich in die Fluten zu zwingen. Und noch jemanden fand man, nachdem sich der Rauch aus der Münzstätte verzogen hatte. Anna, die Tochter des Hausmeisters, erschlagen von einem herabgestürzten Balken. Als man das Mädchen im weißen Kleid und mit Blumenschmuck zu Grabe trug, sagten die Leute, der Himmel habe jetzt einen Engel mehr.

Der Münzwardein wurde in den Kräuterturm nach Innsbruck gebracht. Die Anklage lautete auf Betrug, Diebstahl, Veruntreuung, Geldfälschung und Brandlegung. Man holte den Henker. Er kam vor dem Frühmahl, um dem Mann ein Geständnis zu erpressen. Ohne Geständnis konnte es kein Urteil geben. Viel allerdings hatte er nicht zu tun. Schon als der Münzwardein den Daumenstock sah, löste sich seine Zunge.

»Dass er vom Scharfrichter durch das Schwert vom Leben zum Tode hingerichtet und alsdann desselben Körper zu Asche verbrannt wird«, lautete das Urteil des Gerichts. Die Leute fällten ihr eigenes Urteil. Für sie war der Mann ein Mörder. Heute, kurz vor der Hinrichtung, zog er sie an wie das Licht des Feuers die Motten, und wie seine Hitze stieß er sie ab.

Als Rebecca sich umsah, blickte sie in angewiderte Gesichter. Das Weib mit dem Rosenkranz spuckte aus. Die Mädchen hinter ihr waren leichenblass geworden. Rebecca schaute zurück zum Mörder. Sie hatte Angst, der Mann könne ihr allein mit seinem Blick etwas anhaben. Und doch suchte sie ihn. Der Münzwardein aber hatte nur Augen für seinen Brei.

Rebeccas Hand verschwand in ihrem Rock und holte einen Kreuzer hervor. Es war Brauch, für jeden Toten Messen zu bezahlen, damit Gott sich mit seiner Seele versöhne. An diesem Tag klang das Klimpern der Kreuzer, die sich im Korb vor dem Münzwardein sammelten, wie blanker Hohn. Ausgerechnet jener, den die Habgier ins Verderben gestürzt hatte, sollte im Geld auf Erlösung hoffen.

Rebeccas Münze verfehlte ihr Ziel. Sie sprang vom Korb ab und rollte auf ihrem dünnen, ausgefransten Rand zum Münzwardein. Ohne aufzusehen, griff er zu. Blitzschnell, den Löffel in der Hand. Dann aß er weiter. Und umklammerte beides, den Löffel und den Kreuzer, als hielte er ein Stück vom Himmel fest.

***

Das Bild des Münzwardeins verfolgte Rebecca in den Schlaf. Als sie am nächsten Morgen erwachte, meinte sie, das Murmeln der Besucher zu hören, die in den Kräuterturm strömten. Erst als sie die Augen öffnete, begriff sie, wo sie war. Die Müdigkeit in ihr wollte weiterschlafen, die Neugier in ihr wollte lauschen. Die Neugier gewann.

Die Worte, die sie geweckt hatten, hallten. Sie kamen aus der Eingangshalle. Aufregung lag in den Stimmen. Die Sprecher hatten Mühe, sie zu dämpfen. Rebecca richtete sich auf, die Ellenbogen ins weiße Laken gestemmt. Fahl sickerte das Morgenlicht hinter den schweren Vorhängen in ihr Zimmer. Draußen auf der Straße war es ruhig. Es war früh. Zu früh für einen Besuch.

Noch ehe Rebecca etwas verstehen konnte, waren die Stimmen verstummt. Johann kam die Treppe herauf. Rebecca erkannte ihn am Gang, wie sie jeden im Haus am Gang erkannte. Elsbeth, die Köchin, watschelte, was kein Wunder war angesichts ihrer Leibesfülle. Minna, die Magd, trippelte, getrieben von ihrem nervösen Gemüt. Lorenz, der Fuhrknecht, schlich, als wolle er selbst die wenige Zeit, die er im Haus war, nicht gehört werden. Ihr Vater hinkte, seit er vor Jahren vom Pferd gefallen war.

Diener Johann ging zurückhaltend, aber hastig, um bei aller Eile das notwendige Maß an Würde zu wahren. Wahrscheinlich bremste ihn das Zipperlein, über das er manchmal klagte, wenn er mit Elsbeth in der Küche saß und bei einem Glas gewässertem Wein über die Leiden des Alters sprach. Rebecca stellte sich lieber vor, ein Teufelchen säße in Johanns Genick und zügle ihn wie ein Kutscher das Gespann.

Rebecca hörte, wie Johann an die Schlafzimmertür ihres Vaters klopfte und eintrat. Gähnend sank sie zurück in die Kissen. Wahrscheinlich stand wieder so ein armer Tropf in der Eingangshalle, der gekommen war, um sich von ihrem Vater kostenlos verarzten zu lassen. Als Doctor der Stadt sei diese Aufgabe Pflicht, erklärte ihr Vater, wenn sich Rebecca einmal mehr über die seltsamen Gestalten beklagte, die im Haus ein- und ausgingen. Es sei seine Pflicht, wiederholte er immer, als müsse er sich selbst daran erinnern. Seine Leidenschaft aber, seine Leidenschaft gelte der Anatomie.

Rebecca hatte gerade ihren linken Fuß in die rechte Kniekehle gesteckt, in der Hoffnung, gewärmt wieder einzuschlafen, als die Schlafzimmertür ihres Vaters aufflog. Knallend stieß sie gegen die Wand. Rebecca hörte ihren Vater die Treppe hinunterstürmen, Johann hinterher.

Mit einem Satz war Rebecca aus dem Bett. Ihr knöchellanges Nachthemd verhedderte sich in den Leintüchern. Sie kippte nach vorn und stieß gegen den Toilettentisch, über dem ein silbergerahmter Spiegel hing. Ihre roten Locken sprangen wild durcheinander. Gerade noch rechtzeitig bekam sie die Holzstange zu fassen, die sich am Ende des Bettes zu einem Baldachin erhob. Sie raffte ihr Nachthemd hoch und eilte zur Tür. Mit angehaltenem Atem drückte sie die Klinke hinunter und spähte hinaus in den Gang.

Die Schlafzimmertür ihres Vaters stand sperrangelweit offen, der Gang war leer. Auf Zehenspitzen schlich Rebecca an der Mauer entlang bis zur Treppe und lugte hinunter in die Eingangshalle.

Sie wusste nicht, was sie erwartet hatte. Aber sicher keinen Boten. Er stand am Fuß der Treppe und hielt ihrem Vater einen Brief entgegen. Der Mann musste einer hohen Person dienen. Die Ärmel seiner Jacke endeten in einem breiten, mit Brokatstickereien verzierten Aufschlag. Seine knielangen Hosen waren aus Samt. »Mein Herr lässt ausrichten, dass der Münzwardein Euch gute Dienste erweisen soll«, sagte er.

Hätte Rebecca ihren Vater genauer angeschaut, sie hätte gesehen, wie seine schwarzen Augenbrauen zuckten. Doch sie achtete nicht auf ihn. Das Bild des Münzwardeins schoss ihr in den Sinn. Die kauernde Gestalt mit dem Kreuzer in der Faust. Welchen Dienst sollte er ihrem Vater erweisen? Wo er doch heute hingerichtet wurde. Alle Welt würde auf dem Köpfplatzl sein. Alle, außer ihr. Ihr Vater hatte es verboten. Sie solle nicht mit ansehen, welche Grausamkeiten das Leben bereithielt, hatte er gesagt, als wäre sie noch ein kleines Kind und nicht schon längst eine junge Frau. Mit Schnurren und Betteln, mit Toben und Schweigen hatte sie ihn zu erweichen versucht. Doch alles, was er ihr erlaubt hatte, war der Besuch im Kräuterturm.

Ihr Vater griff nach dem Brief und fuhr mit dem Daumen über das rote Siegel, das für seine Echtheit bürgte. Der Bote verneigte sich und ging. Offensichtlich hatte er nicht die Anweisung, auf Antwort zu warten.

Knackend brach das Siegel. Rebecca kniff die Augen zusammen, als versuchte auch sie, die Zeilen zu lesen, die ihr Vater überflog.

»Incredibile«, murmelte er. Er sah auf, starrte ins Leere, fuhr sich mit den Fingern durch sein weißes Haar und begann, den Brief erneut zu lesen. Diesmal ließ er sich für jedes Wort Zeit. Rebecca wurde unruhig. Sie wollte schon hinter der Mauer hervorkommen, da sah ihr Vater plötzlich auf und strahlte.

»Gute Nachrichten, mein Freund!«, rief er, zu Johann gewandt. »Finalmente! Es ist so weit.«

Rebecca verstand nicht. Johann begriff. Über sein sonst so zugeknöpftes Gesicht huschte ein Lächeln.

»Hilf mir beim Ankleiden!«, befahl der Doctor. »Ich muss sofort zur Universität!«

Johann nickte.

»Und bring mir die Liste mit den Namen, die in der obersten Schublade meines Schreibtisches.«

»Sehr wohl, Herr Doctor!«

»Und vergiss meinen Gehstock nicht!«

Johann eilte davon. In der Eingangshalle wurde es wieder ruhig. Nur aus der Küche, die ebenerdig im hinteren Teil des Hauses lag, drang das Klappern der Köchin wie weit entferntes Donnergrollen. Rebecca getraute sich kaum zu atmen. Ihr Vater verharrte am Fuß der Treppe. Seine Finger schlossen sich um den Brief. So standen sie eine Weile still, während draußen die Welt erwachte.

2

Wäre der Tod nicht zu Gast gewesen, man hätte die Hinrichtung für ein Fest halten können. Noch bevor die Sonne aufging, machten sich die Leute aus den benachbarten Dörfern auf den Weg nach Innsbruck, in ihrer feinsten Tracht und im besten Tuch, als gelte es, das Leben zu feiern, jetzt, da es dem Münzwardein genommen wurde. Selbst Greise, die sich sonst kaum aus dem Haus wagten, nahmen ihre Krücken und all ihre Kraft zusammen und humpelten ins Freie. Sie winkten einander zu und grüßten lächelnd den guten Morgen. Aus allen Öffnungen und Ausgängen der Stadt quollen Menschen hervor, die Schmiede aus der Schmiedgasse, die Fleischer aus der Fleischergasse, die Schlosser, Goldschmiede, Plattner, Maler und Uhrmacher aus der Schlossergasse, alle getrieben von einem belebenden Schauder, der sie zum Köpfplatzl drängte.

Als Pater Vinzenz aus dem Kapuzinerkloster stürmte, hatte sich die Vorstadtstraße bereits geleert. Nicht einmal die Vögel waren geblieben. Im Lauf schlang sich der Pater ein Kreuz um den Hals und zurrte die weiße Kordel fest, die schief um seine Hüften hing. Um der Zeit eine Winzigkeit abzugewinnen, war er losgelaufen, ohne sie festzuziehen.

Wie zum »Mea culpa« schlug das Kreuz auf seine Brust, als er mit gesenktem Kopf am Regelhaus der Tertiarierinnen vorbeihastete, am Kloster der Servitinnen, an Gymnasium, Kirche und Kolleg der Jesuiten, an der Franziskanerkirche und an der Hofkirche, die sich in der Silbergasse in einer heiligen Allianz aneinanderreihten. Längst schon hätte er am Kräuterturm sein sollen, um dem Münzwardein in seiner letzten Stunde beizustehen. Er war ein ergebener Diener der himmlischen Ordnung, aber kein Freund der irdischen Pünktlichkeit. Der Herrgott vergebe, dass er in aller Herrgottsfrüh schon höllisch zu spät war.

Der Schatten des Wappenturms fiel auf seine Gestalt. Pater Vinzenz keuchte, doch er hatte heute schon viel zu lange geruht. Der Stadtplatz kam in Sicht. Die Läden unter den Lauben waren geschlossen. Die Rathaustür, wo die Bäcker ebenerdig ihre Ware verkauften, damit der Stadtrat Preis und Qualität kontrollieren konnte, war verriegelt. Die Stadt wirkte wie ausgestorben. Und doch lag die Unruhe der Menge noch immer in der Luft.

Pater Vinzenz schaute die Badgasse hinauf, um zu sehen, ob die Obrigkeit noch am Kräuterturm war. Doch die gähnende Leere auf dem Pflaster vernichtete auch diese letzte Hoffnung. Die Tauben am Goldenen Dachl, auf dem sich Kaiser Maximilian mit seinen Frauen, Hofnarren, Rittern, Fahnen und Wappen verewigt hatte, schauten Pater Vinzenz nach, der, vom schlechten Gewissen getrieben, schneller auf den Unteren Stadtplatz zuzusteuern vermochte, als seine schmächtige Gestalt hätte vermuten lassen.

»Grüß Gott! Grüß Gott!«

Kurz vor dem Unteren Stadtplatz hatte Pater Vinzenz die Menschen eingeholt. Er nickte aufs Geratewohl zurück und umschiffte zwei Mädchen mit weißen Schleifen im Haar, die über das Kopfsteinpflaster hüpften – links, rechts, links –, peinlich darauf bedacht, die Ränder der Steine nicht zu berühren. Ein kleiner Junge stand daneben. Als er Pater Vinzenz sah, spuckte er sich in einem Anflug von Eitelkeit in die Hände und plättete seinen Scheitel.

Den ganzen Weg über hatte Pater Vinzenz auf eine Menschenseele gehofft, jetzt standen ihm Dutzende im Weg. Auf der Innbrücke gab es kein Weiterkommen. Dort, wo sich normalerweise Karren an Karren reihte, um den Inn zu queren und Zoll zu zahlen, stauten sich jetzt die Schaulustigen auf dem Weg zum Köpfplatzl. Pater Vinzenz versuchte, sich am Rand vorbeizudrängen. Seine Hände zogen sich am Brückengeländer vorwärts, seine Füße aber mussten sich gedulden. Er spürte den Wind auf seiner Stirn. Pater Vinzenz sah auf. Vor ihm stachen die schneebedeckten Gipfel der Nordkette in den strahlend blauen Himmel. Fön schoss die Berghänge herab. Pater Vinzenz schloss die Augen.

Auch hinter der Brücke ging es nur langsam voran. Irgendwo in dem dicht gedrängten Pulk vor ihm, der sich querfeldein über die Holzlände schob, musste der Schinderkarren stecken. Pater Vinzenz machte kehrt. Er würde einen Bogen um die Menge schlagen, an der Häuserfront des Anbruggen entlang.

Der Anbruggen war kein Ort, an den es einen drängte. Eingeklemmt zwischen Berg und Fluss, hatten die ersten Bewohner von Innsbruck hier gewohnt, bevor die Grafen von Andechs Land auf der anderen Seite des Inn gekauft hatten, um der Siedlung Platz zu geben. Das feine Leben hatte sich verlagert. Das harte Dasein war geblieben, und mit ihm der süßliche Gestank der toten Tiere, die in der Fleischbank oberhalb der Innbrücke zerstückelt wurden, das Poltern der Holzstämme, die man auf der Holzlände unterhalb der Innbrücke stapelte, und die kreischende Hartnäckigkeit der Brunnenbohrer, die sich durch das Holz fraßen, während aus der benachbarten Schmiede das immer gleiche Hämmern drang.

Heute ruhte die Geschäftigkeit. Der Wind konnte den modrigen Geruch von feuchtem Tierhaar und fauligem Fleisch vertreiben, der sonst über den Gerbereien hockte, und den Staub verwehen, der als dicker Mantel über der Herrschaft Stein- und Ziegelhütte lag, wo man aus den Schuttmassen der Nordkette Erkerreliefs und Portaleinfassungen machte. Heute spürte Pater Vinzenz eine andere Art von Aufregung, eine Mischung aus Gier und Furcht, wobei er nicht wusste, ob sie in der Luft lag oder aus seinem Inneren kam.

Durch den Umweg, den er genommen hatte, kam Pater Vinzenz an der Nikolauskirche vorbei, die an der Nordflanke des Köpfplatzls stand. Die Friedhofsmauer glich einer Hühnerstange, auf der sich die Schaulustigen aneinanderdrängten. Auf den umstehenden Bäumen hockten junge Burschen wie Aasgeier. Die Arbeiter der benachbarten Glockengießerei waren aufs Dach geklettert. Die beste Sicht auf das Köpfplatzl aber hatten die Kranken des Siechenhauses, die man in dieses gottlose Gebiet verbannt hatte, der Obhut jener Brüder überlassen, die dem heiligen Nikolaus von Tolentino verpflichtet waren.

Der erste Blick von Pater Vinzenz galt der Richtstätte, einer gemauerten viereckigen Plattform, die wie eine Insel aus dem Meer der Schaulustigen ragte. Sie war leer. Pater Vinzenz atmete auf. Er war rechtzeitig gekommen. Er heftete sich an die Fersen eines Händlers, der gerade vorbeikam und auf einem Tragegestell den Menschen seine Köstlichkeiten feilbot.

»Frische Limonade!«, brüllte der Mann, während er sich den Weg durch die Menge bahnte.

»Brot! Das beste der Stadt!«

»Zigarren, meine Herren! Zigarren!«

»Armesünderbier!«

»Heiße Würstchen!«

Pater Vinzenz schnupperte. Außer einer Hostie in der Frühmesse, mit der sich selbst der frommste Magen nicht füllen ließ, hatte er noch nichts zu sich genommen. Das Frühmahl war ausgefallen, der Barmherzigkeit wegen.

Obwohl der Händler ihm den Weg bereitete, war das Weiterkommen schwierig. Bei jedem Schritt versank Pater Vinzenz in knöcheltiefem Schlamm. Aus den undichten Holzrohren im Untergrund, die von der Tuffbachquelle in die Stadt führten, sickerte das Wasser. Die Wegemacher hätten Steine in Schrittweite auslegen können und Holzstege bauen, wie sie es bei Tauwetter und Regen immer taten. Doch der warme Wind hatte sie überrascht.

Pater Vinzenz schlitterte. Fast hätte er geflucht. Er drehte sich um. Ein altes Weib mit grauem Kopftuch zog an seiner Kutte. Ob er ein Gedicht vom Mörder habe? Oder eine Zeichnung? Fünf Kreuzer dafür! Doch Pater Vinzenz schüttelte den Kopf. Mehr als den Segen hatte er dem Weiblein nicht zu geben.

Mit Gottes Hilfe hielt Pater Vinzenz sich den Rest des Weges aufrecht. Vor der Richtstätte hatten sich Wachleute mit Bajonetten postiert. Seit der aufgebrachte Mob das Podest vor einigen Jahren gestürmt hatte, um einen Mörder eigenhändig ins Jenseits zu befördern, war ihre Anwesenheit zur Pflicht geworden. Den Pater ließen sie durch.

Der freie Raum vor dem Podest war ihm eine Wohltat. Pater Vinzenz strich seine braune Kutte glatt, zog noch einmal die Kordel um seinen Hüften nach und streifte den Dreck auf seinen Schuhen an einer der Stufen ab, die hinauf auf das Podest führten. Er war so vertieft, dass er nicht merkte, wie die Unruhe auf dem Köpfplatzl stärker wurde. Erst ein gellender Schrei schreckte ihn auf.

»Da ist er!«

Pater Vinzenz sah auf.

Der Schinderkarren kam. Nur widerwillig machten die Menschen Platz für ihn und seine schäbige Fracht.

***

Zu dritt hatten die Gefängniswärter den Münzwardein bei Sonnenaufgang aus dem Verlies gezogen. Gebrochen hing der Mann in den Seilen. Die strähnigen Haare fielen ihm ins Gesicht. Nicht ein Mal sah er auf, als der Henker ihn die Steinstufen hinunter auf den Hof des Kräuterturms trieb.

Um den Schinderkarren hatten sich Trommler geschart und jede Menge illustrer Personen. Tobias schielte auf den Landeshauptmann und den Bürgermeister, während er die Zügel des Gauls so straff in der Hand hielt, als müsse er einen Hengst bändigen. Neben all den hohen Herren kam sogar ein Henkersknecht wie er sich wichtig vor. Nur den Stadtrichter getraute er sich nicht anzuschauen. Erst ein Jahr war der Mann im Amt, und schon hatte er die Leute das Fürchten gelehrt. Niemand regelte Eigentumsfragen, Erbstreitigkeiten, Grenzangelegenheiten und Verstöße gegen die Flur- und Waldordnung so unbarmherzig wie er. Wer sich prügelte, den warf er ins Gefängnis. Wer einen anderen beleidigte, den stellte er an den Pranger. Wer fremdes Gut beschädigte, den ließ er hohe Geldstrafen zahlen. Wegen Korruption und Kuppelei hatte er Leute schon aus dem Land verbannt.

Jeder wusste, dass es der Stadtrichter irgendwann zum Sonnenburger Landrichter bringen wollte. Dann würde sich sein Gerichtsbezirk über vierzehn Gemeinden erstrecken, von Tulfes bis Kematen und jenseits des Inn bis nach Hötting, mit mehr als zehntausend Menschen. Bei Verbrechen des Hochverrats und der Falschmünzerei würde er für das ganze Land zuständig sein. Die Tiroler Malefizordnung würde ihm zugestehen, Folter und Tod zu verhängen, Wilderern ihre Beine zu nehmen, mit denen sie in fremdes Gebiet eingedrungen waren, Dieben ihre Hand oder ihr begehrliches Auge. Wer mehr als fünfundzwanzig Taler gestohlen hatte, den würde er hängen. Wer gemordet und bösen Zauber getrieben hatte, den würde er aufs Rad flechten, wer geraubt, dem Land den Frieden oder anderen Menschen die Freiheit genommen hatte, den würde er enthaupten. Bigamie und Notzucht würde er mit Ertränken sühnen, Ketzerei und Sodomie auf dem Scheiterhaufen.

Noch allerdings musste sich der Stadtrichter damit begnügen, neben dem Sonnenburger Landrichter zu stehen und sich in seinem Schatten von den zwölf Geschworenen umringen zu lassen, die mit ihm zu Gericht saßen. Wer von den Geschworenen Mitglied im Geheimen Rat, im Regiment und in der Hofkammer war, wusste Tobias nicht. Mit ihren erhabenen Mienen sahen sie für ihn alle gleichermaßen wichtig aus.

Als der Henker mit dem Münzwardein die Treppe des Kräuterturms herunterkam, strafften sich selbst die von ihrem hohen Stand gestützten Herren. Trommelwirbel brauste auf.

Der Münzwardein musste auf dem Schinderkarren knien. Die Füße eines Menschen taugten nicht für seine letzte Reise. Entweder sie versuchten zu fliehen, obwohl die Ketten sie kaum laufen ließen, oder sie knickten ein. Das Wissen, bald nicht mehr zu sein, verwandelte manche Menschen in rasende Bestien, die sich mit aller Kraft gegen das Schicksal stemmten. Sie wüteten und tobten und schrien und flehten, und am Ende winselten sie wie ein kleines Kind. Manchen stahl die Ahnung um die Endlichkeit die Sinne. Andere wiederum waren wachsam wie selten zuvor. Sie sahen Dinge, die den anderen verborgen blieben. Sie hörten Töne, die die anderen nicht vernahmen. Sie gewahrten Gerüche, die die anderen nicht bemerkten. Man sah es an ihren Augen, die hastig hin und her huschten, als würden sie Eindrücke sammeln, an ihren Bewegungen, die auf jedes noch so nichtige Geräusch reagierten, an ihren tiefen Atemzügen, die im Frühjahr den Hauch von Heu, im Sommer den Duft von Blumen, im Herbst die Süße von Holunder und im Winter den Geruch von Schnee einsogen.

Der Münzwardein gehörte zur Gruppe der Stummen. Auf dem Weg zum Köpfplatzl hielt er den Kopf gesenkt und starrte auf die Planken des Schinderkarrens, auf denen sich die Fasern des Holzes wie Wellen kräuselten. Selbst als ihn ein fauler Apfel im Genick traf, blieb er regungslos.

»Mörder!«, schrien die Leute. »Hol dich der Teufel!«

Wieder ein Apfel.

»Schmor in der Hölle!«

Die Leute johlten. Die harte Hand des Gerichts hatte jemanden gepackt, den nicht Not und Elend, sondern Raffgier und Rausch getrieben hatten. Nur wenige verspürten Mitleid.

Pater Vinzenz war einer, bei dem das Mitleid überwog. Als der Schinderkarren vor der Richtstätte zu stehen kam, ging er auf den Münzwardein zu und zeichnete ein Kreuz in die Luft. Der Münzwardein sah ihn an. Sein Gesicht hellte sich auf. Der Pater hatte ihm die letzte Beichte abgenommen und versprach, ihm auch jetzt beizustehen.

Während der Landrichter und sein Gefolge auf der Tribüne neben der Richtstätte Platz nahmen, zerrte Tobias den Münzwardein vom Schinderkarren herab und trieb ihn vor sich her die Stufen der Richtstätte empor. Der Münzwardein strauchelte. Er kippte nach vorn. Seine Knie schlugen auf die spitzen Kanten der Stufen. Seine Finger krallten sich in den Dreck von Pater Vinzenz' Schuhen. Die Leute auf dem Köpfplatzl reckten die Hälse. Tobias packte den Münzwardein am Hemd und riss ihn hoch. Erst in der Mitte der Richtstätte lockerte er den Griff. Beide sahen auf den Haufen aus Sand und Hobelspänen, der dort aufgetürmt war. Seit die Köpfe der Todgeweihten nicht mehr auf Holzpflöcke gelegt und mit einem Beil abgehackt wurden, mussten die Verurteilten sich auf solche Haufen knien. Ein Tritt in die Kniekehle, und der Münzwardein sackte darauf nieder.

Spitze Schreie fuhren auf, als Tobias ein kleines Messer zückte. Triumphierend sah er in die Runde, bevor er begann, mit dem Messer den Hals des Münzwardeins zu umspielen. Er schob die strähnigen Haare beiseite, fuhr am rechten Ohr entlang, zeichnete einen Halbkreis über den Hinterkopf und glitt zum roten Halstuch hinunter, das der Münzwardein trug. Mit der Messerspitze knöpfte er es ihm ab. Nichts sollte dem Schwert des Henkers im Wege sein. Und kein Stoff der Welt sollte einem Todgeweihten fremde Kräfte geben.

Jede Bewegung des Henkersknechtes hatten die Menschen mit Jubel quittiert. Als der Henker auf die Richtstätte sprang, wurde es mit einem Schlag still. Tausend Augen starrten auf die Gestalt im schwarzen Mantel, den der Wind tanzen ließ. Die Narbe auf seiner Wange wirkte im Morgenlicht wie ein tiefer Schnitt. Die Muskeln an seinem Hals erinnerten an eingemeißelte Stränge. Er schien mehr Kreatur als Mensch zu sein.

Ängstliche, hässliche, glasige Augen sahen den Henker an. Er ließ den Blick über die Menge gleiten. Er spürte ihre Kraft, sog sie ein. Sein Inneres blähte sich auf. Es war einer jener Momente, in denen sich der Henker allmächtig fühlte.

In diesem Moment geschah es. »Schau ihm bloß nicht in die Augen!«, schoss es dem Henker in den Sinn. Es war das oberste Gebot, das sein Vater ihn gelehrt hatte. »Der Blick eines Verurteilten kann dich verhexen«, hatte er gesagt, so eindringlich, als wisse er, wovon er sprach. Der Henker hatte das Gebot immer befolgt. Doch jetzt, als er das Schwert aus der Scheide zog und damit auf den Münzwardein zeigte, wusste er nicht, wie ihm geschah. Er tat, was er noch nie getan hatte: Er schaute dem Todgeweihten in die Augen.

Die grünen Augen des Münzwardeins zuckten. Der Henker spiegelte sich darin. Er erstarrte. Kalter Schweiß schoss ihm auf die Stirn. Sein Blick versank in jenem des Münzwardeins. Er versuchte, sich loszureißen. Doch er schien eins zu werden mit dem Mann.

Alles, was ihn antrieb, war die Macht der Gewohnheit. Ohne nachzudenken, streifte er seinen Mantel und seine Handschuhe ab und ging auf den Münzwardein zu. Seine Finger umklammerten den hölzernen Griff des Schwertes. Der achteckige Knauf drückte gegen das Gelenk. Das Schwert schien schwerer als sonst zu sein. Der Henker fasste nach. Das Schwert rutschte ab.

Ein Raunen ging durch die Menge.

Endlich ließen die Augen des Münzwardeins ihn los. Der Henker schaute auf das Schwert. War es nicht willig, konnte er seine Pflicht nicht tun.

»Aus dem Verurteilten zwei Stücke zu machen und beide Teile so voneinander zu trennen, dass ein Zwischenraum entsteht«, lautete das Urteil. Haargenau musste er die Klinge durch die Wirbel ziehen. Wenn ein Henker Kopf oder Schultern traf anstatt den Hals, wenn er immer und immer wieder zuschlagen musste, konnte ihn das selbst den Kopf kosten. Sauber sollte der Henker töten.

Er durfte das Urteil nicht verschärfen, nur weil er sein Handwerk nicht verstand.

Unerwartet kam Pater Vinzenz dem Henker zu Hilfe. In gebührendem Abstand pflanzte er seine schmächtige Gestalt vor dem Münzwardein auf. »Vater unser im Himmel«, erhob sich die Stimme des Paters über das Raunen des Volkes. Augenblicklich senkten sich die Köpfe, gezwungen zum Gebet. »Geheiligt werde dein Name, dein Reich komme, dein Wille geschehe.«

Während die Menge Gott um Vergebung bat und selbst Vergebung gelobte, ergriff der Henker das Schwert erneut. Die Klinge scharrte über den Boden. Es war ein kaum hörbares Geräusch, doch der Henker sah, wie sich der Rücken des Münzwardeins straffte.

»In manus tuas, domine, commendo!«, betete Pater Vinzenz und streckte dem Todgeweihten sein Kruzifix entgegen.

»In deine Hände, o Herr, empfehle ich mich«, wiederholte der Münzwardein und hob den Kopf, als hoffte er auf ein Zeichen, dass Gott vergebe, was hier auf Erden vergolten wurde.

Dies war der richtige Moment, um einer Seele ihren Leib zu nehmen. Wer betet, kann nicht zürnen. Der Henker riss das Schwert in die Höhe. Sein Blick war starr auf den entblößten Nacken gerichtet. Die Welt um ihn herum schien zu verstummen. Die Glocken der Nikolauskirche, die zu schlagen begannen, hörte er nicht. In seinen Ohren rauschte das Blut. Es war, als würde der Mensch vor ihm verschwimmen. Lediglich das Stück Haut, das es zu treffen galt, stach klar und deutlich hervor.

Der Luftzug des Schwertes erreichte den Hals, bevor die Klinge das Fleisch durchtrennte.

3

Die Tafel des Bischofs war gedeckt wie für ein Gelage. Neben Mandelmus mit Weißbrotkügelchen standen in Wein gekochte Feigen, Fladenbrot mit Griebenschmalz und Eier in gelber Soße. In einer Schüssel dampfte dicke Suppe, in einer anderen mit Gewürznelken gespickter Reis. Über allem lag der Geruch – Gestank, würde der Bischof sagen – der gesottenen Forelle auf seinem Teller, der selbst ein Bad im edelsten Burgunder ihre eigentümliche Note nicht hatte austreiben können.

Normalerweise aß der Bischof reichlich von dem, was der Herr und seine Untertanen ihm bescherten. In dieser glitschigen Weiberkost aber stocherte er lustlos. Nach jedem Bissen wischte er sich mit der Serviette den Mund ab und kippte einen Schluck Wein hinterher. Die kristallene Karaffe, die zum Nachschenken bereitstand, hatte er schon halb geleert. Er leckte sich über die Lippen. Wenigstens der Wein war gut, das musste er dem Grafen lassen. Ansonsten verstand Bernhard Ferrari d'Occhieppo, ehemaliger Obersthofmeister der Erzherzogin Eleonore Maria Josepha, Regierungspräsident und Direktor des Geheimen Rates, von Gaumenfreuden nichts.

Der Bischof goss nach. Schlimm genug, dass der Herr jeden Freitag und Samstag das Fasten forderte und es bald gar nicht mehr enden würde. Vierzig Tage lang würde er die Qual haben zwischen Lachs und Hecht, Barsch und Aal, das Beste aus den Gewässern und doch nichts im Vergleich zu dem, was der Wald zu bieten hatte. Beim bloßen Anblick zerfallende Stücke gemessen an den zartzähen Brocken des Wildbrets. Bei der Vorstellung von gebratenem Rehrücken und gefülltem Wildschwein schloss der Bischof genießerisch die Augen. Mit einem lauten Schnaufen versuchte er, den störenden Geruch der Realität aus der Nase zu vertreiben. Er mochte gar nicht daran denken, dass auch das Abendessen am späten Nachmittag nicht besser zu werden versprach als das, was man kaum Frühmahl nennen konnte.

Die Wanduhr schlug zur neunten Stunde. Ein Diener trat ein.

Erwartungsvoll sah der Bischof ihn an. Würde er endlich das mit Weintrauben gespickte und mit Staubzucker bestreute Schmalzgebäck, den Käse, die Äpfel und die Nüsse bringen? Nichts dergleichen. Pater Vinzenz wünsche seine Exzellenz zu sprechen.

Der Bischof ließ die Karaffe sinken. Er kannte den Pater nur flüchtig, ein einfacher Kapuziner, niemand, mit dem er verkehrte. Er wollte abwinken. Doch dann fiel sein Blick auf die glasigen Augen der Forelle. Der Bischof ließ bitten.

Kaum war der Diener draußen, hastete Pater Vinzenz herein. Seine braune Kutte hob und senkte sich mit den bebenden Lungen. Die weiße Kordel hing wieder schief um die Hüften. Unter seinen Achseln zeichneten sich dunkle Flecken ab. An seinem Hals – der Bischof kniff die Augen zusammen –, waren es Blutspritzer? Noch abfälliger als vorher den Fisch sah der Bischof den Pater an, der seine linke Hand in die Flanke stemmte, die heftig stach, nachdem er zum zweiten Mal an diesem Tag durch Innsbruck gehetzt war, nicht über die Innbrücke wie am Morgen, sondern vom Köpfplatzl aus flussabwärts bis zum kleinen Steg, der in die Kohlstatt führte, wo neben dem Zeughaus und der Dreiheiligenkirche der Ansitz des Grafen d'Occhieppo lag.

»Verzeiht meinen Aufzug, Exzellenz«, stieß Pater Vinzenz hervor. »Aber ich bringe eine ungeheure Nachricht!«

Betont langsam streckte der Bischof ihm seine fleischige Hand entgegen, an der der viereckige, mit einem Amethysten verzierte Bischofsring steckte. Während Pater Vinzenz sich hinabbeugte, um sie zu küssen, blieb sein Blick an den Köstlichkeiten auf dem Tisch hängen. Doch der Bischof machte keine Anstalten, ihm etwas anzubieten.

»Nun?«, fragte er stattdessen.

Pater Vinzenz richtete sich auf. Er zögerte, als könne er dadurch das Unsägliche aus der Welt schaffen. Doch der Blick des Bischofs duldete keinen Aufschub.

»Sie wollen ihn aufschlitzen!«

»Wen?« Der Bischof hob die Brauen.

»Den Münzwardein, der eben auf dem Köpfplatzl hingerichtet worden ist. Der arme Sünder, Gott hab ihn selig, hat Geld unterschlagen und den Münzerturm in Brand gesteckt.«

Der Bischof nickte. Graf d'Occhieppo hatte ihm lang und breit davon erzählt und es sich nicht nehmen lassen, selbst zur Hinrichtung zu gehen.

»Ja, und?«

»Wie gesagt, der Henker hat ihm gerade den Kopf abgeschlagen. Und jetzt wollen sie ihn aufschlitzen.«

Der Bischof kniff die Augen zusammen, sodass sie unter ihren Schlupflidern versanken. »Was interessiert mich die Geschichte dieses unsäglichen Tropfs?«, fuhr er Pater Vinzenz an und begann, auf die Forelle einzuhacken. »Ihr seht doch, Ihr stört mich beim Essen!«

Pater Vinzenz zuckte zusammen. Sein tiefer Atemzug endete in einem kaum merklichen Seufzer. Das Alter hatte dem Bischof graue Schläfen, aber weiß Gott keine Geduld beschert.

»Ich fürchte, Ihr versteht nicht«, begann er von Neuem. »Der Leichnam sollte eigentlich verbrannt werden. Jetzt aber bringen sie ihn in die medizinische Fakultät.«

»Wieso denn das?«

»Um ihn zu sezieren!«

Der Bischof straffte sich. Die Knöpfe seines Talars standen Habacht. »Sezieren?«

Der Pater nickte.

»Ihr meint, jemand will sich am toten Körper vergehen, obwohl er längst dem Herrn gehört?«

Wieder ein Nicken.

»Wer sagt das?«

»Ein Bote. Er kam, als der Henker gerade den Kopf des Münzwardeins hochgehoben hat, um der Menge sein Tun zu zeigen.«

Es wurde still.

Unheimlich still.

Pater Vinzenz schluckte.

Der Bischof war für seine Wutausbrüche bekannt, für sein furienhaftes Auftreten, das selbst Hartgesottene fürchteten. Wenn er schrie und tobte, wussten alle, was zu tun war. Sie krochen in sich hinein und verharrten regungslos wie ein Tier, das vor seinem Jäger erstarrt. Jeder hoffte, nicht Ziel des Zorns zu werden.

Das Schweigen war eine Waffe, die Pater Vinzenz nicht kannte. Es ließ jedes Geräusch, das Ticken der Wanduhr und den gepressten Atem des Bischofs, bedrohlicher klingen als alles Grollen und Toben. Es ließ ihn schaudern.

Langsam, als dürfe er ihm mit seinem Blick nicht zu nahe treten, sah Pater Vinzenz den Bischof an. Wie verknöcherte Äste stachen seine Schläfen hervor. Man konnte sehen, wie sich die Gedanken in seinem Kopf überschlugen. Sektion! Anatomische Studien! In den Schriften der Kirchenväter hatte er darüber gelesen. Bei Tertullian. Bei Augustinus. Was hatten sie gesagt? Metzger hatte Tertullian die Ärzte in Alexandria geschimpft, weil sie Menschen sogar bei lebendigem Leib aufgeschlitzt hatten. Und Augustinus? Der hatte den Anatomen prophezeit, die wahre Harmonie des menschlichen Körpers nie zu erkennen. Doch dann, das Gesicht des Bischofs verfinsterte sich, hatte sich Papst Sixtus IV. dazu hinreißen lassen, den Lehrsektionen an den Universitäten von Bologna und Padua seinen Segen zu erteilen. Vor zweihundert Jahren. Was für ein schwacher Moment! Jeder wusste, dass es in den Studierstuben ebenso frevelhaft zuging wie einst im Heiligen Land. Dort, wo die Kreuzritter ihre toten Mitbrüder zerstückelt hatten, um die Knochen mit nach Hause zu nehmen. Ein Frevel, jawohl, den Papst Bonifaz verboten hatte. Doch was nützte das, wenn die Körper jetzt in den Studierstuben aufgeschnitten wurden. Was für ein Frevel. Was für eine Seuche. In ganz Europa wütete sie schon. Und jetzt auch in Tirol?

»Seid Ihr sicher?«

Der Pater nickte.

»Und warum erfahre ich erst jetzt davon?«, brauste der Bischof auf. »Habe ich vielleicht mein Einverständnis gegeben? Sagt, habe ich vielleicht mein Einverständnis gegeben?«

Pater Vinzenz sagte nichts.

Der Bischof riss sich die Serviette vom Hals und schleuderte sie auf die glupschäugige Forelle. Er, Bischof von Brixen, würde diesen Frevel in seinem Land nicht dulden. Mit Gottes Hilfe und allen irdischen Mitteln, die ihm zur Verfügung standen, würde er ihn verhindern. Er hob die Gabel und zielte damit auf den Pater wie der Teufel mit seinem Dreizack auf die Sünder.

»Von wem stammt der Befehl?«, zischte er.

»Von Euer Durchlaucht persönlich«, stammelte der Pater, »dem Statthalter von Tirol.«

***

»Wann nun aber die allhiesige Facultas medica um Überlassung des Subjektes zur Anatomie und zur Herstellung eines Skelettes gehorsamst gebeten, also wollen höchstgnädige fürstliche Durchlaucht, Herzog Karl von Lothringen, Gubernator von Tirol, auf das Gesuch und einige zugunsten des Verurteilten eingelaufene Interventionen die Strafe der Combustion aus herzoglichen Gnaden nachsehen und den Corpus nach vollbrachter Decollation erwähnter Fakultät zum erbetenen Zweck ausfolgen lassen«, ließ der Statthalter durch seinen Boten verlauten.

Die Menschen auf dem Köpfplatzl standen wie vom Donner gerührt. Wer gerade noch jubelnd und johlend den Kopf des Münzwardeins hatte rollen sehen, war verstummt. Nur die Kinder weinten, weil sie den grausamen Anblick der Leiche nicht ertrugen und die schlagartige Stille nicht verstanden. Der kopflose Körper des Münzwardeins war zur Seite gekippt. Aus dem offenen Hals rann das Blut. Das Herz des Münzwardeins schlug noch immer. Es gab als Letztes auf.

Diejenigen, die weiter hinter standen und nur Bruchstücke gehört hatten, reckten die Hälse. Sie schauten vom Boten zum Henker und sich gegenseitig fragend an.

»Was ist los?«, wollte ein dicker Mann wissen, dessen Hosenträger wie Speckschwarten glänzten.

»Keine Ahnung«, fiepte seine sommersprossige Frau neben ihm. »Hast du gesehen, der Henker war so komisch. Gezögert hat er.«

»Ich mein nicht den Henker, ich mein den Boten.«

Der Dicke zupfte seinen Vordermann, einen aufgeschossenen Burschen mit flachsblondem Haar, am Ärmel. »Was will der Mann?«

»Hab's nicht genau verstanden. Irgendwas mit dem Statthalter.«

»Er will ein Skelett aus ihm machen«, schaltete sich der buckelige Nachbar des Burschen ein.

»Von wem?«, fragte die Frau des Dicken. »Vom Boten?«

»Nein, vom Münzwardein.«

»Aber er wird doch verbrannt!«

»Nicht mehr, sondern«, der Buckelige bewegte seine Hände so, als schnitze er die Rinde von einem Ast. »Man will ihm das Fleisch von den Knochen schaben.«

»Pfui Teufel!«

»Was will er denn mit dem Fleisch?«, fragte der Dicke.

»Essen?«, hauchte seine Frau.

Die Umstehenden starrten erst sie an, dann den allwissenden Buckeligen.

»Was weiß ich! Bin ich der Statthalter?«, raunte er und wandte sich wieder der Richtstätte zu.

Der Henker schaute auf den Schopf des Münzwardeins, den er zwischen den Fingern hielt, als solle der Vermaledeite selbst ihm erklären, was das alles zu bedeuten habe.

Es war schon vorgekommen, dass ein Körper nicht auf dem Scheiterhaufen gelandet war, obwohl es das Gericht befohlen hatte. Deutlich sah der Henker das ausgezehrte Gesicht jenes Mannes vor sich, der durchs Land gezogen war und die Lehre Hutters verkündet hatte, wonach sich der Mensch, gestärkt im Glauben, als Erwachsener noch einmal taufen lassen sollte. Den Scheiterhaufen hatte ihm das eingebracht. Kurz vor der Hinrichtung hatte es angefangen zu regnen. Die Natur wollte den Körper in Fleisch und Blut. Es hatte so lange gegossen, dass dem Henker nichts anderes übrig geblieben war, als den Mann zu hängen und ihn im aufgeweichten Boden zu versenken. Manchmal zeigte sich auch der Landesherr gnädig. Mit einflussreichen Fürsprechern ließ sich der Scheiterhaufen gegen das Schwert tauschen. Die Flammen überließ man der Hölle.

Diesmal aber war es anders. Diesmal sollte der Leichnam weiter unter den Lebenden weilen.

Tobias war der Einzige, den die Nachricht des Boten nicht sonderlich zu beirren schien. Er bückte sich und stocherte mit dem Zeigefinger in der lauwarmen Blutlache, die sich um den Sandhaufen ausgebreitet hatte. Triumphierend fischte er eine Münze heraus. Es war der ausgefranste Kreuzer, den der Münzwardein bis zuletzt umklammert hatte.

Fragend sah Tobias den Henker an. Der nickte und griff selbst nach dem roten Tuch des Münzwardeins. Ein altes Recht gestand ihm zu, alles zu nehmen, was seine Opfer bei sich trugen: feste Schuhe, guten Stoff, Ketten, Ringe, Kreuze. Manche Todgeweihte hatten Taschenuhren bei sich, um die Zeit zu messen, die ihnen noch blieb. Andere trugen Säckchen voller Geld, als könnten sie es mit ins Jenseits nehmen. Die Habe des Münzwardeins war armselig. Tobias schien dennoch zufrieden.

Plötzlich jedoch wurde er mürrisch. »Bis zur Universität ist es weit«, brummte er, »weißt du, ob sie uns dafür entlohnen werden, Meister?«

Der Henker stutzte. Tobias war ein gieriger Kerl. Bevor er gehört hatte, dass der Henker von Hall einen Gehilfen suchte, hatte er mit seinem Vater Tiere abgedeckt und Kloaken gereinigt. Gefangene vor den Richter zu zerren, Verbrecher zu brandmarken und Leichen zu begraben war zwar nicht besser, als verendeten Schindludern die Haut abzuziehen und durch stinkende Kanäle zu kriechen, aber es brachte beträchtlich mehr Lohn. Mit dem Geld bezahlte Tobias Wein und Huren, die ihn ebenso in ihren Schoß ließen wie den Edelmann. Er schwärmte davon, dass sich mit Geld alles kaufen ließe. Alles außer den inneren Frieden, sagte der Henker, wenn sein Knecht am helllichten Tag davon träumte, wie die hohen Herren zu leben.

Mit dieser Frage nach dem Lohn allerdings hatte er recht. Es wäre einfacher gewesen, den Münzwardein an Ort und Stelle zu verbrennen, anstatt ihn wieder in die Stadt zu karren, denselben Weg zurück, den sie gerade gekommen waren, diesmal zur Universität, die neben dem Kräuterturm lag.

Ob sie für den außergewöhnlichen Transport Weggeld verlangen durften, als hätten sie in einem der Gerichte des unteren und oberen Inntals ihre Dienste getan – achtzehn Kreuzer pro Meile für ihn, zwölf Kreuzer für den Knecht? Ob ihnen für die zusätzliche Zeit Taggeld zustand – ein Taler für ihn, dreißig Kreuzer für den Knecht? Und ob sie wohl die sechs Taler für den Scheiterhaufen bekamen, der zwar aufgetürmt war, aber nicht benutzt wurde?

Der Henker runzelte die Stirn. Wie lange hatte sein Vater für einen geregelten Verdienst gekämpft! Wie lange hatte der Landrichter auf der alten Regelung beharrt, ihn nur dann zu bezahlen, wenn er tatsächlich gerichtet hatte. Als Kriege und religiöser Hass täglich Dutzende von Köpfen hatten rollen lassen, war das Auskommen leicht gewesen. Doch als die Kraft des Zorns verebbt war, hatten sie darben müssen, weil andere lebten. Am Ende hatte der Landrichter ein Einsehen gehabt. Sein Vater schon hatte ein festes Gehalt gekriegt und mittlerweile auch er: einhundertvier Taler pro Jahr, ausgezahlt in wöchentlichen Raten vom Salzmairamt in Hall, das ihm zudem ein Haus stellte. Sollte er nicht mehr in der Lage sein zu richten, gab die Gemeinde eine Pension. Zudem hatte die Obrigkeit beschlossen, jede Hinrichtung gesondert zu entlohnen. Mit achtundvierzig Kreuzern kaufte sie sich von der Pflicht los, dem Henker ein paar Handschuhe zu stellen. Zwei Taler gab es dafür, den Verurteilten zur Richtstätte zu führen, sechs Taler fürs Köpfen. Drei bekam der Knecht.

Noch bevor der Henker etwas erwidern konnte, schaltete sich der Landrichter ein, der den Knecht gehört hatte. »Tut, was man euch befohlen hat!«, sagte er knapp.

Der Henker nickte und deutete auf den Leichnam. »Schaffen wir ihn fort.«

Den Schopf des Münzwardeins zwischen den Fingern, packte er die Füße des kopflosen Leibs, Tobias die Schultern. Unsanft kam der Leichnam auf dem Schinderkarren zum Liegen. Den Kopf schleuderte der Henker dazu. Während er sich die Finger an einer Handvoll Stroh abwischte, lief Tobias zum Brunnen des Köpfplatzls und brachte zwei volle Eimer. Das Wasser spülte die blutgetränkten Späne auf der Richtstätte fort. Dann machten sich der Henker und sein Knecht auf den Weg.

Anders als sonst waren die Leute nach der Hinrichtung nicht auseinandergestoben wie ein Haufen Blätter im Wind. Heute waren sie geblieben und standen dem Schinderkarren Spalier. Der Henker ging mit gesenktem Blick. Aus den Augenwinkeln sah er, wie sich Frauen bekreuzigten und Kinder mit verrotzten Nasen hinter ihren Röcken hervorlugten. Die Männer rissen sich die Hüte vom Kopf.

»Aufschlitzen tun s'n«, hörte er jemanden zischen.

»Stück für Stück zersägen.«
»Die Gedärme rausreißen.«
»Gott, steh ihm bei!«

Sonst, dachte der Henker, waren die Leute nicht so zimperlich. Sie fingen das Blut der Toten auf und gaben es den Fallsüchtigen, in der Hoffnung, der scheußliche Trunk würde die Dämonen aus den kranken Körpern treiben. Sie wischten den Hingerichteten den Totenschweiß ab und benetzten damit die Lippen von Schwindsüchtigen, auf dass die unheilvollen Ausdünstungen des Bodens sie nicht länger mit starkem Husten plagten. Sie schlugen den Leichen die Zähne aus und steckten sie als Talisman gegen Zahnausfall ein. Sie ließen die Toten von Kindern berühren, um ihnen lebenslange Gesundheit zu garantieren. Wer einen Kropf oder ein Geschwür hatte, ergriff die erkalteten Hände, um Böses mit Bösem zu besiegen. Liebende nahmen den Gehängten – Diebe mussten es sein – Knöpfe oder Tuchfetzen ab, um damit das Herz ihrer Liebsten zu stehlen. Andere scharrten in der Erde unter dem baumelnden Leichnam nach dem Galgenmännlein, der Alraunwurzel, die entstand, wenn der Sterbende seinen Samen ließ. Weil der Teufel in der Wurzel wohnte, legte man sie mit einem ölgetränkten Kreuzer unter ein Altartuch, ließ Messen darüber lesen und holte sie neun Monate später wieder hervor, sicher, nun keinen Prozess mehr zu verlieren.

Mit den Hoffnungen und Ängsten der Menschen ließen sich gute Geschäfte machen. Der Henker verkaufte Holzsplitter vom Galgen als Mittel gegen Fieber, Stücke vom Strick gegen Kopfweh. Bauern brachten ihm Speck und Eier im Tausch gegen abgehackte Finger, die sie in den Futtertrog ihrer Tiere legten, damit diese gut gediehen. Wenn ein Pferd erkrankte, zerrieben sie ans Hochgericht genagelte Füße zu Pulver, mischten es mit einem Teil Hafer, zwei Teilen Weizen und vier Teilen Gerste und gaben es dem grimmen Gaul. Wenn ein Pferd lahmte, kauften sie die Ketten, mit denen die Verurteilten zur Richtstätte geführt worden waren, und machten Sporen daraus. Räuber schworen auf die »Hand der Herrlichkeit«, die Hand eines Gehenkten, die sie trockneten oder in Essig legten und auf ihre Beutezüge mitnahmen, auf dass sie ihnen Tür und Tor öffnete. Die Schlimmsten aber waren die Wirte. Sie rissen sich um die Glieder der Geschundenen und nagelten sie in ihre Weinfässer, damit jeder Passant einkehre und nicht eher vom Wein lasse, bis das Fass leer war.

Heute kam es keinem in den Sinn, sich am Toten zu vergreifen. Heute wollten die Menschen wissen, was mit dem Leichnam geschah. Als der Schinderkarren an ihnen vorbeigezogen war, pilgerten sie ihm hinterher, so andachtsvoll und ehrfürchtig, als würden sie das Allerheiligste durch die Stadt geleiten. Der Tross kam langsam voran. Als er endlich die Innbrücke erreichte, stellte sich ihm eine Kutsche in den Weg.

***

Wehrlos hing Sophia in der mit rotem Samt bespannten Kutschbank, die Hände tief im Muff vergraben, die Beine so gut es ging ausgestreckt. Die Spitzen ihrer Schuhe berührten den Saum der Zofe, die ihr mit verrutschter Haube und halb offenem Mund gegenübersaß. In ihrem Atem lag ein leichtes Pfeifen. Wenn die Kutsche über einen Stein oder ein Schlagloch fuhr und leicht zur Seite kippte, schrak sie mit einem gequetschten Glucksen auf, um kurz darauf wieder einzudösen. Auch Sophias Mutter schlief.

Stundenlang hatten sie Haltung bewahrt, nachdem sie von zu Hause aufgebrochen waren. Sie hatten geredet und gestrickt und waren bald so weit vom heimatlichen Schloss entfernt, dass Sophia das Gefühl hatte, ihre Erinnerung daran würde schon jetzt verblassen. Umso klarer zeichnete sich vor ihrem geistigen Auge das Innsbrucker Ursulinenkloster ab. Sie hatte es noch nie gesehen, doch sie wusste, es würde schrecklich sein. Zwei Jahre sollte sie dort verbringen, in der Erziehungsanstalt für höhere Töchter. Zwei Jahre, um zur jungen Dame zu werden. Der Preis dafür würden Strenge, Entbehrung und Gehorsam sein.

Seufzend legte Sophia ihre Wange auf die Schulter ihrer Mutter und sog den wohltuenden Geruch der Geborgenheit ein. Ihr Kopf dröhnte, ihr Rücken war taub. Sie wünschte sich, die Fahrt möge aufhören. Ankommen aber wollte sie nicht.

Die Peitsche knallte. Die Pferde zogen an. Die Nordkette kam in Sicht. Im Süden tauchten die Hangstufen des Mittelgebirges auf, dahinter der Bergiselsattel, die Saile, die dreieckige Spitze der Serles, in der König Serles samt Gemahlin und Gefolge versteinert war, weil er bei seinen Jagden so unbarmherzig gewesen war.

Sophia rutschte nach vorn. Es ging bergab. Sie sah, wie sich das Leben hinter dem Vorhang der Kutschenfenster verdichtete. Häuser reihten sich nebeneinander auf, Kirschbäume dazwischen. Sie machte eine Kapelle mit einer mächtigen Kuppel aus, Gasthäuser, eine Hufschmiede, einen Schießstand. Sie sah, ohne wahrzunehmen. Wie ein Schleier hatte sich die Traurigkeit auf ihr Gemüt gelegt.

Plötzlich jedoch geschah, was sie die ganze Zeit gehofft hatte. Mit einem unsanften Ruck riss der Kutscher die Pferde zurück. Ihre Hufe schlingerten über den Boden. Die Tiere warfen den Kopf in den Nacken und schnaubten. Dann standen sie still. Der Kutscher schrie. Jemand fluchte. Die schlafenden Frauen in der Kutsche waren aufgefahren. Mit ihren langen Fingern, die in feinen Handschuhen steckten, schob die Zofe den Vorhang des Fensters beiseite, um zu sehen, was geschehen war. Sophia beugte sich über ihre Schulter. Mit einem spitzen Schrei fuhr sie zurück.

Große Augen hatten sie angestarrt. Ein stummer Schrei aus dunklen Höhlen. Das Gesicht, dem sie gehörten, war zu einer Fratze verzerrt. Ein Blutfaden zog sich vom Mundwinkel bis zum Kinn. Abgetrennt lag der Kopf neben dem Körper auf einem Pferdekarren, den ein junger Bursche führte. Dahinter stand ein Mann im schwarzen Mantel. Sein eiskalter Blick hatte Sophia gestreift. Ihre Kehle wurde trocken. Ihr Magen brannte. Ihr war, als hätte sie in ihr Ende geschaut.

4

Auf seinen Gehstock gestützt, humpelte der Doctor zur Universität. Mit den hohen, halbrunden Fenstern und den korinthischen Säulen wirkte ihre Fassade wie ein griechischer Tempel. Auf dem Dach hockten Gauben in Gestalt kleiner Häuser. Hinter dem schmiedeeisernen Tor döste der Pedell in seinem Holzverschlag vor sich hin. Als er den Doctor bemerkte, sprang er auf und grüßte dem »Herrn Professor« hinterher, der eilig den Vorplatz überquerte. Er schien ihn nicht bemerkt zu haben. Der Pedell sah ihm nach. Zu seinem Erstaunen ging der Doctor nicht ins Haus, wo ebenerdig die Auditorien der Philosophie und Medizin lagen, jene der Theologie und Juristerei im ersten Stock. Er ließ den Haupteingang links liegen und verschwand hinter der Ecke.

An der Längsseite der Universität säumten Kastanienbäume den Weg, deren Schatten auf die Hausmauer fiel. Der Doctor steuerte auf ein doppelflügeliges, halbkreisförmiges Tor zu, das halb im Schatten lag. Er rüttelte an der Tür. Sie war verschlossen. Die Hand auf der Klinke, rief er nach dem Pedell.

Es dauerte eine Weile, bis der kleine, schmächtige Mann um die Ecke lugte, unsicher, tatsächlich etwas gehört zu haben. Geflissentlich hastete er herbei. Der dicke Schlüsselbund an seiner Hose klimperte.

»Hier?«, vergewisserte er sich des unausgesprochenen Befehls, das Tor zu öffnen. Es kam selten vor, dass er den alten Theatersaal aufsperrte, das einzige Relikt aus jener Zeit, als das Universitätsgebäude noch als Hoftheater gedient hatte, bevor am Rennplatz das neue, gediegene Komödienhaus errichtet worden war, das erste frei stehende Theater nördlich der Alpen, und bevor in das alte Hoftheater neue Untermieter eingezogen waren, eine Reitschule im Osten, die Universität im Westen – Rindviecher auf vier und auf zwei Beinen, wie der Rektor der Universität dem pflichtschuldig kichernden Publikum bei passender Gelegenheit zu sagen pflegte.

Sieben Schlüssel probierte der Pedell aus, während der Doctor sich zu ihm hinabbeugte, als könne er beim Suchen helfen, der eine zu groß, der andere zu klein, der eine zu schmal, der andere zu breit, der eine mit zu wenigen, der andere mit zu vielen Zacken, bevor er den richtigen fand. Knackend drehte er sich im Schloss. Das Tor ging auf. Doctor Bacchettoni trat ein.

Seine Augen brauchten Zeit, um sich an das fahle Licht zu gewöhnen, das durch die verstaubten Fenster drang. Langsam nahm der Theatersaal Gestalt an. Sein Bauch, in dem Hunderte von Zuschauern Platz gefunden hatten, wölbte sich weiter nach hinten, als man von draußen annehmen mochte. Die Bühne war so groß, dass man künstliche Seen darauf hatte anlegen können, von denen manch einer noch immer schwärmte. Bogenförmige Treppen führten hinauf zur Galerie, deren steinerne Balustradenrippen an gezwirbeltes Holz erinnerten. Parma und Florenz hatten der Spielstätte als Vorbild gedient. Mittlerweile waren ihr nur ein paar Tische und Stühle geblieben, zusammengelegte Vorhänge und zusammengerollte Teppiche darauf, Kerzenständer und Kronleuchter daneben. Puppen, die die Roben der Darsteller getragen hatten, scharten sich nackt um ein Schaukelpferd. Auf der Bühne stand ein Flügel, dem – so bemerkte der Doctor, als er ihn umschlich – ein paar Tasten fehlten. Der graue Schleier der Jahre hatte sich über das Holz gelegt. Die Luft roch nach vergangenem Glanz.

»Kann ich helfen, Herr Professor?« Die Gestalt des Pedells zeichnete sich im Türrahmen ab. Er verstand nicht, was der Doctor in diesem kalten Raum voller Gerümpel wollte, wo doch in den Auditorien Bücher voller Wissen und Feuer im Kamin warteten. Doch der Doctor wusste genau, was er wollte.

»Si! Si!«, rief er und winkte den Pedell heran. »Lass uns ein Bühnenbild bauen.« Mit seinem Gehstock zeichnete er das Szenario, das er vor Augen hatte, in die Luft. »Ein großer Tisch in der Mitte, Stühle zu drei Seiten, die hinteren Reihen erhöht, damit jeder gut sehen kann, verstehst du? Und dann noch einen Beistelltisch und einen Sessel möglichst weit vorn.«

Die Augen des Doctors leuchteten. Er würde den alten Theatersaal für ein Spektakel herrichten, das alle bisherigen in den

Schatten stellte. So oft hatte er sich diesen Augenblick vorgestellt, dass er jetzt, da er Wirklichkeit wurde, fast unwirklich erschien.

Seit er denken konnte, hatte der Doctor den menschlichen Körper im Sinn gehabt. Er war in Perugia aufgewachsen, einer Gegend, die zwei namhafte Wundarztfamilien hervorgebracht hatte: die Mensurati und die Bacchettoni. Drei Jahre lang hatte er von seinem Vater gelernt, Hornhäute durchzustechen und Harnröhren aufzuschneiden. Er hatte trüb gewordene Linsen ausgelöffelt und in der Blase liegende Steine herausgeschnitten. Er hatte dem versammelten Handwerk sein Können gezeigt und sich den fahrenden Leuten angeschlossen, die mit Erlaubnis des Landesfürsten auf den Jahrmärkten Tirols ihre Dienste anboten. So war er nach Hall gekommen und hatte sich Innsbruck zur Heimat gemacht. Schnell aber war ihm klar geworden, dass er nicht ewig nur Star stechen und Steine schneiden wollte. Er wollte mehr als ein Wundarzt sein. Er wollte ein Chirurgus werden.

In Innsbruck war es nicht möglich gewesen. An der dortigen Universität hielt man nichts von den Schnittärzten, wie man die Chirurgen gemeinhin nannte. Die Medici regierten: Buchärzte, die auf ihr Wissen vertrauten und nicht aufs Tun. Sie fassten keinen Körper an und würden, Gott bewahre, nie in sein Inneres schauen. Sie fürchteten die Veränderung und hofierten die Gewohnheit. Wie die Schatten im Gebirge hockten die alten Lehren im Land. Die altgriechischen medizinischen Schriften, die Aphorismen des Hippokrates, die Praegnosis der Krankheiten und der Heilkunde waren alles, was der junge Wundarzt in Innsbruck lernen konnte. Er musste hinaus aus diesem dunklen Flecken. Zurück nach Italien.

Jenseits der Alpen hatte die neue Medizin längst Fuß gefasst. Die Chirurgie. Ihre Schwester, die Anatomie. Er hätte auch nach Norden gehen können – nach Köln, wo die Chirurgen der Universität von Kaiser Friedrich III. die Erlaubnis erhalten hatten, jährliche Sektionen durchzuführen. Nach Straßburg mit seinem Zentrum für Chirurgie. Nach Basel mit seiner Schweizer Schule. Nach Paris, wo es ein Kollegium für Chirurgen gab. Doch nirgends war der Umgang mit dem menschlichen Leib so tief verwurzelt wie in Italien. Schon 1308 hatte der Senat von Venedig den Ärzten befohlen, jährlich eine Leiche zu öffnen. Die Chirurgenschulen von Mailand, Rom und Florenz waren berühmt. Die besten Chirurgen jedoch gab es in Padua.

Ein Jahr lang hatte der Doctor dort gelernt, was sein Vater in Perugia und die Medici in Innsbruck ihn nicht lehren konnten: Kopfwunden zu verarzten und Zähne zu ziehen, Geschwülste zu heilen und Entzündungen zu hemmen, Brüche zu flicken und Bauchwunden zu versorgen, zur Ader zu lassen und zu schröpfen. Als er darin ebenso gut war wie im Starstechen und Steinschneiden, war er nach Innsbruck zurückgekehrt und dort zwei Jahre später zum Doctor medicinae geworden. Es war ihm gerade recht gekommen, dass Innsbruck einen Stadtphysikus suchte, der die Kranken versorgen und die Aufsicht über die Bader, die Hebammen und die Krankenwärterinnen haben sollte. Der Doctor war geblieben, auch deshalb, weil er an den Fortschritt glaubte, der, wie das Wasser, keine Grenzen kannte.

Vor einem Jahr dann sein erster Triumph. Auf Geheiß des Geheimen Rates der vorder- und oberösterreichischen Lande war an der Universität von Innsbruck eine Cathedra chirurgica et anatomica geschaffen worden. Den Doctor hatte man zum Professor ernannt.

Seitdem versuchte die Universität, ihn wieder loszuwerden. Man gab ihm keinen Raum. Man gab ihm kein Gehalt. Man gab ihm keine Leichen. Ohne Kadaver sei sein Amt ein Widerspruch, beschwerte sich der Doctor. Sie seien sein größtes und dringendstes Bedürfnis. Ohne Leichen könne er nicht erkunden, wie der Leib funktioniert, was ihn antreibt, was ihn bremst. In der Not hatte der Doctor Säue zerlegt und sich vorgestellt, dass die Anatomia porcis der Anatomia hominis ähnlich sei.

»Soll ich Verstärkung holen?« Der Pedell riss den Doctor aus seiner Versenkung. Er zögerte. Sie hätten Hilfe gut gebrauchen können. Doch die Professoren und Studenten hatten frei bekommen für die Hinrichtung des Münzwardeins. Außerdem würde es ihm guttun, selbst Hand anzulegen. Vielleicht ließ sich seine Aufregung durch Geschäftigkeit bannen.

»Lass nur«, sagte er kopfschüttelnd. »Wir machen es selbst.«

In den nächsten Stunden arbeiteten sie fast wortlos. Sie stellten die Kerzenständer auf, kehrten Dreck und tote Ratten ins Freie, wischten mit nassen Tüchern übers Holz und fuhren sich mit ihren staubigen Fingern derart oft über die schweißbedeckte Stirn, dass ihnen bald schmutzig graue Schlieren im Gesicht standen.

Sie stellten die Stühle um den Tisch, legten ein weißes Laken darauf und deckten den Beistelltisch mit Skalpellen, Scheren, Messern, Pinzetten, Schabern, Schüsseln und einem Schraubstock ein, die sie aus dem Arbeitszimmer des Doctors holten. Auf einen Stuhl stapelten sie Bücher, das »De usu partium corporis humani«, das Niccoló da Reggio verfasst hatte; die »Anathomia« des Mondino dei Luzzi; die erste Präparier- und Sektionsanleitung für Unterrichtszwecke von Guido da Vigevano; den in Wien erschienenen »Fasciculus medicinae« und die in Padua veröffentlichte »Anatomia sive historia corporis humani«. Zum Schluss lud der Doctor dem Pedell noch das von Andreas Vesal 1543 in Padua vorgelegte »De humani corporis fabrica libri septem« und sein eigenes Thesenbuch auf.

Nachdem sie endlich alles in den Theatersaal verfrachtet hatten, plumpste der Doctor auf den Sessel neben den aufgestapelten Werken nieder. Der Pedell eilte nach draußen, um zu melden, wenn jemand kam.

Prüfend sah sich der Doctor um. Etwas verloren standen die Tische und Stühle in dem riesigen Saal. Dort, wo Sektionen zum Spielplan gehörten, wo sie mehrere Tage lang dauerten, wo das Publikum Eintritt bezahlte und sich die Gebühr verdoppelte, wenn Frauen oder Geschlechtsteile gezeigt wurden, gab es eigens eingerichtete Räume, in denen die Ränge spiralförmig anstiegen, um aus jeder Position einen guten Blick auf den Leichnam zu haben.

Aus Tübingen hieß es, Sektionen würden in einer umgebauten Kapelle durchgeführt. Hier in Innsbruck aber gaben weder der Herr sein Haus noch der Klerus seinen Segen. Der Theatersaal mochte nicht der ideale Ort für eine Sektion sein, dafür war er an Merkwürdigkeiten gewöhnt.

Der Doctor schaute zum Tor. Nichts rührte sich. Die Zeit hatte ihre langsamste Gangart eingelegt. Mit seinen Fingern tippte der Doctor auf das Deckblatt des Thesenbuchs, auf dem sein Abbild, begleitet von Hygieia, der Göttin der Gesundheit, vor die Tiroler Landstände trat, um ihnen nach alter Tradition seine Thesen aus Philosophie und Medizin zu überreichen. Sein Zeigefinger traf den Bischof von Brixen mit dem Birett in der Hand, sein Mittelfinger traktierte den Landeshauptmann mit der Allongeperücke und dem Degen und streifte die dahinter stehenden Prälaten von Neustift, Stams und Wilten. Die Vertreter von Adel, Bürgertum und Bauern, mit Knüppel und Hellebarden bewaffnet, blieben unberührt. Die Stände waren stark in Tirol. In Innsbruck hatten sich keine so prunkvolle Hofhaltung entwickelt wie in Wien, keine so pompösen Bauten wie in Florenz, keine so großen Plätze wie in München. Dafür der Gemeinschaftssinn.

Das Tippen des Doctors erinnerte an das Wasser der Flüsse, die von allen Seiten nach Tirol strömten und auf dem Thesenbuch als Wirrwarr an Linien dargestellt waren, begrenzt von den Kalkalpen im Norden und dem Gardasee im Süden. Der Inn und die Etsch saßen als alte Männer mit weißem Haar im Bild, die Etsch an ein Wasserrohr gelehnt, der Inn mit einem Laubkranz im Haar, beide mit Rudern bewehrt, zwischen ihnen Putten, Bergwerkshämmer schwingend und Salzkristalle sortierend, und die allegorische Gestalt der Mutter Tyrolia, die unter ihrer aus verschiedenen Burgteilen bestehenden Krone das Beste aus Nord und Süd vereinte: Seidenstoffe aus Trient, Leinen aus dem Ötztal, Loden aus dem ganzen Land.

Über allem thronte die Gottesmutter auf einer Mondsichel, umgeben von den Schutzpatronen des Landes, zu ihrer Linken der heilige Georg, flankiert vom heiligen Vigilius, dem Bistumspatron von Trient, der die Christianisierung des Landes vorangetrieben hatte und dafür von den Heiden im abgelegenen Redenatal mit einem Holzschuh erschlagen worden war, zu ihrer Rechten die heilige Anna mit dem Buch des Alten Testaments in der Hand, begleitet vom heiligen Kassian, dem Patron der Brixner Kirche, der in Imola als Lehrer tätig gewesen und von seinen Schülern mit eisernen Griffeln zu Tode gequält worden war. Neues durchzusetzen war nie leicht gewesen in Tirol. Gerade weil das

Land ein Schmelztiegel war und Innsbruck eine Durchgangsstadt, hielt man unerbittlich am Alten fest.

Endlich! Der Doctor fuhr auf. Er hörte das Neue kommen.

***

Die Sonne stand fast senkrecht über dem Schinderkarren, als er am Goldenen Dachl in die Badgasse einbog und an der Pfarrkirche vorbei auf das Tränkertörl zusteuerte, durch das man einst Schweine, Ziegen und Kühe an den Inn getrieben hatte. Der Kräuterturm und die Universität kamen in Sicht. Kinder, die dem Schinderkarren vorausgerannt waren, pressten sich an die Mauern des Torbogens. Um vorbeizukommen, musste der Henker das Gespann stoppen und sie verscheuchen. Auch die Menge hinter ihm blieb stehen. Unzählige Augen starrten ihn an. Es waren viele, doch wohin er auch blickte, sah er immer nur die grünen Augen des Münzwardeins. Etwas aus diesem Blick war tief in seine Seele gedrungen. Es war noch immer lebendig, obwohl die Augen des Gerichteten bloße Fleischstücke waren in einem Kopf, der auf der Pritsche hin und her kullerte.

Der Henker schluckte. Seine Kehle war trocken. Er griff nach dem Lederbeutel, der neben dem Kopf des Münzwardeins lag, und nahm einen Schluck Wasser. Jetzt verstand er, weshalb ihn sein Vater gewarnt hatte, einem Todgeweihten in die Augen zu schauen. Was er damit gemeint hatte, dass der Blick der Verurteilten ihn verhexen könne. Warum er ihm gezeigt hatte, wie er ihnen ein schnelles Ende bereiten konnte, den Gehängten mit einem festen Ruck an den Beinen, den Brennenden mit einer Schlinge um den Hals, die er zuzog, sobald der Rauch den Schaulustigen die Sicht genommen hatte, den Geräderten mit einem Schlag auf das Brustbein, damit es sich durch das Herz bohrte. Dies waren seine Mittel, um ihre Seelen gnädig zu stimmen, wie es die Obrigkeit mit der Henkersmahlzeit tat. All das hatte sein Vater ihm erklärt. Doch er hatte ihm nicht gesagt, was zu tun war, wenn er einem Todgeweihten in die Augen geschaut hatte.

Das schmiedeeiserne Tor der Universität trennte die Leiche vom Leichenzug. Während der Schinderkarren über den Vorplatz rollte, blieb die Menge gaffend hinter dem Gitter stehen. Und doch – im Henker tobte es weiter.

Er hatte nicht die Zeit, länger nachzudenken. Auf seinen Gehstock gestützt, eilte der Doctor herbei. Der Henker kannte ihn vom Sehen. Er hatte Gutes von ihm gehört. Ohne Tobias oder den Henker zu beachten, schoss er auf den Schinderkarren zu, stützte die Arme an der Seitenwand ab, schob sich auf die Zehenspitzen und beugte sich über den Rand. Statt zurückzuzucken, schaute er dem Tod mit einem Lächeln ins Gesicht.

Tobias warf seinem Meister einen auffordernden Blick zu. Der Henker räusperte sich. »Wo sollen wir hin mit ihm?«

Der Doctor stieß sich ab. Wortlos drehte er sich um und winkte das Gespann mit sich zum geöffneten Theatertor. Er ließ Kopf und Körper des Münzwardeins auf den Tisch in der Mitte des Saales betten, löste eigenhändig die Fesseln an Händen und Füßen und schnitt Hemd und Hose auf. Er schnüffelte am nackten Leichnam, drückte den Daumen ins Gewebe und prüfte die Beweglichkeit der Glieder.

»Benissimo!«, sagte er schließlich, zum Henker gewandt. »Er dürfte halten.«

Der Henker stutzte. Es kam selten vor, dass jemand ihn ansprach. So jemand wie der Doctor schon gar nicht.

»Halten?«, fragte er. »Wofür?«

»Für die Sektion.«

»Ja, schon, aber …«

»Bis morgen.«

»Wieso erst morgen?«

»Unser verehrter Statthalter will der Sektion beiwohnen«, erklärte der Doctor, »doch erst morgen ist er imstande dazu.« Die Ungeduld in seiner Stimme machte deutlich, dass er sich am liebsten sofort an die Arbeit gemacht hätte. Mit jeder Stunde entfernte sich der Leichnam mehr vom Zustand der Lebendigkeit. Der Doctor wollte ihn so frisch wie möglich untersuchen. Doch er hatte keine Wahl. Nicht nur der Statthalter wollte die Sektion sehen. In diesem Augenblick klopften Boten überall in der Stadt an die Türen einflussreicher Männer, deren Namen seit Monaten auf einer Liste in der obersten Schublade seines Schreibtisches standen, um sie zur ersten Sektion in der Geschichte der Universität von Innsbruck zu laden.

Draußen begann der Gaul zu tänzeln. Tobias versuchte eine Verbeugung und ging hinaus. Der Henker musterte den Saal, die Treppen an den Seiten, die Balustrade auf halber Höhe. Es war kühl, und die Luft hatte genügend Raum. Und doch beschlich ihn ein ungutes Gefühl. Er dachte an die hungrigen Verwesungsgeister, die nichts und niemand davon abhalten konnte, an einer Leiche zu nagen.

Der Henker wollte schweigen, weil er wusste, dass sein Wort nichts galt. Doch der Doctor hatte etwas an sich, das ihn reden ließ.

»Sie wird anfangen zu stinken. Die Wunde«, er deutete auf den Halsstumpf, auf den sich eine hauchdünne schleimige Schicht gelegt hatte, »müsste versorgt werden.«

Der Doctor hob die Augenbrauen. »Versorgt?«

»Mit Armesünderfett. Ich nehme es, wenn ich Finger abhacke und sie dann verbinden muss. Diesmal aber …« Der Henker brach ab und hob seine leeren Handflächen. Einen Toten hatte er noch nie zu versorgen gehabt.

Der Doctor sah den Henker an, der Henker den Doctor. Es war ein seltsames Spiegelbild. Die weißen, leicht gewellten Haare des einen, die braunen Locken des anderen. Der knielange Samtrock des einen, der verschlissene Mantel des anderen. Die Falten auf beiden Gesichtern, die einen vom Alter, die anderen von der Sonne. Beide kannten sich aus mit dem menschlichen Leib. Beide machten mit leblosen Körpern ihr Geschäft. Beide waren mit dem Tod im Bunde.

Der Doctor durchbrach die Stille, die sich breitgemacht hatte. »Du hast recht«, sagte er. Ein für den Henker ungewohnt warmer Ton lag in seiner Stimme. »Aber es wird schon gehen.«

Der Henker nickte.

Wieder wurde es still.

Wann er ihn abholen solle, fragte der Henker schließlich.

Wen?

Mit einem Kopfnicken deutete der Henker auf den Münzwardein.

Es wurde kalt.

»Ich behalte ihn!«, sagte der Doctor.

Der Henker stutzte. »Aber er gehört mir.«

»Dir?«

»Ja, die Leiche eines Hingerichteten gehört dem Henker.«

»Jetzt nicht mehr! Der Statthalter hat sie mir zugesprochen.«

»Aber ich brauche sie.«

»Ach ja? Wozu?« Jetzt hörte der Henker aus den Worten die Verachtung, die er kannte.

»Das ist mein Geschäft«, antwortete er. »Ich habe die Erlaubnis der Regierung, von den Maleficanten die Fette zu nehmen. Ich mache das Armesünderfett daraus. Außerdem kauft der ...« Der Henker stockte. Fast hätte er zu viel gesagt. »Ich verkaufe die Knochen«, fuhr er ausweichend fort. »An jemanden, für den sie wichtig sind.«

»Per piacere!«, brauste der Doctor auf. »Für wen sollten sie wichtiger sein als für mich? Ich werde die Leiche sezieren und sie danach als Skelett wiederauferstehen lassen. Ich werde jeden Knochen brauchen.«

»Ja, schon, aber ...« Der Henker spürte, wie sein Herz pochte. Er fühlte sich bereit, doch er wusste nicht, wozu. Er war gewohnt, zu gehorchen, und nicht, gehört zu werden. Doch der Doctor nahm ihn als Gegner. Er nahm ihn wahr. Das war neu.

»Was willst du?«, fuhr der Doctor ihn an. »Geld?«

Von einer plötzlichen Klarheit überrascht, sah der Henker ihn an. Der Doctor hatte ausgesprochen, was ihn die ganze Zeit verfolgt hatte. Was er wollte? Bis jetzt war die Antwort nur eine Ahnung gewesen. Plötzlich war sie Gewissheit. Was er wollte, war ungeheuerlich. Allein der Gedanke stand einem Henker nicht zu. Er sah sich um. Tobias stand draußen beim Gaul. Niemand außer ihnen war ihm Raum. Dennoch senkte der Henker seine Stimme.

»Nein«, raunte er. »Kein Geld. Ich will dabei sein.«

Der Doctor verstand nicht. »Dabei sein? Bei was?«

»Bei der Sektion.«

Es war gesagt. Die Worte verhallten. Der Henker wagte kaum zu atmen. Im Gesicht des Doctors suchte er nach aufbrausendem

Zorn und stummem Spott. Er fand sie nicht. Stattdessen sah er Verwunderung, immer stärker werdende Verwunderung. Der Doctor schaute ihn an. Dann auf die Leiche. Als er schließlich antwortete, fuhr es dem Henker durch Mark und Bein.

»D'accordo«, nickte er. »Aber komm früh, lange vor zwölf. Versteck dich – und zu keinem ein Wort!«

Die beiden Männer standen da und staunten. Übereinander und über sich selbst. Erst jetzt hörten sie die Stimmen von draußen. Sie wurden weniger. Die Menge verzog sich.

5

»Geh mir aus dem Weg!« Die Stimme des Bischofs drang durch die vergoldete Schlafzimmertür, noch ehe seine feiste Gestalt dahinter auftauchte. Im Gehen malte er ein Kreuzzeichen in die Luft.

»In nomine patri et filii et spiritus sancti.«

»Amen.« Die Stimme des Statthalters drang aus dem hinteren Teil des Raumes, wo er, von Kissen gestützt, in seinem Bett saß. Mühsam richtete er sich auf.

Karl V. von Lothringen war nicht für jeden ein schöner Mann. Sein Gesicht wurde von einer langen Nase beherrscht, die den Mund weit nach unten drängte. Sein Kinn floh. Seine mandelförmigen Augen wirkten einfältig. Doch der Eindruck täuschte. Karl war kämpferisch und klug. Die Türken hatte er das Fürchten gelehrt, hieß es aus Wien, wo er als kaiserlicher Feldherr gedient hatte. Jetzt allerdings schien es, als habe das Leben zu viel von ihm verlangt. Seine Schultern beugten sich unter dem purpurnen Morgenmantel. Ohne die Allongeperücke, deren schneckenförmige Locken ihm normalerweise bis zu den Ellenbogen fielen, stachen seine Wangenknochen noch stärker hervor. Seine Augen waren rot, obwohl die schweren samtenen Vorhänge zugezogen waren, um das Licht im Zimmer zu dämpfen.

»Ihr hier?« Der Statthalter tat überrascht. Normalerweise residierte der Bischof jenseits des Brenners in Brixen, wo, wie er sagte, die Sonne so stark war, dass die Trauben reiften. Doch jeder wusste, dass er auf Einladung des Grafen d'Occhieppo nach Innsbruck gekommen war, um das Ursulinenkloster und die Erziehungsanstalt für höhere Töchter zu eröffnen, die der Graf gestiftet hatte.

»Verzeiht meinen Aufzug, Eure Exzellenz«, fuhr der Statthalter fort, »seit Tagen bin ich ans Bett gefesselt. Eine eigenartige Schwäche. Meine Ärzte haben mir Ruhe verordnet. Doch sagt«, er hustete, »was führt Euch zu mir, dass selbst meine Krankheit Euch nicht hat abschrecken können?«

»Die Sektion, was sonst!«, stieß der Bischof hervor.

»Was ist damit?«

»Es stimmt also.« Die Pause, die der Bischof machte, wirkte bedrohlich. »Die Leiche des Münzwardeins soll in der medizinischen Fakultät gefleddert werden.«

»Aber Eure Exzellenz, von Fleddern kann keine Rede sein. Der ehrwürdige Professor Hieronymus Bacchettoni wird die Leiche nach allen Regeln der Anatomie untersuchen.«

Der Bischof öffnete den Mund, doch bevor er etwas erwidern konnte, deutete der Statthalter auf das Service aus feinstem Porzellan, das auf dem runden Serviertisch in der Nähe des Bettes stand: »Aber bitte, setzt Euch doch und nehmt einen Schluck Tee.«

Angewidert verzog der Bischof das Gesicht. Zuerst der elende Fisch und jetzt dieses furchtbare Gebräu. Seit seinem ersten Messwein hatte er nur noch edelsten Traubensaft getrunken, am liebsten Wein aus der Toskana, der sonnenverwöhnt über den Gaumen glitt und schwer im Magen lag. Argwöhnisch betrachtete er den dunkelgelben Aufguss.

»Apfelkraut«, erklärte der Statthalter, der dem Blick des Bischofs gefolgt war. »Auch bekannt als Kamille. Ein seit Jahrhunderten probates Heilmittel. Es reinigt den Körper von innen und von außen. Man kann es nicht nur trinken, sondern es auch auf die Augen tupfen. Manche Damen schwören geradezu auf die wohltuende Wirkung, wenn man sich den Sud über die Haare gießt. Ihr solltet ihn unbedingt versuchen.«

Der Bischof zuckte. Für einen Moment verspürte er den fast unwiderstehlichen Drang, in sein schütteres Haupthaar zu greifen. Unwirsch winkte er ab. Er überlegte, ob er auch die Einladung, Platz zu nehmen, ausschlagen sollte. Er hätte den Statthalter gern von oben herab betrachtet, anstatt ihm auf Augenhöhe zu begegnen. Doch es war besser, seine Kraft aufs Gespräch, anstatt aufs Stehen zu verwenden.

Mehrere Sitzmöbel luden zum Verweilen ein – ein mit Samt bespannter Lehnstuhl, ein mit Damast überzogener Faltstuhl, ein in Velours gehaltenes Ruhebett, ein roter Ohrenlehnstuhl. Der Bischof entschied sich für den roten Ohrenlehnstuhl, weil er dem

Bett des Statthalters am nächsten stand. Gut möglich, dachte der Bischof, dass Eleonore Maria Josepha die ganze Nacht darauf gewacht hatte. Was hatte diese Frau nicht schon alles für ihren Mann getan. Durch sie war er an Tirol gekommen. 1679, ein Jahr nach der Hochzeit, hatte ihn sein Schwager, Kaiser Leopold I., zum Statthalter des Landes gemacht. Eine stolze Mitgift für eine gottesfürchtige, gutgläubige Seele. Sicher hatte auch sie von der geplanten Sektion nichts gewusst – genauso wenig wie er.

»Wie kann es sein«, sagte der Bischof und zerrte, während er sich niederließ, an seinem Talar, der sich zwischen den Beinen verfangen hatte, »dass ich über diesen Frevel nicht informiert bin? Dass ein einfacher Pater mir berichten muss?« Erzürnt sah er den Statthalter an. »Bin ich nicht etwa das geistige Oberhaupt des Landes?«

»Gewiss«, nickte der Statthalter.

»Und muss ich Euch daran erinnern, dass ich zudem«, der Bischof hob den Zeigefinger, »der Kanzler der Universität von Innsbruck bin.«

»Keineswegs.«

Nur allzu gut wusste der Statthalter um die Macht des Bischofs. Dreiundzwanzig Jahre war er nun schon Kanzler der Universität, von Anfang an. Als der Kaiser bei Papst Innozenz XI. die Bestätigungsbulle für die Universität eingeholt hatte, hatte sich der Bischof als Kanzler gut gemacht. Nur der damalige Rektor, ein Jesuitenpater, hatte gewarnt: Das würde unangenehme Folgen haben. Jeder wusste, dass die Prinzipien des Bischofs strenger waren als jene des Herrn. Doch der Kaiser hatte nicht auf ihn gehört.

»Na also«, sagte der Bischof und drückte seinen massigen Oberkörper gegen die Stuhllehne. »Warum weiß ich nichts davon?«

Der Statthalter räusperte sich. Er habe, begann er umständlich, den Bischof nicht belasten wollen mit den Geschäften des Alltags, mit den Fragen der Gerichtsbarkeit, derer sich längst die weltliche Obrigkeit angenommen habe. Er habe ihn nicht langweilen wollen mit den irdischen Belangen einer Sektion.

»Irdisch?« Der Bischof schickte einen Blick gen Himmel, als stünde die Welt auf dem Kopf. »Wir reden über das Seelenheil eines Menschen, über einen Körper, der verstümmelt werden soll, sodass sein Übertritt ins Jenseits gefährdet ist. Wir reden über das Leben nach dem Tod.«

»Die Sektion mag einen Körper zerstören«, gab der Statthalter ihm recht. »Im Geiste aber wird er wiedererschaffen.«

»Im Geiste! Im Geiste! Was nützt das schon? Ihr wart doch auch ein Diener des Herrn.«

Der Statthalter nickte. Bevor sein Bruder Ferdinand gestorben war und er dessen Platz in der Welt einnehmen musste, war er Geistlicher gewesen. Er wusste, worauf der Bischof hinauswollte. Die Kirche lehrte, dass nur ein intakter Körper am Jüngsten Tag auferstehen und in den Himmel auffahren könne wie einst der Herr Jesus Christus.

»Mit Verlaub, Eure Exzellenz«, sagte der Statthalter, »aber wir sprechen nicht von unserem Herrn, sondern von einem Dieb, Brandschatzer und Mörder. Von einem Menschen, der sich durch seine Verbrechen aus der Gemeinschaft der Gläubigen ausgeschlossen hat. Er wird gewiss nicht in das Himmelreich aufgenommen werden, und den Weg in die Hölle wird er auch mit einem nicht mehr intakten Körper finden.«

»Wie könnt Ihr es wagen, ein solches Urteil zu fällen«, brauste der Bischof auf. »Einzig Gott wird über die Menschen richten, wenn sie das Diesseits verlassen haben. Sein Wille ist uns allen unbekannt.« Allen, außer mir, tönte er in Gedanken.

Er war einer der Stellvertreter Gottes auf Erden. Das Oberhaupt einer Kirche, die wusste, was Sünde war, und die das Paradies kannte. Die Angst und Hoffnung als ihr Werkzeug nutzte. Ein Werkzeug, das weit stärker war als das geschriebene Gesetz. Beim Statthalter wirkte es nicht. Warum sich die Hingerichteten dann nicht zu den anderen Toten des Friedhofs reihen dürften, wollte der wissen. Ob sie nicht verdammt seien?

»Nein.«

»Sondern?«

»Sie sind nicht würdig, in geweihter Erde zu liegen.« Die Augen des Bischofs verschwanden unter seinen Schlupflidern, so eng wurde sein Blick. »Schließlich ist der Körper ein Geschenk Gottes und nicht der Besitz des Menschen. Er ist die Wohnung des

Heiligen Geistes. Eine Wohnung, die Ihr durch Euer Zergliederungsgeschäft entehrt.«

»Wäre es besser, wenn Raben und Füchse das Fleisch zernagen?«, gab der Statthalter zurück. »Wenn die Gebeine monatelang am Galgen baumeln und unter freiem Himmel vermodern? Stattdessen werden Teile des Körpers nach der Sektion in kostbaren Gefäßen und Schränken aufbewahrt. Fast so«, der Gedanke überraschte den Statthalter selbst, »fast so wie die Reliquien der Heiligen.«

Im Kamin, dessen schwarze Kacheln geheimnisvoll schimmerten, knackte die Glut. Ihr Schein spiegelte sich in den lang gezogenen, goldverzierten Trumeauspiegeln an der Wand. Die Luft im Zimmer war zum Schneiden. Mit zwei Fingern zerrte der Bischof am roten Stehkragen, über dem sein Hals hervorquoll. Er war selbst schon zu den Schädeln der Apostel Petrus und Paulus in Rom gepilgert, zu den Gebeinen des heiligen Jakobus in Santiago de Compostela, zu den Knochen der Heiligen Drei Könige in Köln. Mit den verstümmelten Teilen von Verbrechern hatten sie weiß Gott nichts gemein.

»Die Reliquien der Heiligen sind Ausdruck dessen, was die Seelen dieser Auserwählten auf Erden zurückgelassen haben«, presste er hervor, nachdem er sich Luft verschafft hatte. »Am Ende der Zeit, wenn die Heiligen die Gräber verlassen, werden ihre Körper von selbst wieder eins. Insofern sind Reliquien«, der Bischof rang nach einem Vergleich, »wie ein Schlüssel zum Himmel, der am Jüngsten Tag dessen Pforte öffnet.«

Es wurde still. Der Statthalter hatte nicht erwartet, dass sich der Bischof mit vollendeten Tatsachen abfinden würde. Doch er musste sich eingestehen, dass er mit so viel Gegenwehr nicht gerechnet hatte.

»Aber der Mensch hat doch auch ein Recht, die Schöpfung zu begreifen«, setzte er von Neuem an. »Schon Aristoteles meinte, alles von der Natur Vorgegebene sei zu erforschen.«

Der Bischof brummte. »Es mag ja viel Wahres und Richtiges sein an dem, was Aristoteles gesagt hat. Nichtsdestotrotz war er ein Heide.«

»Ja, aber bedenkt doch, Eure Exzellenz, dass Gott den Menschen nach seinem Bild erschaffen hat! Warum sollen wir es nicht sehen?«

»Deus solus infallibilis veritas est.«

»Die Wahrheit liegt in Gott allein«, nickte der Statthalter. »Uns Menschen erschließt sie sich nur bruchstückhaft. Allerdings«, fügte er nach einem tiefen, rasselnden Atemzug hinzu, »bin ich überzeugt, dass die Sektion etwas Licht in die Sache bringen wird. Schließlich hat auch Descartes den Leib mit einer Maschine und den kranken Menschen mit einer schlecht gemachten Uhr verglichen, die sich reparieren lässt, wenn man weiß, wie sie funktioniert.«

»Verschont mich mit Euren Franzosen!«, fuhr der Bischof ihn an. »Eine Krankheit ist und bleibt eine Strafe Gottes, ein Symbol für den gefallenen Menschen, für ein Fehlen und ein Verfehlen, für einen Mangel an Sein.« Er hob die Hand, als wolle er auf den Statthalter zeigen. »Sie ist ein Unterbleiben und ein Unterlassen, ein Zuwenig und ein Daneben, und nicht zuletzt ist sie eine Prüfung, die der Herr dem Menschen auferlegt. Der Mensch muss sich ihr fügen, sie ertragen. *Dein Wille geschehe!* Wo kämen wir hin, wenn wir versuchten, Gottes Willen zu lenken. Wollt Ihr ihm etwa ins Handwerk pfuschen?«

»Das überlass ich den Pfaffen«, murmelte der Statthalter.

»Wie meinen?«, argwöhnte der Bischof.

»Das übersteigt selbst meine Kräfte«, sagte der Statthalter laut und fügte betont kleinlaut hinzu: »»Für die Kranken muss man vor allem und über alles besorgt sein. Man soll ihnen dienen wie Christus selbst, dem man ja wirklich in ihnen dient. Denn Er hat gesagt: Was ihr einem von diesen Geringsten getan habt, das habt ihr mir getan.‹«

»Ich kenne die Regel des heiligen Benedikt.«

»Wollt Ihr mir also abschlagen, auf das Können der Ärzte zu hoffen, um meinen müden Körper wieder in Gang zu bringen? Gerade in den letzten Tagen, so hilflos ans Bett gefesselt, ist mir klar geworden, wie wichtig es ist, zu lernen, zu suchen, zu finden. Man soll sich nicht allein auf Gebete verlassen.«

»Was zählt, ist nicht die Last des Lebens, sondern einzig und allein die Ewigkeit im Himmelreich.«

»Nicht nur und nicht überall«, entgegnete der Statthalter.

Fragend sah der Bischof ihn an.

Im Herzogtum Preußen, erklärte der Statthalter, werde bereits darüber diskutiert, Theologiestudenten in medizinische Vorlesungen zu schicken. So könnten sie den Menschen als Priester Anweisungen zur Wahrung der geistigen und körperlichen Gesundheit geben. Schließlich sei eine gute Gesundheit für ein gottgefälliges Leben unabdingbar.

Das war zu viel. »Nie und nimmer werden die Flausen der Protestanten zum Maßstab für die Katholiken werden!« Der Bischof ballte seine rechte Hand zur Faust. Der Amethystring presste sich ins Fleisch. »Ganz im Gegenteil. Als Kanzler der Universität ist es mein Recht, ja vielmehr meine Pflicht, über die Reinheit der Lehre zu wachen. Ecclesia …«

»… abhoret ab sanguine!«, vollendete der Statthalter den Satz.

Doch so einfach ließ sich der Bischof nicht das Wort nehmen. »Ja, die Kirche vermeidet das Blut! Meint ihr, dieser Grundsatz ist mit den Kreuzzügen erloschen? Gerade jetzt, da Ketzer in der Gestalt von Chirurgen auftreten, ist er wichtiger denn je.«

Der Statthalter wollte einwerfen, dass der katholische Geist nicht alle Fächer an der Universität beherrschte. Dass die Medizin und das weltliche Recht Laienprofessoren vorbehalten waren. Dass es die Studiennorm den Jesuitenpatres sogar verbot, diese Fächer selbst zu lehren. Doch der Bischof ließ ihn nicht zu Wort kommen. Er beugte sich nach vorn, stützte die Ellenbogen auf die Schenkel und senkte die Stimme, sodass sie nur noch als Zischen zu hören war.

»Meint Ihr nicht auch, es wäre der Reputation der Lehranstalt mehr als abträglich, wenn ich dem Prokanzler die Vollmacht entzöge, akademische Grade zu erteilen?«

Der Statthalter verstand. Die Stimme der Moral war verstummt. Jetzt erhob sich jene der Macht.

Der Bischof fiel in seinen Stuhl zurück. Mit einem bedrohlichen Knacken fing die Lehne ihn auf. Er legte die Hände auf seinen Bauch, als wäre alles gesagt.

Doch der Statthalter antwortete: »Als Statthalter steht es mir frei, zur Verbesserung des Studiums etwas Neues einzuführen.«

Er atmete tief. »Mein Entschluss steht fest. Die Sektion wird durchgeführt.«

Der Statthalter hielt sich aufrecht, bis der Bischof das Zimmer verlassen hatte. Dann sackte er zusammen. Er hustete. Seine Schultern bebten. Er griff nach einem Taschentuch und drückte es gegen den Mund. Dunkle Schatten lagen unter seinen Augen. Mehr als die Krankheit hatte der Streit an seinen Kräften genagt. Eine Hitzewallung fuhr durch seinen Körper wie ein unheilvoller Vorbote dessen, was kommen würde.

6

Nachdem der Henker und Tobias den geköpften Münzwardein auf eine Weise losgeworden waren, die sie sich zu Beginn des Tages nicht hatten träumen lassen, machten sie sich auf den Heimweg. Ein Stück des Weges gingen sie gemeinsam. Von seiner Fracht befreit, rumpelte der Schinderkarren die Badgasse hinunter Richtung Stadtplatz. Nur noch ein paar Kinder rannten ihm hinterher.

Immer wieder sah Tobias den Henker von der Seite an. Sein Meister beachtete ihn nicht. Seit er aus dem Theatersaal gekommen war, hatte er kein Wort verloren. Er schien mit seinen Gedanken noch immer beim Münzwardein zu sein.

Am Goldenen Dachl trennten sie sich. Tobias wollte zurück in den Anbruggen, der Henker nach Hall. Tobias steckte den Lohn, den der Henker ihm gab, in die Tasche. Er grüßte nickend und verschwand im Getümmel, das mittlerweile auf dem Stadtplatz herrschte. Der Henker schlug die entgegengesetzte Richtung zur Silbergasse hin ein. Auf allen Seiten wimmelte und brodelte und rumorte es in wieder aufgenommener Geschäftigkeit. Die Händler klappten ihre Läden unter den Lauben auf, die Marktleute richteten ihre Verkaufsbuden her. Wie jeden Dienstag wurde Markt gehalten, heute etwas später als sonst. Den Geschäften schadete es nicht. Hinrichtungen wurden auf Markttage gelegt, weil viele Menschen in die Stadt kamen und sie sich mehr als sonst ans Irdische klammerten, wenn sie gesehen hatten, wie flüchtig das Leben war.

Mägde mit Körben voller Äpfel, Kartoffeln und Rüben hetzten am Henker vorbei. Sie sprangen zur Seite, als sie ihn bemerkten, und eilten weiter zu den Bäuerinnen, die auf Holztischen Eier aufstockten und Hühner mit umgedrehten Hälsen danebenstapelten. Ein Metzger und sein Geselle weideten im Stadtbrunnen ein Schwein aus und kühlten das Fleisch im Wasser. Am Stand daneben baumelten Wurstschlangen und Speckschwarten. Ein junger Bursche rollte ein Salzfass mit gepökeltem Fleisch über die

Straße. Es roch nach Geräuchertem und nach Erde, nach Leder und nach Seife, nach Essig und nach Fisch, nach Kräutern und nach Gewürzen, nach Branntwein und nach Blut, nach Honig und nach frischem Brot. In Wellen waberten die Gerüche heran, die einen stärker, die anderen schwächer, je nachdem, wie der Wind sie lenkte. Manchmal trieben sie ineinander und vermischten sich zu einem fast unerträglichen Widerspruch.

»Parmigiano!«, schrie ein welscher Händler, an dem der Henker vorbeikam und den die Umstehenden Alfonso nannten. Mit seiner gedrungenen Gestalt, seinem krausen Haar und seinem Schnurrbart mutete er ähnlich seltsam an wie das ausländische Tuch, die weiße Leinwand, das Papier, der Zucker, der Reis, die Mandeln und die Liköre, die er feilbot. »Ein Halbtaler das Stück.«

»Drei für einen Taler!«, unterbot ihn sein Nachbar. »Kauft, liebe Leute, kauft!«

»Sehr wohl, gnädiges Fräulein, ein halbes Pfund Pfeffer!«, säuselte der Spezger, um dessen Stand sich die an Ingwerwurzeln, getrockneten Safranfäden, Zimtstangen, Muskatnüssen und Weihrauchstückchen riechenden Damen drängten. Die Männer verhandelten, rauchend um die Steinpfeiler der Laubengänge geschart. Hände klatschten ineinander. Am Stand des Schneiders klapperten Scheren. Ein Schuster fluchte.

Der Henker hielt sich am Rande der Straße und zog im Schutz der Häuserzeile die Silbergasse hinauf. »Vergelt's Gott, vergelt's Gott«, beteten die Bettler herunter, die an den Hausmauern so eng nebeneinanderkauerten, dass ihre Lumpen eine geschlossene Front bildeten. An Markttagen kamen besonders viele von ihnen in die Stadt, auch Landfremde, die nur drei Tage bleiben durften und dann ein Jahr lang fortbleiben mussten, wollten sie nicht zur Strafe den Dreck aus dem Stadtgraben schaufeln. Den Kopf tief zur Brust gebeugt, streckten sie ihre Hände scheinbar blindlings der Barmherzigkeit entgegen. Als der Schatten des Henkers auf sie fiel, fuhren sie zurück.

Das Tauziehen der Gerüche und Geräusche begleitete den Henker bis zur Stadtmauer. Erst nachdem er den Wappenturm passiert und die Hofkirche, die Franziskanerkirche und die Jesuitenkirche hinter sich gelassen hatte, wurde es ruhiger.

Er nahm die Straße, die am Kapuzinerkloster vorbei in einem leichten Bogen dem Hofgarten folgte. Sie führte ihn zu den Adelssitzen, die nacheinander im Osten der Stadt errichtet worden waren, nachdem Herzog Friedrich IV. die Residenz der Tiroler Landesfürsten im Jahr 1420 von Meran nach Innsbruck verlegt hatte. Großzügige Gärten und hufeisenförmige Mauern umgaben die eleganten Palais mit ihren klaren Linien und ihrem wuchtigen Stein. Die Heiliggrabkirche mit den Siebenkapellen hatte sich zu ihnen gesellt. Ihr gegenüber ließ der Steg, über den Pater Vinzenz am Vormittag zum Bischof gehastet war, auch den Henker über den Fluss.

Bis jetzt hatte er den Schinderkarren zu Fuß gelenkt. Nun saß er auf. Der Gaul kannte den Weg. Er war schnurgerade und »so brait, das drei Gueterwagen nebeneinander geraumblich gehen, und also einander wohl ausweichen könnten«, wie Erzherzog Ferdinand II. es vor gut hundert Jahren befohlen hatte. Schnell hatte der Henker die Häuser der Stadt hinter sich gelassen.

Die Ellenbogen auf die Knie gestützt, die Zügel locker in der Hand, ließ er das vertraute Bild der Landschaft an sich vorüberziehen. Die schroffe Nordkette zur Linken, sanfte Hügel zur Rechten, ein paar Schlösser am Weg. In der Ferne ragten Kirchtürme auf. Auf dem Boden wechselten sich das Licht und der Schatten ab, den die Pappeln am Wegesrand warfen. Den Schatten des Schinderkarrens trieb die Sonne vor sich her. In den Gräben, die die Straße flankierten, schmolz der Schnee.

Die vertrauten Bilder und der monotone Tritt des Gauls ließen den Henker ruhiger werden. Er heftete seinen Blick auf den Inn, der breiter wurde, wenn er einmündende Bäche aufnahm, sich schmal machte, wenn es das Gelände verlangte, und sich bisweilen aufspaltete, als wäre er sich selbst nicht sicher, welcher Weg der beste sei.

Kurz bevor die Straße in ein Waldstück mündete, überholte der Henker eine Gruppe von Leuten, die sich zu Fuß auf den Heimweg gemacht hatten. Unter ihnen ging ein Mann mit spitzem Hut – das Erkennungszeichen der Juden. Auf der Brust hatten sie einen gelben Stern zu tragen. Kein Christ, so hieß es, sollte sich unwissentlich einlassen mit dem Volk, das den Herrgott auf dem Gewissen hatte. Im Vorbeifahren wandte sich der Henker um. Aus den Augenwinkeln sah er den Mann an. Er kannte seine markanten Gesichtszüge genau. Er machte gute Geschäfte mit ihm. Geschäfte, von denen niemand wusste. Noch nie hatte der Henker darüber gesprochen. Bis heute – als er mit dem Doctor um die Leiche des Münzwardeins gefeilscht und das Geheimnis fast verraten hätte.

Die Blicke der Männer trafen sich. Der Jude griff nach seinem Hut und nickte dem Henker fast unmerklich zu. Für die anderen sah es so aus, als rücke er sich den Hut zurecht.

Als der Weg in den Wald eintauchte, wurde es kalt. Das Schattenspiel der Pappeln verschwand. Fichten, Tannen, Föhren und Lärchen schimmerten dunkelgrün und violett. Es war noch weit bis nach Hall, doch der Henker machte halt. Noch bevor er die Zügel straffte, verlangsamte der Gaul den Schritt und trottete zur Seite. In der Ausbuchtung am Wegesrand fand der Karren Platz. Der Henker stieg ab, band den Gaul an einem Baumstamm fest und ging auf einem schmalen Pfad in den Wald hinein. Nur selten verirrte sich jemand hierher. Jene, die von dem Pfad wussten, hielten sich tunlichst davon fern, und jene, die ihn nicht kannten, wurden tunlichst davor gewarnt. Der Henker nahm ihn oft. Er führte zur Lichtung, auf der er sein Schwert schliff.

Der Henker ging langsam. Sein Blick suchte den Boden ab. Immer wieder bückte er sich, hob einen Stein auf, wog ihn prüfend in der Hand, ließ ihn fallen. Einen nach dem anderen begutachtete er, bis er endlich gefunden hatte, wonach er suchte. Den Stein in der Hand, trat er auf die Lichtung.

Er ging nicht ans Ufer, wo er am Tag zuvor gesessen hatte, sondern näherte sich der Fichte mit den vielen Steinen. Immer stärker schloss sich seine Faust um den Stein. Er horchte. Sah sich um. Alles war ruhig. Zwei Armlängen von der Fichte entfernt blieb er stehen. Er starrte auf die Steine, die um ihren Stamm drapiert waren, einige groß wie Äpfel, einige klein wie Kiesel, einige spitz, andere rund, einige bauchig, andere flach. Alle verschieden. Ein grauer Haufen Erinnerungen.

Der Henker bückte sich und legte den Stein, den er in seiner Faust hielt, obenauf. Er war anders als die anderen, nicht grau, sondern weiß. Ein Sonderling an der Spitze der Sammlung, so eigenartig wie das Schicksal, für das er stand. Das Schicksal des Münzwardeins.

Jedes Mal, wenn der Henker einen Menschen gerichtet hatte, kam er auf die Lichtung und legte einen Stein unter die Fichte. Einen Stein für jeden Kopf. Er suchte sie sorgsam aus. Für den dicken Müller, der die Gewichte gefälscht hatte und dafür hängen musste, hatte er einen wuchtigen Stein gewählt, für den diebischen Landstreicher, dem er mit dem Rad alle Glieder gebrochen hatte, einen flachen, für die Frau des Bergarbeiters mit ihrem hübschen Gesicht, die neben ihrem Mann zwei andere gehabt hatte und dafür geköpft worden war, hatte er einen Stein gesucht, der besonders schön schimmerte. Für alle seine Opfer gab es einen Stein. Nur für sein erstes Opfer nicht. Das war nicht nötig. Denn sein erstes Opfer lag unter dem Baum begraben.

Plötzlich hörte der Henker den spitzen Schrei. Er echote in seinen Ohren. Der Henker stand wie versteinert. Er war machtlos. Wie immer, wenn er vor der Fichte stand, wurde der Tag lebendig, an dem er zum ersten Mal getötet hatte.

Dass er eines Tages töten würde, war mit seiner Geburt bestimmt gewesen. Als Sohn eines Henkers durfte er nichts anderes tun. Kein anderes Handwerk nahm ihn auf. Die soziale Ordnung war starr, das Henken ein Erbe. Es war zum Beruf geworden, nachdem weder der siegreiche Kläger noch der jüngste Schöffe einer Gemeinde das Urteil mehr hatte vollstrecken wollen. Regelrechte Henker-Dynastien waren entstanden. Der Henker und seine Brut tanzten in einem Teufelskreis. Von Generation zu Generation tanzten sie weiter.

Von klein auf hatte der Henker seinem Vater bei der Arbeit zugeschaut. Schnell hatte das Sterben seinen Schrecken verloren. Das Töten war ein Handwerk. Und wie jeder Sohn wollte er genauso gut wie sein Vater werden. Manchmal schlich er nachts in die Werkzeugkammer, in der neben den Stricken, den Messern, den Brenneisen, den Daumenschrauben, den Beilen und den Ketten das Schwert an der Wand hing. Er stieg auf einen Stuhl und fuhr mit den Fingern ehrfürchtig über die schwarze Lederscheide. Er versuchte, das Schwert aus der Halterung zu heben. Doch sosehr er sich auch mühte, es rührte sich nicht. Wut blitzte in seinen Augen, als er auf den Stuhl niedersank und hinaufstarrte auf das Ding, das sich ihm verweigerte.

Als die Jahre vergingen und die Kräfte kamen, drückte ihm sein Vater eines Tages – es musste Hochsommer gewesen sein, denn die Schweißperlen standen ihm auf der Stirn – einen Säbel in die Hand und hieß ihn, damit auf ein Stück Erlenholz zu schlagen. Anfangs trafen die Hiebe wild auf den rotbraunen Stamm. Doch bald lernte der Junge, sie gezielt zu setzen und mit wenigen Zügen eine tiefe, saubere Kerbe zu schlagen.

Als die Kürbisse reif waren, karrte sein Vater eine kalbskopfgroße Frucht herbei und hob sie auf einen Holzpflock. »Schlag ihn durch!«, befahl er.

Der Junge verstand nicht. Es würde ein Leichtes sein, den Säbel durch den Kürbis zu jagen, konnte er doch schon Holz bezwingen. Doch er tat, was von ihm verlangt wurde.

Die Wucht des Schlages schleuderte ihn zu Boden. Das Fruchtfleisch spritzte nach allen Seiten. Der Säbel fiel ihm aus der Hand. Auf allen vieren fand sich der Junge wieder, seine Finger versunken im Dreck. Er spürte Blut. Warm rann es über sein Gesicht, den Hals hinunter, tropfte zu Boden. Der Säbel hatte seine linke Wange aufgeschlitzt.

»Wenn man jemanden köpft, muss man durch Hartes und durch Weiches fahren«, erklärte ihm sein Vater, als er ihm wenig später eine gelbe, nach Pech und Schmalz riechende Salbe auf die Wunde strich. »Man muss beides beherrschen.«

In den folgenden Monaten schlug der Junge auf jedes Material ein, das er finden konnte. Er haute leere Bienenstöcke durch, drosch auf Büsche ein und strich durch lose Blätter. Er nahm die Kraft zurück, wenn es nötig war, und ließ sie zu, wenn es die Umstände verlangten. Er fädelte Rüben auf einer Schnur auf und lernte, die Kette zu durchtrennen, ohne die Früchte zu treffen. Er lernte nicht nur den Säbel, sondern auch das Schwert zu führen. An einem strahlend blauen Wintertag lernte er zu töten.

Er war mit seinem Vater auf die Lichtung gefahren, wo der Reif sich an den Bäumen festkrallte und die Vögel ihr Gefieder zu einem schützenden Mantel aufplusterten. Der Junge setzte sich auf einen Stein und schaute zu, wie sein Vater das Schwert schliff. Neben ihm wie immer der graue Köter, den Kopf auf seine Schenkel gelegt. Wie aus dem Nichts war der Hund eines Tages aufgetaucht und ihm seither nicht mehr von der Seite gewichen. Zwei Außenseiter hatten sich gefunden und waren froh, nicht mehr allein zu sein.

Als der Vater seine Arbeit getan hatte, drückte er dem Jungen das Schwert in die Hand. Mit einem Kopfnicken deutete er auf den Hund. Entgeistert sah der Junge seinen Vater an. Der nickte wieder. Der Junge machte einen Schritt zurück. Die Hand des Vaters hielt ihn fest. Es war bestimmt. Der einzige Begleiter, den der Junge je gehabt hatte, sollte sein erstes Opfer sein.

Am Ende wusste er nicht mehr, wie er es getan hatte. Das Einzige, woran er sich erinnerte, als er wenig später am Ufer stand und sich das Grausen von der Seele spie, war der spitze Schrei, den der Hund ausgestoßen hatte. Ein kurzer, kläglicher Laut. Und doch hallte er in seinen Ohren eindringlicher wider als das Klagen der Menschen, die sein Vater gerichtet hatte.

»Warum?«, fragte er, nachdem er sich das Erbrochene vom Mund gewischt hatte. »Er konnte doch nichts dafür.«

Der Vater zuckte mit den Achseln. »Wir können alle nichts dafür.«

Die Worte waren weder Erklärung noch Trost. Doch sie mussten als Antwort genügen.

Der Junge brauchte lange, um im vereisten Boden unter der Fichte ein Grab zu schaufeln. Es dauerte Jahre, um all die Steine daraufzutürmen. Der spitze Schrei des Hundes blieb. Er war leiser geworden im Laufe der Zeit. Doch so groß der Steinhaufen auch wurde, er wollte einfach nicht verklingen.

7

Als der Henker aus dem Wald hinausfuhr, ließ er die Vergangenheit hinter sich. Die Landschaft weitete sich und mit ihr sein Blick. Das Heute, das Morgen kamen ihm in den Sinn. Der Befehl des Statthalters, die bevorstehende Sektion. Der Henker rieb seine Finger an den Zügeln. Hatte er den Doctor wirklich ums Dabeisein gefragt? Hatte der Doctor es ihm wirklich erlaubt? Er sah sich wieder im Theatersaal neben dem Münzwardein stehen, dessen Schicksal alles verändert hatte.

Hall kam in Sicht. Aufgereiht wie Perlen standen die Kirchtürme der Stadt hintereinander, der spitze Giebel von Sankt Salvator, der kupfergedeckte, achteckige Zwiebelhelm der Pfarrkirche, ebenfalls zwiebelförmig und würdevoll die Türme der Stiftskirche und der Jesuitenkirche. Der Münzerturm am Inn war so verkohlt, als hätte der Münzwardein mit Tinte sein Vermächtnis daraufgemalt. An Fassbindereien, Gerbereien und Mühlen vorbei steuerte der Weg auf die Stadtmauer zu, die sich halbkreisförmig in Richtung Norden zog und im Süden in einer geraden Linie entlang der Gebäudekante hervorsprang. Vor dem Pestilenzhaus saßen drei alte Männer in der Sonne. Der eine hatte die Augen geschlossen, die beiden anderen blinzelten den Henker an. Im Haus grölten die Betrunkenen, die sich die Zeit mit Schnaps vertrieben. Eine Tür knallte. Unruhig warf der Gaul den Kopf in den Nacken. Der Henker straffte die Zügel.

Im Stadtgraben brodelte das Wasser. Tausende von Setzlingen wuchsen für die Kochtöpfe der Haller Bürger heran. Ihr Wuseln mischte sich in das Klappern der Hufe und das Rollen des Wagens auf der Brücke, die hinein ins Obere Stadttor führte. Hinter dem Tor teilte sich der Weg. Rechter Hand ging die Landstraße in die Marktgasse über, die den unteren Teil der Stadt durchquerte. Der Gaul trottete nach links, über die Waldaufstraße den Pfaffenbichl hinauf in den oberen Teil der Stadt, der den Blick auf die Felder, die Schlösser, die Berge und die Flüsse der Umgebung freigab.

Der Tritt des Gauls klang weich. Die Waldaufstraße gehörte zu den hölzernen Gassen, die nicht mit Kopfsteinen, sondern mit Holzprügeln gepflastert waren. In Hall war man auf Ruhe bedacht. Die Stadt war nur halb so groß wie Innsbruck, weit weniger geschäftig und doch bei Weitem wohlhabender. Der Reichtum hatte sich als Gediegenheit breitgemacht. Hall war kein Ort, an dem man einen Henker vermutete. Doch hier ließ man ihn sein.

Sein Haus lag im Gritschenwinkel, der im Nordwesten an die Stadtmauer grenzte. Es war nicht weit bis zur Pfarrkirche und bis zum Rathaus. Nur der Baumgarten, wenige Steinwürfe lang, lag dazwischen. Und doch war es eine andere Welt. Als der Henker in den Gritschenwinkel einbog, kam ihm der Geruch entgegen, der ihm seit jeher als Heimat galt. Es roch nach der trockenen Kleie, die in den großen Stadeln des Gritschenwinkels lagerte, nach dem lehmigen Boden und nach dem Dampf, der aus der Badestube in die Gasse quoll. Am stärksten aber war das Stechen der Waschlauge, die sich mit jedem Waschzuber, den die Wäscherinnen aus der Sechtlküche auf die Straße schütteten, ins Freie ergoss. Aus der Schmiede kam der Geruch von erkaltetem Metall.

Das Haus des Henkers stand wenige Schritte entfernt. Es war unscheinbar, und doch bemerkte man es sofort. Über dem Eingang ragte eine eiserne Faust aus der Wand, die ein Schwert umklammerte.

Der Henker ging nicht ins Haus, sondern geradewegs in den Stall, um auszuspannen. Sogar seinen Mantel behielt er an, während er den Gaul trocken rieb, ihm Futter gab und frisches Stroh auf den Schinderkarren streute. Dann verstaute er das Schwert in der Werkzeugkammer und trat hinaus in den Garten. Nach einer Hinrichtung wollte er seine Erinnerungen nicht ins Haus tragen. Er machte sich auf, sie loszuwerden.

Er durchquerte den Baumgarten, auf dem im Frühjahr und im Herbst der Haller Jahrmarkt abgehalten wurde. Dann trugen die Bäume Blätter. Noch standen sie kahl. An der Pfarrkirche vorbei gelangte er durch den mächtigen Torbogen auf den Oberen Stadtplatz, vor dessen Herrenhäusern sich die Holzhütten duckten, in denen die Fratschlerinnen ihre Lebensmittel verkauften. Eine Handvoll Weiber war gerade dabei, den Platz zu kehren. Mit Strohbesen, deren Borsten ihnen bis zu den Knien reichten, schoben sie Dreck und Blätter in die Ritschen, die die Stadt wie ein Spinnennetz durchzogen. Die Ritschen lenkten das Wasser der umliegenden Bäche durch die Gassen, speisten die Brunnen und führten zu den Häusern, manchmal sogar bis in die Küche und in die hohen Zimmer hinauf, was, wie es hieß, faule Dirnen zügele. Als die Weiber den Henker bemerkten, drehten sie ihm hastig den Rücken zu. Der Henker war es gewohnt.

Ohne auf sie zu achten, eilte er den Langen Graben hinunter und bog nach wenigen Schritten in den Kurzen Graben ein, dorthin, wo in der Mauerfront der Häuser eine Lücke war. Stufen führten zur Rückseite anderer Häuser hinab. Der Henker schaute sich um. Als er niemanden sah, verschwand er im Durchgang.

Die Luft im Hurenhaus roch ranzig. An den Fensterscheiben klebte die Feuchtigkeit. Nur verschwommen nahm man draußen wahr, was drinnen geschah. Man erahnte die lockenden Körper der Frauen, hörte das Klirren der Becher, das flinke Rollen der Würfel und das schallende Gelächter, das in Wogen auf- und abbrauste.

Chiara stand hinter dem Tresen, der ihre Beine verdeckte und den Blick auf ihren Busen lenkte, der aus dem roten Mieder quoll. Die Farbe des Kleides passte zu ihrem schwarzen Haar. Wie alle anderen Huren trug sie ein gelbes Tuch um den Hals. Hübschlerin nannte man sie. Huren hatten als Erste das Recht gehabt, sich herauszuputzen.

Chiara zapfte Bier und füllte Krüge mit Wein und ließ den Blick immer dann zur Tür gleiten, wenn ein kalter Hauch neue Freier ankündigte.

Sie kamen in Scharen an dem Tag, an dem ein Mensch sein Leben ließ. Berauscht von der blutigen Szene, strömten sie herein, rissen sich die Filzhüte vom Kopf, fielen auf die Holzstühle nieder, lehnten sich zurück und spreizten die Beine, als hätte der Anblick des Todes ihnen so viel abverlangt wie ein Tag schwerer

Arbeit. Die Huren brachten ihnen Bier und Wein, setzten sich auf ihre Schöße und berauschten sie auf ihre Art.

Als eines der Mädchen sie fragend ansah, wies Chiara mit einer leichten Kopfbewegung zu einem jungen Burschen, der in der Ecke des Raumes saß, die Arme auf den Tisch gelegt, den Kopf darauf gebettet.

»Na?« Lockend beugte sich das Mädchen zu ihm hinab. »Wie wär's mit uns?«

Der Jungspund hob den Kopf. Mit glänzenden Augen stierte er auf die weißen Brüste, die sich ihm entgegenstreckten. Er schmatzte. Das Bier stieß ihm auf. Ohne ein Wort herauszubringen, verdrehte er die Augen und sank zurück auf den Tisch.

Die Männer an den umstehenden Tischen lachten.

»Gib ihm doch Grundbirnen!«, rief einer von ihnen. Er gehörte zu den Hafenarbeitern, die am Inn die Baumstämme aufstockten und nicht minder verrucht waren als die Schiffsleute.

»Grundbirnen, richtig!«, pflichtete ein anderer ihm bei. »Mit Erdäpfeln steht er wieder!«

Der Hafenarbeiter hob seinen Krug. Er hatte breite Schultern und kräftige Arme. Das Auffälligste war, dass er keine Haare hatte. Selbst die Augenbrauen fehlten.

»Auf die Erdäpfel, Männer!«

»Prost!«

Entgeistert sah das Mädchen ihn an. »Bist deppert?«, gab es zurück. »Willst wohl, dass er damisch wird.«

Der Kahle lachte auf. »Noch dümmer geht's nicht, wenn er so was Hübsches wie dich nicht haben will.«

Das Mädchen lächelte versöhnlich. Sie warf ihre Haare zurück, stemmte die Hände in die Hüften und stolzierte mit wiegendem Schritt auf den Kahlen zu. Vor ihm ging sie auf Augenhöhe, indem sie eine Hand auf ihr Knie stützte und den Oberkörper weit nach vorn schob.

»Brauchst auch welche?«, fragte sie.

»Was?«

»Grundbirnen.«

Diesmal hatte sie die Lacher auf ihrer Seite.

»Na, warte!«, brummte der Kahle und packte zu. Das Mädchen

plumpste auf seinen Schoß. Er vergrub sein Gesicht in ihrem Mieder, rieb seine Wangen an ihrer Brust und schnaufte den Lavendelduft ein, der aus den eingenähten Kissen unter ihrem Kleid strömte. Kichernd wand sie sich in seinem Griff. Er lockerte ihn, schubste sie vom Schoß, stand auf und trieb sie vor sich her, die Treppe ins obere Stockwerk hinauf, zum Lager aus Stroh.

Chiara sah ihnen nach. Die Männer, die in der Stube am lautesten schrien, gaben sich auf dem Stroh mit dem wenigsten zufrieden. Sie lagen obenauf und verlangten nichts, was als Sodomie und verboten galt. Jahrelang hatte auch Chiara sich wehren müssen gegen die scheinheiligen Stillen, die keine Grenzen kannten, sobald sie allein mit ihr waren. Erst seit sie das Hurenhaus leitete, musste sie sich nicht mehr zu den Freiern legen.

Aus dem oberen Stockwerk drang tiefes Stöhnen herunter in die Stube, wo das Saufen und Spielen und Grölen weiterging. Die Stimmung war aufgeheizt. Die Gemüter blieben ruhig.

Eines der Mädchen kam aus der Küche und zog Chiara zur Seite. »Der Meister ist da«, flüsterte es.

Chiara nickte. Sie wischte sich die Hände an einem Tuch ab, strich sich mit dem Handrücken über die Stirn, griff nach einem der gefüllten Bierkrüge und sah sich noch einmal prüfend in der Stube um.

»Bleib hier und mach weiter!«, wies sie das Mädchen an und verschwand in der Küche.

Der Henker saß auf der Eckbank, die Arme auf der Lehne ausgestreckt.

»Hat dich jemand gesehen?«, fragte Chiara, als sie ihm den Bierkrug entgegenstreckte. Im Trinken schüttelte er den Kopf. Chiara nickte zufrieden. Jeder wusste, dass der Henker der Herr der Huren war. Dass er sie aus der Gosse kaufte und sie ihm so lange verpflichtet waren, bis sie ihre Schuld abgearbeitet hatten. Dass er sie hinterm Haus begrub, auf einem Acker, der nicht Gott gehörte, aber genügen musste. Trotzdem kam er durch die Hintertür, damit kein Freier ihn bemerkte. Nichts war schlechter für das Geschäft als das schlechte Gewissen, das sein Anblick bei denjenigen weckte, die nicht hier sein sollten: verheiratete Männer, Pfarrer und Juden, die mit keiner christlichen Frau verkehren durften. Doch was waren Sakramente und Gesetze gegen den Trieb!

Wer mit einer Hübschlerin erwischt wurde, den musste der Henker eine Stunde lang auf den hölzernen Schandesel setzen oder ins eiserne Narrenhäusl stecken, die auf dem Stadtplatz standen und die Leute anlockten wie eine stinkende Frucht die Fliegen. Die Schmach war ein bitterer Beigeschmack der Lust. Den Geschmack verderben aber konnte sie nicht.

Während der Henker trank, machte sich Chiara daran, Brot, Speck und Käse aufzuschneiden.

»Und?«, fragte sie.

Der Henker griff nach einem Stück Käse. »Was?«

»Erzähl! Was haben sie mit ihm vor?«

»Mit dem Münzwardein?«

Chiara nickte.

Der Henker lächelte. Neuigkeiten kamen schnell wie der Wind in die Stadt. Direkt ins Hurenhaus.

»Was weiß ich«, sagte er ausweichend und wischte das Thema mit einer Handbewegung vom Tisch.

Doch so einfach ließ sich Chiara nicht beirren. »Aber du hast ihn doch zur Universität gebracht.«

Der Henker brummte zustimmend.

»Und dabei einige Leute ganz schön erschreckt«, gluckste Chiara.

Fragend sah der Henker auf.

Chiara hielt inne, das Brotmesser vor der Brust. »Vor der Innbrücke. Eine Kutsche.«

»Was ist damit?« Der Henker erinnerte sich an das Gefährt, das ihnen den Weg abgeschnitten hatte und am Ende warten musste, bis der Leichenzug vorübergezogen war.

»Adelige Damen saßen drin«, klärte Chiara ihn auf. »Mutter und Tochter. Ins Ursulinenkloster sind sie gefahren. Die Mutter soll noch immer ganz hysterisch sein. Der Kutscher hat's gesagt.«

Der Henker zuckte mit den Schultern.

»Und was passiert jetzt?«, bohrte Chiara weiter.

»Was weiß ich.«

Chiara runzelte die Stirn, wartete eine Weile und rammte, als nichts weiter kam, das Messer ins Brot. Dass der Henker nicht über die Hinrichtungen sprach, war sie gewohnt. Sie hatte gelernt, nicht danach zu fragen. Dass er auch über die Sektion nicht reden wollte, ärgerte sie.

»Vergiss das Wasser nicht!«, sagte er stattdessen.

»Was?«

Der Henker deutete auf den Zuber, der an der Wand lehnte und in dem normalerweise Wäsche und Schweinelenden eingeweicht wurden.

Chiara murrte, weniger wegen der Antwort, die ihr der Henker schuldig geblieben war, als vielmehr wegen des Wassers. Sichtlich angewidert füllte sie zwei Töpfe und hängte sie über das Feuer. Dann ließ sie den Zuber unsanft zu Boden.

Es war ihr unbegreiflich, wie der Henker nach jeder Hinrichtung ein Bad nehmen konnte. Ein weit gereister Herr, der einmal bei ihr gelegen hatte, hatte ihr erklärt, das Wasser würde die Poren der Haut erweitern und Krankheiten in den Körper lassen. Es würde den Augen schaden, Zahnschmerzen verursachen, Katarrh auslösen und dem Gesicht eine bleiche Farbe geben. Der König von Frankreich würde sich überhaupt nie waschen, sondern seine Poren mit Puder und verkrustete Ausdünstungen mit Parfüm bedecken. Seit Chiara wusste, was das Wasser anrichten konnte, fuhr sie sich höchst selten und höchstens mit einem feuchten Lappen über die Haut.

Während sich der Zuber füllte und der Henker aß, redete er mit Chiara über den Gang der Geschäfte und die Neuigkeiten in der Stadt. Den Kopf auf die Hände gestützt, erzählte Chiara, dass sich zwei Burschen um eines der Mädchen geprügelt hatten, als würden ein paar Kreuzer, weit weniger als ein Tageslohn, nicht beiden ihren Schoß öffnen, dass ein Freier im Suff die Treppe hinuntergefallen war und sich die Nase gebrochen hatte und dass alle Welt vom Maskenball des Statthalters sprach, der in zwei Tagen im Innsbrucker Neugebäude stattfinden würde, bevor die Fastenzeit den Freuden des Lebens Einhalt gebot. Dann gab sie dem Henker einen Beutel mit Geld, das sie und die Mädchen in den letzten Wochen erwirtschaftet hatten.

Den Teil, den er der Stadt als Steuer abtreten musste, legte der

Henker beiseite. Er fragte nach offenen Rechnungen und dem Stand der Vorräte, gab Chiara, was sie brauchte, und steckte den Rest in seine Manteltasche. Man hätte die beiden für ganz gewöhnliche Menschen halten können, hätte an seinen Fingern nicht das Blut des Münzwardeins geklebt und wäre aus der Stube nicht das Grölen der Freier in die Küche gedrungen.

Als der Henker in die Wanne stieg, ging Chiara zurück in die Stube.

Wie ein warmer Körper legte sich das Wasser um den Leib des Henkers. Es stach und zog auf seiner Haut. Er schloss die Augen und verharrte wie ein betäubtes Tier. Die Anspannung, die sich beim Töten an ihm festgekrallt hatte, wich aus seinen Muskeln. Weder Schlaf noch Rausch konnte sie so schnell vertreiben wie warmes Wasser. Immer tiefer glitt der Henker in die Wanne. Er spürte die Bewegung des Wassers, die aufsteigende Hitze, die leichte Schwere seines Körpers. Seine Gedanken zerflossen. Er vergaß, wo er war. Er vergaß, woher er kam. Er vergaß, was geschehen war. Bis die Augen des Münzwardeins aufblitzten. Der grüne, abgrundtiefe Blick. Er starrte ihn an.

Mit einem Ruck richtete sich der Henker auf. Das Wasser schwappte über den Wannenrand und dem Henker ins Gesicht. Er spuckte aus. Tropfen verschleierten seinen Blick. Er wischte sie weg. Die Augen des Münzwardeins waren verschwunden.

Der Henker lehnte sich nicht mehr in die Wanne zurück, sondern begann, sich das Blut von der Haut zu schrubben. Das Wasser war kühl geworden. Die Stimmen in der Stube senkten sich. Es ging gegen neun. Die Freier machten sich auf den Heimweg. Die Befriedigung nahmen sie mit. Nur wer für die ganze Nacht bezahlt hatte, durfte bleiben. Auch der Henker blieb. Noch hatte er jede Nacht nach einer Hinrichtung im Hurenhaus verbracht.

Als Chiara aus der Stube kam, folgte er ihr in ihre Kammer. Die Haut der Huren war die Einzige, die er kannte. Sie hatten ihn schon zu sich geholt, als sein Vater hier noch das Sagen gehabt hatte. Er hatte sie alle probiert und am meisten Gefallen an Chiara gefunden.

Es sollte das letzte Mal sein.

8

Dicht an dicht drängten sich am nächsten Tag die Kutschen auf dem Vorplatz der Universität. Die Pferde schnaubten, während die Fuhrmänner die Halfter hielten und die Diener die Trittstufen aufklappten, um ihren Herren beim Aussteigen zu helfen. Je größer das Gespann, desto hochrangiger die Persönlichkeit, die sich mit gebeugtem Rücken durch die geöffnete Tür zwängte. Als einer der Ersten hob der Landeshauptmann seinen stattlichen Bauch ins Freie. Ihm folgten die Vertreter des Geheimen Rats, des oberösterreichischen Regiments und der Hofkammer.

Auch die Bediensteten der Universität ließen nicht lange auf sich warten, die Professoren der Medizin, Juristerei und Philosophie ebenso wie der italienische und der französische Sprachmeister, der Notar und der Fechtmeister. Sogar der Tanzmeister kam. Die Abordnung des Sonnenburger Landgerichts erschien in Gewehr und roter Uniform. Der Stadtrichter tauchte als Letzter auf. Umso wichtigtuerischer reckte er sich im goldbrokatenen spanischen Mantelkleid in die Höhe. Sogar den Kämmererschlüssel aus vergoldetem Kupfer, den ihm Kaiser Leopold I. für sein Amt verliehen hatte, hatte er sich umgehängt. Er stolzierte durch die Runde und nickte nach allen Seiten. Vor den versammelten Medici blieb er stehen.

»Was Euer werter Kollege uns wohl zu bieten hat?«, grüßte er.

»Viel wird es nicht sein.« Franz Holer von Doblhof, allen bekannt als Leibarzt der Erzherzogin Eleonore Maria Josepha, als Wesensphysikus des Regiments und der Hofkammer und als Professor für die Aphorismen des Hippokrates, winkte ab. »Alles, was es zu sehen gibt, wurde schon gesehen. Alles, was es zu sagen gibt, wurde schon gesagt. Nicht wahr, Weinhart?«

Ein schlanker Mann mit spitzer Nase und scharfen Zügen drehte sich zu ihm um.

»Der große Galen, den Ihr lehrt«, sagte von Doblhof, »hat den menschlichen Leib doch schon eingehend erforscht.«

Weinhart nickte.

»Tatsächlich?«, fragte der Stadtrichter.

Weinhart nickte wieder. »Als Gladiatorenarzt hat er in Pergamon Leichen seziert und uns ein Bild vom Inneren des Menschen geliefert.«

»Wozu sind wir dann hier?«

»Eben«, schaltete sich von Sala, der dritte Medicus, ein. »Es ist müßig, heute noch Hand an eine Leiche zu legen. Überhaupt steht es keinem gut zu Gesicht, einen Körper zu berühren, egal, ob tot oder lebendig.«

Seine Mundwinkel zogen sich nach unten und mit ihnen seine zerknitterten Wangen. Allein schon die Vorstellung, einen Leib zu berühren, war ihm zuwider. Was brauchte er mehr, als der Kräuter Art und der Arzneien Wirkung zu kennen und den Kranken zu gebieten, was sein sollte und was nicht? Man konnte den Körper studieren, ohne sich mit ihm zu befassen. »Wir wissen doch schon längst«, fuhr er fort, »dass alle Krankheiten von der Galle sind, von gesalzenen und von sauren Dingen oder von der Fäule.«

Von Doblhof klopfte ihm auf die Schulter. »Wer könnte es besser sagen als unser verehrter von Sala, der selbst klinische Fälle diktiert und sie dann examiniert.«

Von Sala sah in die Runde. Auch die Juristen und die Philosophen hatten sich um die Medici geschart. Ein Talar neben dem anderen, alle aus gewässertem Taft, darüber ein Doctormantel und ein Birett auf dem Kopf. Nur die Umschläge der Mäntel waren verschieden. Bei den Philosophen waren sie aus blauem, bei den Juristen aus rotem, bei den Medici aus grünem Atlas gemacht.

»Nun ja, Ihr wisst natürlich genauso gut wie ich, was zu tun ist, um die schädlichen Säfte aus dem Körper zu treiben«, gab sich von Sala bescheiden und zählte mit Daumen, Zeige- und Mittelfinger auf: »Zur Ader lassen, zur Ader lassen und noch mal zur Ader lassen.«

»Und das Klistieren nicht zu vergessen«, bemerkte Weinhart.

»Natürlich.«

»Wobei wir die Ausführung selbstverständlich den Badern überlassen«, unterstrich von Doblhof.

Die Umstehenden nickten. Oft genug streckten sie den Badern ihre Hintern hin, damit sie eine mit Öl bestrichene Messingspritze hineinsteckten und ein Gemisch aus Hühnersuppe, Honig, Zucker, frischen Eiern, Butter und Salz hineinpumpten. Auf diese Weise ließen die hohen Herren einmal pro Woche los, und selbst wer am Anfang zuckend verkrampfte, fühlte sich am Ende in mehrfacher Hinsicht erleichtert.

»Und was tut Bacchettoni?«, warf von Doblhof ein. »Nicht ein einziges Mal hat er zur Ader gelassen. Auch hat die Universität noch von keiner Operation erfahren, außer von der Inzision bei einem Soldaten im Lazarett, die nicht regulär war, weil der Doctor den Aderlass unterlassen hat. Ja, noch viel schlimmer«, von Doblhof wiegte beschwörend die Hand, »einem anderen Soldaten wollte er den Fuß abnehmen. Dabei haben wir ihn am Ende allein mit dem Aderlass kuriert.«

»Bravo!« Die Zuhörer klatschten.

»Dafür bringt er Euch jetzt die Bader ins Haus«, sagte der Stadtrichter.

Die Mienen vereisten.

Seit der Doctor die Anatomiekanzel übernommen hatte, gingen tatsächlich Bader und Barbiere in der Universität ein und aus. Leute, die Bärte und Haare schnitten, zur Ader ließen und klistierten, Furunkel und Beulen versorgten, Brüche schienten, Glieder einrenkten, Wunden verarzteten, Zähne zogen, ja sogar Pestkranke behandelten. Mit den Medici im selben Haus! Keiner sprach darüber.

Nur allzu gut wussten die Medici, wie weit es Bader und Barbiere andernorts schon gebracht hatten. Sie waren Chirurgen geworden. Doch man versuchte sie totzuschweigen, während der Doctor ihnen neue Welten eröffnete. Er verschaffte ihnen Zugang zum Buchwissen, das bisher den Medici vorbehalten gewesen war. Viermal pro Woche, am Montag, Mittwoch, Freitag und Samstag, unterrichtete er sie. In aller Früh um sieben. Die Erfahrung sei die höchste Lehrerin, sagte er gern. Ebenso gern, wie er Paracelsus zitierte: »Kein Arzt soll nit auf einer Geige leiern. Lernt's beides, oder lasst's bleiben. Denn wo der Physikus nit ein Chirurgus dazu ist, so stünde er da wie ein Ölgötz, der nichts ist als ein gemalter Aff.«

»Bacchettoni würde die Medizin am liebsten zum Handwerk machen«, entrüstete sich von Doblhof, während sich der Pulk langsam in Richtung Theatersaal schob. »Ginge es nach ihm, würden selbst wir Medici schneiden, ätzen, schaben und verbinden.«

»Mir hat er gesagt, die Anatomie sei das Ruder der Arznei«, erzählte von Sala. »Wie ein Schiffsmann in ungestümem Wasser ohne Steuerruder nicht ohne große Gefahr ans Ufer kommen kann, erginge es einem Medicus, der unerfahren ist in der Anatomie.«

»Soll er doch Steuermann werden!«, prustete Weinhart. »Ein Körper ist doch kein Hemd und kein Schuh, dem man Flicken auflegt und Nähte setzt.«

Die Stimmen der Medici überschlugen sich.

»Er könnte doch auch gleich die Metzger einladen.«

»Oder die Kesselflicker.«

»Oder die Schuster, die auch Nähte setzen.«

»Warum nicht gleich Weibsbilder mit Nadel und Faden!«

Die Männer lachten.

»Das ist kein Scherz, meine Herren«, wies sie von Sala zurecht. »Am Ende entsteht noch der Eindruck, man könne in Innsbruck ebenso leicht wie in Italien akademische Grade erwerben.«

»Na, na, na«, schaltete sich ein Mann ein, dessen Mantel aus rotem Samt und mit Gold gewirkt war. »So schlimm wird es nicht sein.«

»Schlimmer, verehrter Rektor«, erwiderte von Sala und deutete eine Verbeugung an. »Ihr müsst bedenken, Bacchettonis Studenten können nicht einmal Latein. Auf Deutsch unterrichtet er sie.«

Ein jedes Bauernkind habe so die Möglichkeit zu studieren, pflichtete ihm von Doblhof bei. Die Zahl der Gelehrten werde ins Unermessliche steigen.

Der Rektor brummte. Vierhunderteinundzwanzig Hörer hatte die Universität bereits. Recht viel mehr sollten es nicht werden. Doch er wusste, dass der Doctor sich nicht aufhalten ließ. Im Gegenteil. Je mehr Steine man ihm in den Weg gelegt hatte, desto willensstärker war er geworden. Als man ihm verboten hatte, im Auditorium medicum das Katheder zu betreten, und ihm keinen Saal für seinen Unterricht gegeben hatte, hatte er in der Hofburg nach einem Raum gefragt, dann im Stadtspital. Als man ihn auch dort nicht wollte, hatte er sich ins Billardzimmer der Universität verzogen. Im Billardzimmer hielt er seine Vorlesungen ab. Jetzt, für seinen größten Triumph, gab er sich sogar mit dem alten Theatersaal zufrieden.

Die Männer hatten den Saal erreicht. Die Kerzen tauchten ihn in ein warmes gelbes Licht. Wo der Schein aufhörte, hockte die Düsternis, bereit, den Raum bei nächster Gelegenheit wieder einzunehmen. Die Leiche des Münzwardeins war mit einem weißen Tuch bedeckt. Der Doctor stand daneben, strahlend wie ein Bräutigam. Er winkte seine Gäste heran und wies sie auf ihre Plätze, die Vertreter des Landgerichts in die erste Reihe, die Professoren dahinter, dann die Mitglieder der Regierung. Der Sessel des Bischofs blieb leer. Auch von den Theologieprofessoren ließ sich keiner blicken, weder jener der scholastischen Theologie noch jener der casuistischen Moral, weder jener der theologischen Controversien noch jener der spekulativen Dogmatik oder jener der Heiligen Schrift. Der Bischof hatte es verboten.

Während sich die Besucher auf ihren Stühlen niederließen, stand plötzlich der Pedell in der Tür und winkte den Doctor nach draußen.

Der Statthalter fuhr vor.

Seine Kutsche nahm einen weiten Bogen und kam direkt vor dem Theatertor zum Stehen.

Der Doctor wartete, bis der Statthalter ausgestiegen war – äußerst mühsam, wie er bemerkte –, und verbeugte sich tief.

»Welche Ehre, Eure Durchlaucht! Ich hoffe, Ihr seid wohlauf?«

»Wohlauf nicht, aber immerhin besser dran als Euer Patient dort drin«, lachte der Statthalter. Es klang gequält. Augenblicklich schlug das Lachen in Husten um. Der Statthalter krümmte sich.

Seine Schultern hingen schlaff im dunklen Mantel, dessen Ränder feiner Hermelin umschloss. Seine Haut schimmerte. Er schwitzte, ohne dass der Schweiß an die Oberfläche trat. Er machte einige Schritte. Strauchelte. Der Doctor hielt ihn fest. Als er über die Schwelle trat, seinen Untertanen unter die Augen, straffte er sich. Er ging zum Sessel, der dem Seziertisch am nächsten stand, und ließ sich darauf nieder.

Der Doctor zog das Holztor zu. Krachend fiel es ins Schloss. Licht und Luft waren ausgesperrt. Die Kerzen zischten. Stühle rückten. Jemand räusperte sich. Manch einer schluckte schwer. Der Statthalter hustete. Alle starrten auf das weiße Tuch, unter dem sich die Konturen des toten Münzwardeins abzeichneten. Langsam ging der Doctor darauf zu. Als er seine Hand auf das weiße Tuch legte, war es totenstill. Mit einem Ruck zog er es zurück. Wie die Schwingen eines Vogels hob sich der Stoff und gab den Blick auf den nackten Leib frei.

Ein Raunen ging durch den Saal.

9

Der Henker war aus dem Hurenhaus gegangen, ohne sich von Chiara zu verabschieden. Sie war längst wach, als er aus dem Bett stieg.

Trotzdem blieb sie regungslos liegen, mit angewinkelten Beinen zur Seite gedreht, und tat, als schliefe sie noch. So hielten sie es immer. Sie fragte nicht, wohin er ging und wann er wiederkam. Wenn sie sich das nächste Mal sahen, waren alle stummen Fragen verflogen. Er war wieder der Henker. Sie war wieder die Hure. Und vor ihnen lag wieder eine Nacht, in der sie sich nicht so fühlten.

Die Morgenluft blies dem Henker ins Gesicht, während er den Gaul in Richtung Innsbruck trieb. Bei Lichte betrachtet, schien sein Vorhaben irrwitzig. Er hatte nichts zu suchen bei den hohen Herren. Er gehörte nicht in ihre Welt. Bis gestern hatte nichts, aber auch gar nichts sie mit ihm verbunden. Jetzt war es anders. Jene hohen Herren hatten eine seiner Leichen in ihre Welt geholt. Er wollte sehen, was mit ihr geschah.

In der Kohlstatt überquerte er den Inn. Am Kapuzinerkloster ließ er Pferd und Wagen zurück und sprang, als er sich unbeobachtet fühlte, über die Mauer des Hofgartens. In ihrem Schatten schlich er bis zum Löwenhaus, schlug einen leichten Bogen um den davorliegenden Teich, nutzte bis zum Ballspielhaus die umstehenden Buchsbäume als Deckung und gelangte, an Marmorstatuen und weißen Kieswegen vorbei, bis zum Böhmischen Lusthaus. Drinnen polterte es. Der Henker duckte sich. Eine Tür knallte. Dann wurde es wieder still. Was auch immer drinnen geschehen war, draußen rührte sich nichts.

Ungesehen erreichte der Henker das Ende des Gartens, überwand die Mauer und stand vor der Rückseite der Universität.

Er atmete durch. Vor ihm lag das Kopfsteinpflaster noch verlassen da, vom Frühnebel feucht. Er spähte um die Ecke. Das Tor zum Theatersaal stand offen, kein Mensch war zu sehen.

Einen Augenblick später war der Henker im Saal und hastete

die Treppen zur Galerie hinauf. Auf der letzten Stufe hielt er inne. Er würgte seinen Atem hinab und lauschte. Alles war ruhig.

Die Galerie empfing ihn mit ihrer weitläufigen Leere. Der Henker kauerte sich hinter die Steinrippen der Balustrade und sah hinunter auf die Bühne. Die Sicht auf die Schauspieler musste phantastisch gewesen sein. Jetzt lag der nackte Münzwardein dort, bereit für seinen Auftritt.

Den Kopf an die Balustrade gelehnt, wartete der Henker, bis die Zeit verging. Die Glocken der Pfarrkirche schlugen dreimal, dann zur vollen Stunde. Es war elf, wurde Viertel nach elf. Der Doctor kam herein. Hinter ihm der Pedell. Sie zündeten die Kerzen an, die um die Stühle und Tische aufgestellt waren, bedeckten den Münzwardein mit dem weißen Tuch und gingen wieder nach draußen. Die Totenstille ließen sie zurück.

Da hörte der Henker das Scharren.

Er fuhr auf. Sein Rücken straffte sich. Er starrte ans andere Ende der Galerie, wo die Treppe der Bühnenseite heraufführte. Er kniff die Augen zusammen. Da war es wieder. Kein Zweifel. Jemand kam näher.

Wer?

Studenten?

Wachleute?

Der Pedell?

Der Henker rutschte zurück. Er stieß gegen die Balustrade. Sein Blick suchte nach einem Versteck. Es gab keines. Konnte er fliehen? Die Treppe hinab? Es ging nicht. In diesem Augenblick kam der Doctor wieder herein. Dem Henker stockte der Atem. Er kroch in sich hinein. Man würde ihn entdecken. Und dann?

Plötzlich hielten die Schritte auf der Stiege inne.

***

Still hatte Rebecca in ihrem Zimmer gestanden. Sie presste ihr Ohr an die Zimmertür und horchte. Die Luft schien rein. Sachte drückte sie die Türklinke hinunter und spähte in den Gang. Er war leer. Auf Zehenspitzen huschte sie zur Treppe und die Stufen hinab in die Eingangshalle.

Sie war flink für jemanden, der vorgab, krank zu sein, und gut gekleidet für jemanden, der den ganzen Tag im Bett bleiben wollte. Über ihrem braunen Kleid trug sie einen bodenlangen Dominorock mit übergestülptem Kapuzenmäntelchen. Die Kapuze hatte sie über den Kopf gezogen. Ihre Schuhe hielt sie in der Hand. Lautlos zog sie das Haustor hinter sich zu. Als Johann zwei Wimpernschläge später die Eingangshalle durchquerte, spürte er nur noch einen Lufthauch, bei dem er sich fragte, woher er kam.

Vor dem Haus schlüpfte Rebecca in ihre Schuhe und sprang die Stufen zur Straße hinunter. Eilig mischte sie sich unter die Leute, die auf dem Weg ins Zentrum waren.

Gerade so schnell, dass sie nicht lief, durchquerte sie die Vorstadt, die von Süden her auf das Goldene Dachl zuführte. Alles erinnerte noch an die Ackerbürger und Handwerker, die einst hier gewohnt hatten. Auf der Rückseite der Häuser lagen ausgedehnte Gärten und Ställe, die ehemaligen Werkstätten und Läden zeigten zur Straße. Glockengießer, Gerber, Schlosser, Schuster, Fassbinder, Büchsenmeister, Weber und Goldschmiede hatten ursprünglich hier gearbeitet, danach Maler, Bäcker, Tischler, Kürschner, Schmiede und Barbiere. Am Ende hatten auch sie sich verzogen und Platz gemacht für die Beamten und die Adeligen – für die von Sarnthein und die Trautson, die Künigl, Greiffen, Welsberg, Lodron, Troyer, Füger und Teyring –, die mittlerweile fast den ganzen Straßenzug mieteten. Lediglich zwei Hausbesitzer waren geblieben. Die Vorstadt war ein ruhiger Ort geworden. Nur noch zwei Gasthäuser luden zur Einkehr ein.

Doch Rebeccas Schritte wurden heute von Hämmern und Poltern und Kreischen begleitet. Maurer und Maler standen auf Holzgerüsten, die sich über fast alle Fassaden zogen, schlugen Mauerstücke weg, spachtelten Löcher zu, umrahmten Fenster, verzierten Pilaster mit Akanthusblattwerk und Muscheln und ihre Kapitelle mit Putten. Anstelle der Kreuzrippen setzten sie treppenförmige und geschwungene Giebel, darunter Doppelluken, die wie Augenpaare aufblitzten. Seit Rebecca denken konnte, waren Risse in den Hauswänden gewesen, hatten nicht wenige Jalousien schief gehangen, war der Verputz gebröckelt.

Elsbeth, die Köchin, erzählte ihr oft, wie es gewesen war, als das Erdbeben die Stadt erschüttert hatte. Am 17. Juli würden es zwanzig Jahre sein. Das Fräulein Rebecca sei, Gott sei's gedankt, noch nicht auf der Welt gewesen, als sich die Hölle auftat. Nachts, mit schrecklichem Wind. Und dann diese Wellen, die heranzogen und die man am besten in der Küche hörte, wo die Töpfe an die Wände klopften, zuerst langsam und dann immer schneller und, als das ganze Haus schon wankte, wieder langsamer wurden im Takt. Vierzig Tage, betonte Elsbeth, vierzig Tage sei niemand sicher gewesen. Man hätte sich nicht hinlegen können ohne Sorgen. Immer wieder hätten die Töpfe geklappert. Einhundertneun Mal. Jemand hätte es gezählt. Aber nie so stark wie am 17. Juli.

Die Jakobs-Statue sei von der Pfarrkirche gestürzt, das müsse sie sich vorstellen, und das Kuppelkreuz von der Jesuitenkirche. Elsbeth selbst wäre ja in der Küche geblieben, aber man hatte sie hinaus in die Felder geschickt. In Zelten hätten sie gehaust, weil ihnen dort kein Dach über dem Kopf zusammenbrechen konnte. Sogar den Gottesdienst hätte man dort gefeiert. Jesses Maria, und dann war noch der Inn über die Ufer getreten. Das Brückenjoch hätt's weggerissen und ein paar arme Seelen mit. Dreißig Häuser hätten unter Wasser gestanden. Seitdem würden sie jährlich pilgern, von der Pfarrkirche hinaus zu den Siebenkapellen. Sie würde immer mitgehen, denn so was erleben, das wollte sie nicht noch einmal.

Rebecca wusste nicht, warum man sich ausgerechnet jetzt dazu entschlossen hatte, der Stadt ihre Narben zu nehmen. Warum man begann, die Floßbäume, die die Fassaden bis jetzt gestützt hatten, durch schräge Stützmauern aus Höttinger Breccie zu ersetzen. Warum man die Vergangenheit zementierte und sie gleichzeitig Stück für Stück auslöschte. Aber ihr gefiel der neue Geschmack auf den alten Mauern.

Rebecca hielt sich dicht an den Häusern. Sie tauchte unter im Lärm. Er war ihr recht. Als neben ihr eine Schaufel scheppernd zu Boden fiel, sprang sie zur Seite und flüchtete in die Mitte der Straße, vorbei am Marienbrunnen mit seinem schwarzen Marmor, in den sie sommers gern ihre Füße steckte. Vor zwei Jahren noch hatte an seiner statt der Pranger gestanden, direkt vor den

Augen der Landstände, die vom freskoverzierten Saal des Landhauses aus die Straße überblickten. Seit die Vorstadt reguliert und der Pranger an den Innrain verlegt worden war, sahen die hohen Herren der Mutter Gottes ins Angesicht.

Rebecca getraute sich nicht, jemandem ins Gesicht zu schauen. Ihr war, als könne man allein schon aus ihrem Anblick herauslesen, was sie im Schilde führte.

Den Blick starr auf den Boden gerichtet, wäre sie beinahe in eine Gruppe Gesindel gerannt, das sich vor dem Spital zusammengerottet hatte. Sie hielten Schüsseln für die Suppe in der Hand, die einmal pro Woche ausgegeben wurde. Die Zeiten, in denen im Spital Witwen und Waisen, Alte und Pilger gepflegt worden waren, waren längst vorbei. Mittlerweile verbrachten reiche Bürger ihren Lebensabend darin und stifteten dafür ihren Besitz. Den Armen war nur die Suppe geblieben.

Der Stadtrichter stand auf einem Podest und las lauthals die Namen jener vor, die auf der Armenliste standen und ein Anrecht auf das Almosen hatten. Mit seinem goldbrokatenen spanischen Mantelkleid, seinem goldbestickten roten Rock, seiner schmal geschnittenen Kniehose und seinem schwarzen Hut stach er wie ein König zwischen den zerlumpten Gestalten hervor. Die acht Posamentenknöpfe an seinem Rock und der vergoldete Kämmererschlüssel hätten sie für Jahre versorgt.

Rebecca zog sich die Kapuze tief ins Gesicht. Während sie an der Gruppe vorbeihastete, schielte sie zum Stadtrichter. Sie kannte ihn. Und er kannte sie. Sie war schon fast an der Gruppe vorbei, da wandte er sich plötzlich in ihre Richtung. Rebeccas Rücken verkrampfte. Hatte er sie bemerkt? Hatte er sie erkannt? Mit einem Ruck drehte sie ab. Anstatt durch das Vorstadttor zu gehen, das geradewegs in die Innenstadt führte, hastete sie den Burggraben an der Stadtmauer entlang. Rebecca war, als würde jeden Moment eine Hand ihre Schulter packen. Sie sah sich nicht um. Erst als sie den Innrain erreichte, riskierte sie einen Blick zurück. Der Stadtgraben war leer. Nur das Unbehagen war ihr gefolgt.

Rebecca verlangsamte ihren Schritt. Erst jetzt wurde ihr bewusst, welchen Umweg sie eingeschlagen hatte. Bis zum Inn war sie gekommen. Das Ursulinenkloster stand vor ihr. Rebecca musterte die gelb getünchte Fassade und die vergitterten Fenster. Sie wusste von der Erziehungsanstalt für höhere Töchter, die heute eröffnet wurde. Wie dankbar sie ihrem Vater war, dass er sie nicht in diese Welt zwang. Jemand, der die Freiheit so liebte wie sie, würde eingehen bei Zucht und Ordnung. Mit den Gesetzen der Gesellschaft tat sie sich ohnehin schon schwer.

Sie sollte noch lernen, innerhalb der Regeln frei zu sein.

Rebecca wollte weitergehen, als sich das Tor des Ursulinenklosters öffnete. In Zweierreihen kamen die Zöglinge heraus, junge Mädchen in manierlichem Schritt. Eine Nonne ging voraus, eine andere, die mit ihrem spindeldürren Leib alle überragte, bildete den Schluss.

»Halt dich gerade, Sophia!«, wies die Dünne eines der Mädchen zurecht, das hellblaue Schleifen in ihren blonden Locken trug. Der Gehorsam schob die Schultern des Mädchens zurück. Die Resignation drückte sie wieder nach vorn. Noch nie hatte Rebecca einen derart erloschenen Blick gesehen.

Die Mädchen trippelten zur Kirche, wo der Bischof und Erzherzogin Eleonore Maria Josepha, die Gemahlin des Statthalters, sie erwarteten. Rebecca hatte sie nicht bemerkt. Sie musste vorsichtiger sein.

Sie hielt sich nicht mehr auf, während sie durch das Pickentor in die Fleischergasse einbog und durch die Schlossergasse wieder in die Chramgasse gelangte, die am Stadtplatz in die Badgasse mündete und zur Universität führte. Trotzdem kam sie zu spät. Der Vorplatz war voller Kutschen. Ein Pulk Männer stand vor dem Theatersaal. Es war unmöglich, unbemerkt an ihnen vorbeizukommen.

Rebecca schluckte. Sie sah sich um. Der Haupteingang! Dort war niemand. Noch ein Blick nach links und rechts. Dann rannten ihre Füße wie von allein los. Niemand bemerkte sie, als sie wie ein flüchtiger Schatten hinter dem Eingangstor verschwand.

Es war still in der Universität. So still wie am frühen Morgen, wenn Rebecca ihren Vater zum Unterricht begleitete. Sie durfte zwar nicht mit ihm ins Billardzimmer, aber sie durfte sich umschauen. Nicht einmal der Pedell kannte all die Winkel, in die

Rebecca ihre Nase gesteckt hatte. Und noch etwas durfte sie: Sie durfte lesen. Der Pedell machte ihr Feuer und zeigte ihr, wo sie die Schriften zum geistlichen und weltlichen Recht, zur Logik und Physik, zur Mathematik und Metaphysik fand. Lange bevor die anderen Professoren auftauchten, hockte Rebecca in ihren Sesseln, die Beine an den Bauch gezogen, ihre Bücher auf den Knien.

Meist verstand sie nur Bruchteile von dem, was sie las. Es ging über den Sinn der Welt, die Unsterblichkeit der Seele, den freien Willen. Und doch hatte sie das Gefühl, dass selbst das wenige sie erfüllte. Am liebsten mochte sie die Philosophen, die nach dem Gerechten, Tapferen, Frommen und Guten fragten. Zu Hause erzählte sie Elsbeth, dass Augustinus meinte, dass alles Seiende, was immer es auch sei, ein Gut sei. Und dass das Böse kein Wesen mit einem Sein sei, denn hätte es ein Sein, dann wäre es ein Gut. Elsbeth stieß dann einen Seufzer aus. Sie hob ihre Augenlider gen Himmel und fragte, ob der Herr Augustinus auch wisse, woher Rebeccas unersättliche Neugier komme.

Jetzt zahlte sich ihre Neugier aus. Sie wusste vom Bühneneingang, der von der Universität aus in den Theatersaal führte, und lächelte triumphierend, als sie alle Türen offen fand. Als ihr Vater gestern nach Hause gekommen war, voller Staub und so beseelt, wie sie ihn noch nie erlebt hatte, hatte sie einen Entschluss gefasst: Bei der Hinrichtung des Münzwardeins hatte sie nicht dabei sein dürfen, seine Sektion würde sie sehen!

Die halbe Nacht hatte Rebecca überlegt, von wo aus sie die Sektion am besten beobachten konnte. Es gab nur einen Ort.

Vorbei am Flügel, dem ein paar Tasten fehlten, schlich sie zur Treppe, die hinauf zur Galerie ging. Ein fingerdicker Staubteppich lag auf den Stufen. Ihre Schritte erzeugten ein leises Scharren. Rebecca war auf halber Höhe, als auf der anderen Seite des Saals ihr Vater eintrat.

Rebecca verharrte. Ihr Herz begann zu rasen. Sie hörte, wie auch die Gäste hereinkamen und ihr Vater sie auf ihre Plätze wies. Rebecca wartete. Horchte. Sie spürte ihren Herzschlag in den Ohren. Der Mutter Gottes sei Dank – es sah nicht danach aus, als würde jemand in den hinteren Teil der Bühne kommen. Rebecca raffte ihren Rock hoch und schlich auf Zehenspitzen die letzten Stufen der bogenförmigen Treppe empor.

Sie sah ihn nicht sofort, den Mann, der am anderen Ende der Galerie kauerte. Als Rebecca ihn bemerkte, fuhr sie zurück, presste die Hand auf den Mund. Die Kapuze rutschte ihr vom Kopf. Ihre roten Locken quollen hervor. Wie der Mann auf sie, starrte sie auf den Mann.

Seine Kleidung war einfach, seine linke Wange vernarbt, seine Haut von der Sonne gegerbt. Er trug die Haare kurz wie ein Mann aus dem Volk. Angst sprach aus seinen kalten blauen Augen. Angst und Erstaunen.

Rebecca begriff. Wer auch immer der Mann war, er durfte ebenso wenig hier sein wie sie.

Sie sah zu Boden, hinunter auf die erleuchtete Bühne, dann wieder zum Mann, der keinen Blick von ihr ließ. Noch ehe sie einen klaren Gedanken fassen konnte, geschah das Erstaunliche. Der Mann lächelte. Es war nur der Hauch eines Lächelns, ein milder Ausdruck, der sich auf sein Gesicht legte. Doch er war wie eine ausgestreckte Hand.

Rebecca griff danach. Auch sie lächelte. Und besiegelte den Pakt.

10

Über Nacht hatte die Haut des Münzwardeins einen stumpfen Ton angenommen. Unmerklich schlaff hing sie herab. Der Kopf lag auf der rechten Wange, dem Publikum zugewandt. Jemand hatte seine Augen geschlossen.

Der Doctor streifte Mantel und Talar ab, krempelte die Hemdsärmel zurück und griff nach dem Skalpell.

»Dank unseres verehrten Statthalters«, mit einem lauten Räuspern befreite er seine Stimme aus der Kehle, »ist es uns endlich möglich, in das Innere eines Körpers zu schauen. Endlich müssen wir nicht mehr im Dunkeln tappen wie Maulwürfe. Endlich wird aus unserer Hände Arbeit mehr als ein unförmiger Erdhügel. Endlich können wir von den Toten lernen, was das Lebendige war.«

Befreit atmete der Doctor auf. Er wusste, was man über ihn sagte. Dass er als Handwerker galt und nicht als Arzt. Dass man ihn zurück auf die Jahrmärkte wünschte. Die Leute konnten reden, was sie wollten. Er hatte seine Leiche.

»Zuerst«, er zielte mit der Skalpellspitze auf den Bauchnabel, »werden wir die Organe von Brust und Bauch betrachten. Dann«, er tippte den Kopf des Münzwardeins an, »den Inhalt des Schädels.«

Fragend schaute er durch die Reihen. Die meisten Gesichter waren angespannt und ernst. Einige lächelten unsicher. Andere verweigerten den Blick. Keiner hatte etwas einzuwenden.

Eine weiße Haarsträhne fiel dem Doctor ins Gesicht, als er sich über die Leiche beugte. Mit einem Ruck beförderte er sie zurück. Noch einmal atmete er tief ein und aus. Dann setzte er das Skalpell an. Und machte den ersten Schnitt.

Wie ein gefügiger Untertan tat sich die Haut unter dem Messer auf. Zischend entwich das Gas, das sich im Inneren des Körpers angestaut hatte. Es roch nach kaltem Fett und süßen Zwiebeln. In einer einzigen Bewegung zog der Doctor das Skalpell von der Brust bis zur Scham. Aus dem Spalt schimmerte weißes Fett, darunter rot glänzendes Muskelfleisch.

Der Doctor richtete sich auf. Behutsam legte er das Skalpell zur Seite und lockerte seine Finger. Ohne seine Gäste anzusehen, griff er nach einer Säge und zwängte sie in den Spalt. Schmatzend fraß sie sich durch Fleisch und Knochen. Mit einem lauten Knacken sprang das Brustbein auf. Die Rippen brachen. Der Oberkörper sackte zusammen. Wie einen Flügelaltar klappte der Doctor ihn auf. Eine gelbe Flüssigkeit ergoss sich über das Laken. Der Doctor hatte nur Augen für den geöffneten Leib.

Die Zuschauer in den hinteren Reihen reckten die Hälse. Hüstelnd machten sie den Doctor darauf aufmerksam, dass er nicht allein war. Er verstand. Heute musste er mehr Gaukler sein als Gelehrter, mehr Schausteller als Suchender. Er musste die Gunst der hohen Herren gewinnen und sie von Nutzen und Notwendigkeit der Sektion überzeugen. Er musste ihnen Gesprächsstoff geben und das Gefühl, selbst Hand angelegt zu haben. Heute war es ein bisschen so wie bei den Sektionen nach der Jahrtausendwende, als man zum ersten Mal seit der Antike wieder in den menschlichen Körper geschaut hatte. Als die Medici auf hohen Stühlen gethront und auf den Leichnam hinabgesehen hatten wie die Pfarrer von der Kanzel auf die Sünder. Als sie aus den alten Schriften gelesen hatten wie aus einer Offenbarung. Man hatte nicht sehen müssen, um zu glauben. Es hatte genügt, die antike Stimme Galens zu hören, die aus jener der Medici sprach. Während sie – dem Geschehen entrückt wie Galen der Zeit – aus den alten Schriften des Anatoms zitiert hatten, hatte ein Chirurg die Leiche geöffnet und ein Demonstrator mit einem Stock auf das gezeigt, worüber gerade gesprochen wurde. Es war, als hätte die Dreifaltigkeit gewirkt. Und am Ende war das Wort zu Fleisch geworden.

Der Doctor fischte die zersplitterten Rippenstücke aus der Bauchhöhle und trat zurück.

»Prego, meine Herren«, sagte er. »Seht selbst!«

Die Herren fuhren ihre Hälse ein. So nah sollten sie der Leiche sein? Ihre Augen zuckten nach links und nach rechts, ohne dass sie sich ansahen. Der Kämmererschlüssel des Stadtrichters klimperte. Alle wandten sich ihm zu. Eilig beugte sich der Stadtrichter zu seinem Schlüssel hinab und fingerte daran herum, als hätte er sich im Gewand verheddert. Er atmete auf, als der Statthalter den Anfang machte.

Dieser erhob sich von seinem Sessel, stützte sich am Seziertisch ab und betrachtete das Gewusel aus Innereien. Hinter ihm rückten Stühle. Zuerst nur vereinzelt, dann – von plötzlicher Besorgnis getrieben, nicht genug zu sehen – ein ganzer Haufen. Bald war der Münzwardein von Innsbrucks Machthabern umringt. Der Landrichter nickte unaufhörlich, während er in den geöffneten Leib schaute, von Doblhof verzog den Mund. Der Stadtrichter tat nur so, als sehe er hin, und starrte stattdessen über den Tischrand hinaus. Am meisten staunte der, der vorher am lautesten gelästert hatte: von Sala. Er hatte sich nach vorn gedrängt und schaute, tief über den Oberkörper gebeugt, an, was ihm bislang verborgen gewesen war.

Betont freundlich wandte sich der Doctor ihm zu. »Nun, verehrter von Sala«, fragte er, »ist der Körper nicht ein ganz besonderes Buch, in dem es zu lesen gilt?«

Von Sala brummte.

»Auch für einen Medicus?«

Wieder ein Brummen.

»Alles Wissen ist in seinem Inneren zu finden.«

»Absurd«, meinte Weinhart, der neben von Sala stand, ohne aufzusehen.

»Lasst mich erklären«, der Doctor griff nach dem Skalpell und deutete auf die einzelnen Organe. »Hier, das Herz, und daneben«, mit der Messerspitze fuhr er die bräunlich roten Lappen entlang, »die Lungenflügel. Das mächtige, dunkelrote Dreieck auf der linken Seite ist die Leber. Darunter«, vorsichtig schob er die Leber beiseite, sodass ein kleiner, giftgrüner Sack zum Vorschein kam, »die Gallenblase. Der Beutel neben der Leber ist der Magen. Und daneben die Milz.«

»Und das hier?«, fragte der Rektor und zeigte auf den abgesteppten Schlauch, der den Rest des Bauchraumes füllte.

»Der Darm«, kam von Sala dem Doctor zuvor.

»Richtig«, bestätigte der Doctor. »Ich sehe, mein werter Kollege hat sich schon zurechtgefunden.«

Triumphierend sah von Sala sich um, bevor er sich, um das

Herz des Münzwardeins zu begutachten, so tief hinabbeugte, dass seine Nasenspitze es fast berührte.

»Ich sehe keine Brennspuren«, stellte er fest.

»Was für Brennspuren?«, wollte der Rektor wissen.

»Die Brennspuren des Feuers, das zu Lebzeiten in der linken Herzkammer lodert«, erklärte von Sala. Jeder Anhänger Galens wusste, dass das Feuer im Herzen das Blut anschwellen ließ wie überschäumende Milch und es durch die Arterien bis in den letzten Winkel des Körpers trieb. Dass es dort, am Ende der Arterien, in großer Menge versickere, während der Rest in den Arterien umkehre und denselben Weg zurücknehme, den es gekommen war.

Der Doctor räusperte sich. »Ich glaube, Ihr irrt.«

»Was soll das heißen, ich irre? Der große Galen hat es uns gelehrt.«

»Certamente«, nickte der Doctor. »Allerdings behauptet Harvey etwas anderes.«

»Was denn?«

»Dass im Herzen kein Feuer lodert, sondern dass das Organ durch Bewegung und Reibung Hitze erzeugt und das Blut auf diese Weise durch den Körper pumpt. Am Ende seines Weges kehrt das Blut nicht in den Arterien um, wie Galen behauptet hat, sondern geht durch feine Gefäße von den Arterien in die Venen über und kehrt in den Venen zum Herzen zurück. Harvey sagt, dass das Blut im Körper zirkuliert.«

»Gehörte wohl zu den Circulatores, Euer Harvey?«, kläffte von Sala.

Die Umstehenden lachten. Circulatores war eine alte Bezeichnung für Hausierer und Marktschreier. Vor allem aber lachten sie, weil von Sala wie ein kleiner, bissiger Hund nicht locker ließ. Zu stark hatte sich Galens Bild des Menschen in die Vorstellung der Medici eingebrannt, als dass sie es einfach wieder losließen. Tausend Jahre lang hatte es die Medizin geprägt. Es war längst zur zweiten Natur geworden, als die ersten Zweifler kamen.

William Harvey, erklärte der Doctor unbeirrt, sei Leibarzt der englischen Königsfamilie gewesen, keine hundert Jahre sei es her. Er habe in Cambridge und Padua studiert und am Königlichen Ärztekolleg in London Anatomie unterrichtet.

»Immerhin«, warf der Statthalter ein.

Von Salas Lächeln erstarrte. Sein linkes Auge zuckte.

»Harvey war sich durchaus bewusst, mit seiner neuen Sichtweise nicht nur den bösartigen Neid einiger auf sich zu ziehen«, der Blick des Doctors blieb an von Sala haften, »sondern die Feindschaft aller Menschen heraufzubeschwören. Deshalb hat er eine Rechnung aufgestellt, die seine Behauptung stützt. Wenn das Herz zwei Flüssigunzen Blut fasst und zweiundsiebzig Mal pro Minute schlägt, dann treibt es pro Stunde 8.640 Unzen Blut durch den Körper. Würde der größte Teil davon in der Peripherie versickern, müsste die Leber mehr Blut produzieren, als der Mensch Nahrung zu sich nehmen kann.«

Von Salas Stimme wurde laut. »Wie soll das gehen? Das Blut zirkuliert? Wie soll denn das Blut wissen, welchen Weg es nehmen muss?«

»Das Blut weiß es nicht. Es wird dazu gezwungen. Und zwar von Klappen im Herzen, die es nur in eine bestimmte Richtung lassen.« Mit dem Skalpell tippte der Doctor auf die Wegpunkte des Blutes. »Von der Leber, wo das Blut aus den unverdaulichen Bestandteilen der Nahrung gebildet wird, gelangt es in die rechte Herzkammer, von dort aus in die Lunge, von der Lunge in die linke Herzkammer und von dort aus weiter in die Arterien.«

Von Sala lachte auf. »Mein lieber Bacchettoni«, tat er herablassend, »dass das Blut in der Leber gebildet wird, lasse ich Euch noch durchgehen. Aber Klappen im Herzen? Was redet Ihr denn da! Zwischen der rechten und der linken Herzkammer liegt eine Scheidewand mit feinen Poren, durch die das Blut dringt.«

»Auch eine Erkenntnis von Galen«, pflichtete von Doblhof ihm bei.

»Zum Teufel, es gibt keine Löcher, noch lassen sich welche nachweisen!«, brauste der Doctor auf.

»Wie redet Ihr denn?«, wies der Rektor ihn zurecht.

»Verzeiht.« Der Doctor fasste sich. »Ich habe nur Harvey zitiert.«

»Warum schauen wir nicht einfach nach?«, schaltete sich der Statthalter ein.

»Wonach?«

»Ob es im Herzen Klappen oder Poren gibt.«
Der Doctor zögerte.
»Na los«, von Sala bewegte seine Hände, als würde er eine Herde Schafe vorantreiben. »Worauf wartet Ihr?«
Der Doctor hielt inne. »So einfach ist es nicht«, gab er zu bedenken. »Wenn ich das Herz einfach aufschneide, wird alles zerstört, ohne dass wir etwas erkennen. Ich müsste es zuerst präparieren.«
»Ha!«, prustete von Sala. »Nichts als leere Worte.«
»Harvey war nicht der Einzige, der die Poren in der Herzscheidewand bezweifelt hat«, beharrte der Doctor. »Schon Andreas Vesal hat nicht an sie geglaubt.«
»Vesal!« Es fehlte nicht viel, und von Sala hätte ausgespuckt. »Noch so ein Großschwätzer.«
Kein anderer Name war den Medici so sehr verhasst wie jener des Vesal. Als Leibarzt Kaiser Karls V. hatte er unzählige Leichen seziert und Galen mit seinen Erkenntnissen in Verruf gebracht. Seither tobte der Glaubenskrieg zwischen seinen Anhängern und den Anhängern Galens. Es war eine Schlacht, in der es um Erkenntnis ging. Geführt wurde sie von Soldaten, die in einem Mantel aus grünem Atlas steckten.
»Vesal«, fuhr der Doctor fort, als hätte er von Salas abfällige Bemerkung nicht gehört, »ist zum Schluss gekommen, dass Galen als Gladiatorenarzt jede Menge offener Brüche und klaffender Wunden gesehen hat. Seine anatomischen Erkenntnisse aber stammten nicht von Untersuchungen an Menschen.«
»Sondern?«
»Von Affen.«
»Unfug«, zischte von Sala.
»Dummes Geschwätz«, giftete von Doblhof.
»Zweihundert Fehler!«, der Doctor schrie gegen das aufbrausende Gemurmel im Saal an. »Zweihundert Fehler hat Vesal dem alten Galen nachgewiesen!«
»Vesal hatte nie die Absicht, Galen zu kritisieren«, fuhr von Sala ihn an. »Alles, was er tat, war, dessen Schilderungen zu ergänzen.«
»Ergänzungen, die zu Korrekturen wurden.« Der Doctor

schnaufte. Er gehörte nicht zu denjenigen, die glaubten, Vesal hätte die ganze Wahrheit erkannt. Es war wahrlich nicht einfach, den menschlichen Körper zu verstehen. Generationen hatten dafür nicht gereicht. Generationen würden dafür nicht reichen. Vesal war sicher nicht so klug gewesen, um zu endgültigen Einsichten zu gelangen, doch er war klug genug gewesen, um scheinbar endgültige Einsichten zu überdenken.

Die Medici wussten viel, klug waren sie nicht. Der Doctor liebte es, sich wie Paracelsus bei seinen Studenten zu beklagen, dass die Medici allzu sklavisch an den Worten Galens hingen und dadurch zum größten Schaden der Kranken in übelster Weise danebengriffen. »Alterius non sit, qui suus esse potest!«, hätte er ihn jetzt gern zitiert. Doch er konnte den Medici schlecht sagen, dass sie niemandem hörig sein sollten.

In den nächsten Stunden stritten die Professoren über jedes Organ, das sie aus dem Körper holten. Sie stritten darüber, ob es möglich sei, dass ein Auge aus Sympathie zum anderen krank würde, wie Galen behauptet hatte, ob ein Schlaganfall die Antwort auf eine Erkrankung des Magens sei und ob Erbrechen ein Nierenleiden verschlimmere. Sie diskutierten darüber, ob die Gefährlichkeit einer Verletzung vom Wert oder von der Funktion des Organs abhänge, ob der Mensch einhundertelf Knochen habe wie nach Hippokrates, zweihundert wie nach Galen oder zweihundertachtundvierzig wie nach den Talmudisten. Zigmal zählten sie die Lappen der Leber, um beim besten Willen nicht auf fünf zu kommen wie Galen, und zankten sich, ob der Mann tatsächlich eine Rippe weniger habe als die Frau.

»Was Gott in seiner Schöpfungslehre und Galen in seinen Schriften überliefert hat, kann nicht falsch sein!« Von Salas erhobener Zeigefinger unterstrich seine Worte. Eine tiefe Röte war ihm in die zerknitterten Wangen gezogen.

Der Doctor seufzte. »Ihr habt recht.«

Das Gezeter brach in sich zusammen. Es wurde still. Noch ungläubiger als alle anderen sah von Sala den Doctor an.

»Wenn Galen sich nicht geirrt hat …«, begann der Doctor.

»Gewiss nicht!«, brauste von Sala sofort wieder auf.

»Nehmen wir einerseits an, Galen hat sich nicht geirrt«, wiederholte der Doctor betont langsam und wiegte seine Handflächen wie Waagschalen. »Andererseits lässt sich nicht abstreiten, dass der Körper, so wie wir ihn heute sehen, anders ist als von Galen beschrieben. Vielleicht besteht die Erklärung für den Unterschied zwischen einst und jetzt darin«, das Gesicht des Doctors nahm einen schelmischen Ausdruck an, »dass sich der menschliche Körper in der Zwischenzeit verändert hat. Das, was wir heute sehen, sind nichts anderes als anatomische Anomalien. Veränderungen, Ihr versteht? Entstanden im Laufe der Zeit. Was die fehlende Rippe des Mannes betrifft«, der Doctor hielt inne und machte eine Handbewegung wie ein Zauberer, »so muss sie mittlerweile einfach nachgewachsen sein.«

***

In Zweierreihen trippelten die Zöglinge des Ursulinenklosters zur Kirche. Sophia ging neben einem Mädchen, das ihr weit weniger blass und schwach vorkam, als sie selbst sich fühlte. Sie versuchte, sich gerade zu halten, wie es von ihr verlangt wurde, doch gelingen wollte es ihr nicht.

Nachdem der Tod sie in Innsbruck willkommen geheißen hatte, waren sie im Schritttempo durch die Stadt gezogen. Eine Flut von Eindrücken hatte sie begleitet, doch das Einzige, woran sich Sophia erinnerte, war der abgetrennte Kopf auf dem Karren.

Sie hatte nicht viel geschlafen in ihrem neuen Zimmer, das neben zahllosen anderen Zimmern in einem endlos langen Gang lag und neben einem Bett und einem Schrank nichts anderes zu bieten hatte als ein Kreuz und einen Weihbrunn an der Wand und eine Bibel auf dem Tisch. Sie hatte sich zu den jüngeren Zöglingen gewünscht, die in einem riesigen Schlafsaal untergebracht waren, in dem man zwar weniger eigenen Platz hatte, dafür aber die Einsamkeit teilte.

Während Sophia auf das Gotteshaus zusteuerte, begannen die Glocken zu läuten. Wie zum Sturm der Entrüstung läuteten sie. Der Bischof hatte es befohlen. Sophia schaute an der roten Kirchenfassade empor, die mit Säulen aus Stuck verziert war und noch glänzte von den sechs Jahren Arbeit, in denen sie errichtet worden war. Das Mosaik unter dem Glockenturm zeigte einen strahlenden Jesus, der den Menschen sein Herz so offen entgegenstreckte, als könne nichts und niemand ihm etwas anhaben.

Die Hand, die sich Sophia entgegenstreckte, war von aufdringlicher Fleischlichkeit. Der Bischof stand in der Kirchentür, das Pektorale auf der Brust, die Mitra auf dem Kopf. Aus seltsam glänzenden Augen sah er sie an. Er musterte ihr Gesicht, ihren Hals, ihre blonden Locken. Sie waren ein verlockender Anblick, die hübschen Töchter der Fürsten von Hohenzollern, der Grafen von Caraffa, der von Kirchberg und von Weißenhorn und all der adeligen Geschlechter aus Bayern, aus der Steiermark und aus Trient, die das Ursulinenkloster beherbergte. Die Mädchen hatten schon den Liebreiz einer Frau, aber noch nicht ihre Stärke.

Der Mund des Bischofs öffnete sich. Sophia hatte das Gefühl, als würde sein Speichel auf die reich bestickte Stola tropfen. Als sie sich hinabbeugte, um seine Hand zu küssen, spiegelten sich ihre Umrisse im viereckigen Amethystring, der an seinem rechten Ringfinger steckte. Ehrfurcht oder Ekel – der Augenblick war zu kurz, um sich darüber klar zu werden – ließ sie schaudern.

Das Unbehagen mit sich ziehend, wandte sie sich der Dame zu, die neben dem Bischof stand und ihr als Eleonore Maria Josepha, Gemahlin des Statthalters Karls von Lothringen, vorgestellt wurde. Sophia mochte ihre feinen Züge, ihr freundliches Lächeln und ihr Kleid aus dunkelblauer Seide, das schlicht war und doch edel wirkte im Vergleich zu den unförmigen schwarzen Kutten der Ursulinenschwestern.

In der Kirche hatte die Furcht Sophia wieder. Sie presste ihre Knie so fest gegen das Fußbrett, dass sich das Holz in ihre Haut keilte. Sie schaute auf den Heiland am Kreuz, in dessen Brust ein tiefroter Schnitt klaffte, und kam sich, Maria Barmherzigkeit!, ein kleines bisschen vor wie der geschundene Gott. Auch ihr Herz blutete vom Abschied, der Ungewissheit, der Angst. Sie war getrennt von ihren Sehnsüchten und Wünschen, von ihrer Heimat und von der vertrauten Welt.

Sophia legte den Kopf in den Nacken. Die hellblauen Bänder versanken in ihrem Haar. Sie sah zum Bischof hinauf, der auf der Kanzel stand und die linke Hand zur Faust ballte, als könne er den

Frevel der Welt darin zerquetschen. Sein Blick streifte sie. Sie wandte sich ab.

Nur bruchstückhaft nahm sie seine Worte wahr. Tirol, das katholische, das heilige Land. Die lutherischen Christen ausgeräuchert. Ihre Kinder dageblieben als Pfand. Prüfungen, immer wieder Prüfungen. Die kalvinistischen Schmierfinken, den Primat des Papstes verleugnend. Ihre liederlichen Bücher. Ausgerottet auch sie. Theologiestudenten, Stadtpfarrer, Jesuitenpatres, ausgezogen im Kampf gegen die häretischen Schriften. Befreit der Boden, der katholische, auf dem die schwedische Königin Christine einst zum katholischen Glauben übergetreten war. Die Begierden des Teufels. Die grenzenlose Macht der Kirche. Dem Feinde trotzen, dem frevelhaften Tun. Auch das Erdbeben – ein Zeichen!, eine Warnung!, ein Grollen! Jetzt nicht nachgeben, standhaft bleiben, beten, opfern, kämpfen, auf dass das Beben nicht wiederkehre.

Mit keinem Wort erwähnte der Bischof die Sektion. Trotzdem wussten alle, dass er davon sprach. Selbst Sophia hatte längst erfahren, was es mit dem geköpften Mann auf sich hatte.

Die Nonnen legten ihre Stirn in die gefalteten Hände und beteten inbrünstig. Der warme Schein der Kerzen und der würzige Geruch des Weihrauchs erschienen ihnen als Gottes Schein und Atem und die Menschheit nichts weiter als ein elender Haufen.

11

Aus der Dunkelheit starrte der Henker auf die Sektion hinab. Wie ein schwebender Vogel konnte er den Blick weiten und den ganzen Raum erfassen oder ihn in das Innere des geöffneten Leibes zwingen. Die ausgeweidete Bauchhöhle wirkte wie ein aufgerissener Schlund. Der Schein der Kerzen löste ihre Ränder auf. Für den Henker war die Leiche nur eine leblose Hülle. Auch der Geruch des Todes, der in Wogen zur Galerie heraufzog, konnte ihm nichts anhaben. Trotzdem war er angespannt.

Immer wieder schielte er zu der jungen Frau, die sich ein paar Armlängen von ihm entfernt niedergelassen hatte. Eine Ahnung von Liebreiz ging von ihr aus, wie ein in Rosenduft getränkter Gruß. Ihre Brauen wölbten sich sanft über den grünen Augen. Und doch verrieten ihre Züge eine gewisse Sicherheit. Wäre sie verheiratet, würde sie ihr Haar unter einer Haube tragen. Ihre roten Locken aber fielen offen herab. Unerschütterlich haftete ihr Blick am Geschehen. Der Henker kannte wenige Frauen, die es ihr gleichgetan hätten. Chiara vielleicht, die die schlimmsten Körper bei lebendigem Leib ertragen hatte, und seine Mutter, die nichts anderes gekannt hatte als das Geschäft mit dem Tod.

Die junge Frau neben ihm aber sah nicht so aus, als stünde sie auf der harten Seite des Lebens. Sie ließ Gefühle in ihre Welt. An ihrem Gesicht konnte der Henker ablesen, was unten vor sich ging. Sie hielt die Luft an, als der Doctor den ersten Schnitt setzte. Sie schaute starr, als er den Körper des Münzwardeins ausweidete. Sie schmunzelte, als der Doctor den widerspenstigen von Sala mit der nachgewachsenen Mannesrippe zum Schweigen brachte. Sie machte große Augen, als er den Darm mit fünfundzwanzig Fuß vermaß. Sie vergrub Mund und Nase im Ärmel, als die Henkersmahlzeit als bräunlicher Brei aus den Gedärmen tropfte. Sie lächelte, als der Doctor die Geschichte des Paduaner Medizinprofessors Santorio Sanctorius erzählte, der dreißig Jahre lang auf einer gigantischen Waage gesessen hatte, dort aß, trank und von sich ließ und peinlich genau alle Mengenangaben aufzeichnete, um daraus zu schließen, dass der Mensch durch eine unmerkliche Ausdünstung, die er perspiratio insensibilis nannte, täglich drei Pfund an Gewicht verlor.

Ansonsten, sagte der Doctor, schienen die Wege der Verdauung unergründlicher als jene des Herrn zu sein. Niemand wisse, was im Magen mit den Speisen geschehe. Die einen glaubten, dass Hitze sie garte und gasartige Stoffe sie gärten, ähnlich wie in einer Küche oder in einer Weinkellerei. Paracelsus habe die Vorstellung geprägt, ein innerer Alchemist, Archeus genannt, sitze im Magen und wache darüber, dass die Nahrung in verdauliche und unverdauliche Bestandteile getrennt würde. Als wäre der Verwirrung nicht genug, hätten die Doctoren in der Republik der Sieben Vereinigten Niederlande vor Kurzem verkündet, die Säfte des Speichels, der Bauchspeicheldrüse und der Galle, das sogenannte Triumvirat der Flüssigkeiten, würden den Brei im Magen verarbeiten.

Ebenso uneins wie beim Innenleben des Magens sei man sich bei der Frage, was mit den verdaulichen Bestandteilen der Nahrung geschehe. Aristoteles habe behauptet, der verflüssigte Brei fließe vom Magen durch die Venen ins Herz, wo er zu Blut gemacht werde und das Feuer nähre, das den Körper antreibe. Galen hingegen habe angenommen, die aufbereitete Nahrung gelange nicht ins Herz, sondern in die Leber, wo das Blut entstehe.

Während sich die Schüssel, in die der Doctor die Organe des Münzwardeins legte, füllte wie ein Kübel in einer Schlachterei, brannten die Kerzen herunter. Die Luft wurde stickig. Das Abendlicht drang in den Raum.

»Es ist spät, meine Herren«, sagte der Doctor schließlich. »Doch bevor wir aufbrechen, lasst uns noch einen Blick in den Kopf des Münzwardeins werfen.«

Die Gäste strafften sich. Besorgt sah der Henker zur jungen Frau. Ihre Hand ging zur Balustrade, ihr Blick rührte sich nicht.

Schnaufend wuchtete der Doctor den Schraubstock vom Beistelltisch auf den Seziertisch und klemmte den Schädel des Münzwardeins hinein. Die Zuschauer rückten ab. Nur der Statthalter blieb an den Seziertisch gelehnt. Immer stärker schlossen sich die eisernen Klammern um den Kiefer des Münzwardeins. Als sie fest saßen, nahm der Doctor das Skalpell, setzte es am linken Ohr des Münzwardeins an und zog es rund um den Hinterkopf bis zum rechten Ohr. Dann klappte er die gelöste Kopfhaut nach vorn, sodass sie das Gesicht des Münzwardeins bedeckte.

Es war zu viel für den Rektor. Die Hand vor den Mund gepresst, sackte er zusammen. Das Erbrochene quoll zwischen seinen Fingern hervor und tropfte zu Boden. Ein Kreis des Ekels tat sich auf. Der Doctor arbeitete ungerührt weiter.

Er trieb einen Kranz aus Löchern in den Kopf, zwickte die Zwischenräume durch und hob die Schädeldecke ab. Perlmuttartig schimmerte das Gehirn darunter hervor. Den Henker, der es von oben sah, erinnerte es an eine übergroße Nuss des Welschbaumes.

Mit einem gönnerhaften Blick auf von Sala erklärte der Doctor, schon Galen habe treffend beschrieben, dass das Gehirn aus verschiedenen Teilen bestehe, dem Kleinhirn, dem Hirnstamm und dem Rückenmark. Ebenso wisse man, dass seine Nerven die Wirbelsäule hinunter durch den ganzen Körper zögen. Das Erstaunliche sei, dass sich ihre Wege mitunter kreuzten. Es gebe Nerven, die von der linken Körperseite in die rechte Gehirnhälfte führten, und solche, die von der rechten Seite in die linke Hälfte gelangten. Von Sala nickte.

»Für Hippokrates, das große Vorbild Galens«, fuhr der Doctor fort, »war der Kopf der wertvollste Teil des Körpers, weil er rund ist und die perfekte Form besitzt. Er ist der Ort, an dem sich der Verstand befindet, das Wissen, der Geist …«

»… und die Seele«, fiel ihm der Statthalter ins Wort, »die in der erbsengroßen Zirbeldrüse sitzt.«

»Genauso sagt es Descartes«, schmunzelte der Doctor. »Allerdings würde Euch unser werter Kollege von Sala nur zum Teil zustimmen. Denn nach der Auffassung der Alten sitzt lediglich eine der Seelen im Gehirn, und zwar jene, die göttlich und unsterblich ist. Um ihr Ruhe zu gönnen, haben die Götter eine schmale Gasse zwischen Kopf und Rumpf gelegt. Den Hals.«

Die Gesichter der Gäste entspannten sich. Es tat gut, in all der Körperlichkeit Seele und Geist zu verorten. Der Leib mochte ein Wunderwerk sein, doch der Mensch war weit mehr als seine äußere Hülle. Auch der Doctor fand sichtlich Gefallen daran, sich vom Unsichtbaren ein Bild zu machen.

»Im Rumpf«, fuhr er fort, »lebt die menschliche, sterbliche Seele. Sie besteht aus einem guten und einem schlechten Teil. Der schlechte Teil begehrt Speis und Trank und will alles, was in der Natur des Leibes ist. Ihn haben die Götter im Bauchraum angekettet wie ein wildes Tier. Mit seinem fortwährenden Gebrüll raubt er der göttlichen Vernunft den Frieden und ist doch unentbehrlich, weil er dem Menschen seine Eigenart verleiht und dafür sorgt, dass das menschliche Geschlecht entsteht. Der gute Teil der menschlichen Seele, der ehrliebender und tapferer ist, wohnt in der Brust und versucht, die Begierden des Bauches im Zaum zu halten. Zwischen den beiden Seelenteilen liegt das Zwerchfell.«

Der Doctor tippte auf die beiden Kuppeln, die sich in der Mitte des Bauchraumes wölbten. »Das Zwerchfell ist ein Grenzwall, an dem sich Lust und Zorn, Schmerz und Hoffnung treffen und die Kräfte des Körpers sich ihre Schlachten liefern. Außerdem«, fuhr der Doctor nach einem Blick auf die Medici fort, »nützt es beim Atmen und hilft, die unverdaulichen Teile der Nahrung aus dem Körper zu treiben. Wenn wir tief einatmen«, der Doctor holte Luft, und ohne sich dessen bewusst zu sein, taten die Anwesenden es ihm gleich, »drückt das Zwerchfell mit großer Kraft die Eingeweide des Bauches nieder und drängt Kot und Urin hinaus.«

Die Blicke gingen zum Darm des Münzwardeins, der Doctor holte sie zurück zum Schädel. »Nun aber lasst uns endlich das Gehirn betrachten.«

Vorsichtig wie ein Ei aus der Schale holte er es aus seinem Gehäuse und wiegte es in den Händen.

»Relativ klein«, konstatierte er. »Allerdings nicht ungewöhnlich, wenn man bedenkt, dass das Gehirn bei abnehmendem Mond schrumpft.«

»Tatsächlich«, rief der Landrichter. »Er steht nur als Sichel am Himmel.«

»Wer sagt das?«, wollte von Sala wissen.

»Ja, schaut doch in den Himmel!«

»Nein, das mit dem Gehirn.«

»William Harvey«, sagte der Doctor.

»Der Circulator?«

Der Doctor überhörte die Bemerkung. »Es schrumpft«, nickte er, »bei Vollmond ebenso wie bei Nässe. Und wenn man schreit.«

»Darf ich?«, fragte der Statthalter und streckte seine Arme nach dem Gehirn aus. Der Doctor gab es nicht gern aus der Hand. Der Münzwardein war sein Schatz, doch ohne den Statthalter wäre er ihm verborgen geblieben. Der Doctor gehorchte.

Als sich die Finger der beiden Männer berührten, geschah es. Das Gehirn entglitt ihnen. Klatschend landete es in der ausgeweideten Bauchhöhle des Münzwardeins. Der Doctor fuhr zurück. Der Statthalter konnte nicht mehr ausweichen. Schleim spritzte ihm ins Gesicht. Mit zusammengekniffenen Augen spuckte er aus.

Auch der Henker war zurückgefahren. Unbehagen schoss in ihm hoch. Ein Unbehagen, das sein Vater ihm eingeimpft hatte. Immer wieder hatte er ihm erklärt, der Saft der Leichen sei pures Gift. Stets hatte er darauf gedrängt, eine Leiche schnell zu begraben. Selbst wenn es in Strömen gegossen hatte oder die Erde gefroren war, hatte er darauf beharrt, den Körper noch am Tag der Hinrichtung zu verscharren. Jene Leichen, die am Galgen verfaulen mussten, hatte er nur mit Handschuhen abgenommen.

»Lass den Leichensaft nie in deinen Körper dringen«, hatte er seinem Sohn gesagt. Diese Warnung lag dem Henker im Ohr, als er sein Gesicht zwischen die Säulen der Balustrade presste und keinen Blick vom Statthalter ließ, dem tausend Taschentücher entgegenwedelten. Manch einer, der sich bis jetzt geärgert hatte, weit hinten zu stehen, war nun heilfroh, in Sicherheit zu sein.

Der Statthalter griff nach einem Taschentuch und tupfte sich den Schleim aus dem Gesicht. Er hustete. Hätte er geahnt, dass in diesem Augenblick sein Schicksal besiegelt war, er hätte am Ende nicht gelacht und erklärt, Körpersäfte in der Regel nur mit seiner Gemahlin auszutauschen. Doch so zerstreute er alle Besorgnis, und sogar der Henker lächelte, als er sich nach seiner fremden Gefährtin umsah.

Sein Lächeln erlosch, als er bemerkte, dass die Frau verschwunden war.

12

Alles hatte sich der Bischof zeigen lassen, nachdem er im Gottesdienst die Gemüter auf den Kampf gegen den Frevel eingeschworen hatte. Begleitet von den Nonnen, die an seiner Seite im siebten Himmel schwebten, war er durch das Ursulinenkloster spaziert, durch die Klassenzimmer und die Kapelle, den Kapitelsaal mit dem Kreuzgewölbe, das Infirmarium und den Garten, der noch unbebaut lag.

Auch die Schlafräume hatte er gesegnet, die Zellen der Nonnen ebenso wie die Kammern der Zöglinge. Jedem Mädchen hatte er die Wange getätschelt, eine Ehre, von der man zu Hause gern erzählte. Sophia hatte sich noch nie so unwohl gefühlt wie in dem Moment, als der kalte Amethystring, der auf seinem Ringfinger steckte, ihre Haut berührte.

Selbst als sie schon beim Abendessen saßen, hing ihr das Gefühl der Gänsehaut an. Die Nonnen hatten auftischen lassen, was die Bescheidenheit hergab. Der Bischof war sichtlich zufrieden. Die Serviette noch immer in den Kragen des Talars gesteckt, die Hände auf dem Bauch gefaltet, sah er in die Runde, als sich die Äbtissin nach dem Essen anschickte, die Zöglinge in die Gepflogenheiten und Regeln des Klosters einzuweisen. Sophia bemühte sich, ihr zu folgen, als sie von der Gnade der christlichen Gedanken, der Liebe des Gebets und der Heilsamkeit des Schweigens sprach. Doch jedes Mal, wenn sie den Bischof ansah, der unter seinen Schlupflidern heraus die Zöglinge musterte, wusste sie nicht mehr, wovon die Rede war. Erst als die Äbtissin die wichtigsten Nonnen vorstellte und das Kloster ein Gesicht bekam, verlor sich Sophia in den Gestalten.

Die Vorsängerin, die den Chor führte, Singstunden gab, die Bücherei leitete, den Wochendienst einteilte und neben der Äbtissin für die Klosterzucht zuständig war, erinnerte Sophia an eine giftige Stangenbohne. Sie hatte sie heute zur Kirche begleitet und sie ermahnt, sich gerade zu halten. Es war einer jener ersten Eindrücke, die einem ewig im Gedächtnis bleiben. Die Messnerin, die die Schlüssel, die Opfergaben, den Schmuck, die Hostien, die Bücher, den Weihrauch, die Kerzen, die Uhr, die Glocken und die Reliquien des Gotteshauses verwaltete und ihre Mitschwestern deshalb an Enthaltsamkeit und Keuschheit übertreffen musste, kam Sophia geradezu gottlos ergeben vor.

Die Pförtnerin, eine alte Frau, die genug Urteilsvermögen besitzen musste, um unliebsame Besucher und aufregende Neuigkeiten vom Kloster fernzuhalten, gefiel Sophia gar nicht, weil sie den Schlüssel zu ihrem Gefängnis in der Hand hielt.

Das Gesicht der Krankenschwester kam ihr bekannt vor. Ein milder, gutherziger Ausdruck. Sie musste die zweite Nonne aus der Kirche sein. Sophia konnte sich gut vorstellen, wie sie im Infirmarium auf die Patienten achtete und darauf, dass die Gebetszeiten eingehalten wurden. Die Vorstellung, dass die Kleiderverwalterin nicht nur die Aufsicht über die Webstube hatte, sondern auch die Schafe scherte, zauberte Sophia sogar die Sorgenfalten aus dem Gesicht. Auch die Verwalterin mochte sie, weil sie über alles wachte, was zur Verpflegung gehörte – über den Keller, das Refektorium, die Küche, die Mühle, das Backhaus, den Nutz- und Ziergarten, die Bienenvölker und die Haustiere.

Sophia begann, so etwas wie Geborgenheit zu empfinden. Einen Moment lang vergaß sie die Schrecklichkeiten, die sie im Kloster zu sehen glaubte. Bis sie den Bischof sah.

Sein Blick ging nicht mehr durch die Reihen. Er ruhte auf ihr. Sophia versuchte, ihm auszuweichen.

Sie sah zu Boden. Wartete. Dann schaute sie wieder auf. Der Blick des Bischofs triumphierte.

***

Es blieb nicht mehr viel zu tun, nachdem das Schicksal beschlossen hatte, dem Statthalter den Schleim des Münzwardeins ins Gesicht zu spritzen. Die Gäste verabschiedeten sich und strömten durch das Theatertor hinaus ins Freie, wo sie die frische Abendluft einsogen. Wem nicht schlecht war, der dankte Gott, und wer ehrlich war, der musste sich eingestehen, dass er so etwas nie wieder sehen wollte.

Der Doctor blieb im Zuschauerraum zurück. Er ordnete seine Gedanken und seine Instrumente und deckte das, was vom Münzwardein geblieben war, mit dem weißen Laken zu.

Der Henker wartete, bis die Geräusche auf dem Vorplatz verklungen waren. Dann schlich er ins Freie. Er wollte zur Vorderfront und durch das schmiedeeiserne Tor hinaus, doch er kam nicht weit. Schritte näherten sich.

Er hastete zu den Kastanien, die die Universität flankierten, und konnte sich gerade noch rechtzeitig dahinter verstecken, bevor eine Gestalt um die Ecke kam, umhüllt von der Dämmerung, die die Nacht als Boten vorausgeschickt hatte. Der Henker riskierte einen Blick. Eine Frau. Die Locken, die ihr über die Schultern fielen, waren fast schwarz, als saugten sie die Dunkelheit auf. Noch während sie auf das Theatertor zusteuerte, kam der Doctor ins Freie.

»Papà!«

»Rebecca?«

Die Augen des Henkers weiteten sich. Ein leiser Pfiff fuhr über seine Lippen. Jetzt sah er sie deutlich. Die Frau, die auf den Doctor zuging, war die Frau aus der Galerie. Sie ging schnell. Zu schnell für jemanden, der nichts zu verbergen hatte. Der Doctor bemerkte es nicht.

»Wo kommst du denn her, mein Kind?« Ohne eine Antwort abzuwarten, schloss er seine Tochter in die Arme. »Ist dir wieder wohl? Warum bist du nicht zu Hause im Bett?« Er schob Rebecca von sich, hielt sie an den Schultern fest und musterte sie von oben bis unten.

»Es geht schon wieder«, versicherte sie, ohne ihm in die Augen zu sehen. »Nur ein leichter Schwindel. Die Leiden der Frauen, Ihr versteht!«

Der Doctor nickte. »Ja, aber –«

»Morgen kann ich gewiss schon auf den Maskenball des Statthalters gehen«, warf sie ein. »Und Ihr kommt mit!« Ihre Stimme schnurrte. »Morgen ist doch Euer Vakanztag!«

Der Doctor war wenig begeistert. Er habe gerade genug Närrisches erlebt, brummte er.

Rebecca lachte auf. Es war ein kräftiges, helles Lachen. »Ja, bitte, erzählt!«, tat sie scheinheilig. »Ich bin eigens gekommen, um zu erfahren, wie es Euch ergangen ist.«

Der Doctor nahm seinen Stock in die linke Hand, legte seinen rechten Arm um Rebeccas Schultern und zog sie mit sich fort. »Si«, sagte er, »lass uns nach Hause gehen und lass dir erzählen.«

Die Dunkelheit verschluckte zuerst die Gestalten. Dann verschwanden auch ihre Stimmen. Stille senkte sich über den Vorplatz. Nur die Aufregung in der Luft kämpfte noch mit der Ruhe.

Der Henker schaute ihnen nach. Rebecca also. Die Tochter des Doctors. Das kleine Luder hatte ihrem Vater ins Gesicht gelogen, mit einem Lächeln, das jede Lüge verzieh.

Ohne sich zu rühren, sah der Henker in die Nacht hinaus. Vor dem dunklen Hintergrund sah er ihr Gesicht, ihre roten Locken, hörte ihre Stimme, ihr Lachen. Ein seltsam warmes Gefühl hatte den Henker erfasst. Er hatte Angst, es mit einer Bewegung zu verscheuchen. Doch ewig konnte er nicht warten. Es war kalt. Und er hatte Hunger. Nur ein paar Scheiben Brot im Hurenhaus hatte er gegessen. Und der Weg nach Hause war weit.

Er hätte die Silbergasse zurück zum Kapuzinerkloster nehmen müssen, doch stattdessen kehrte er ihr am Goldenen Dachl den Rücken und ging Richtung Innbrücke. Die an den Eckhäusern angesteckten Kienspäne wiesen ihm den Weg. Am Tanz der Flammen konnte er das Wetter ablesen. Wenn sie stark rußten, kamen Wind und Regen. Wenn sie knatterten, wurde es kalt. Jetzt warfen sie lange Schnuppen, ein Zeichen dafür, dass es weiter taute. Ihr Schein vermochte sich nicht weit durch die Dunkelheit zu fressen, doch es war mehr, als die meisten anderen Städte zu bieten hatten.

Am Unteren Stadtplatz, wo linker Hand das Wirtshaus Goldener Adler lag, machte er halt. Früher, als die Tiroler Landtage noch im Regierungsgebäude gegenüber getagt hatten, war das Wirtshaus ein Treffpunkt der hohen Herren gewesen. Mittlerweile tummelte sich Gesindel aller Art darin.

Der Henker stieg die Treppe zur Gaststube hinauf, verfolgt vom Geruch der Pferde, die ebenerdig untergestellt waren, und gelockt von den Düften der Küche, die sich im ersten Stock befand. Noch bevor er eintrat, hörte er das Geplapper der Weiber, das Geklapper des Geschirrs und das Rollen der Tischkegel. Die Kartenspieler boten drei! Farbe! Trumpf! Ass! Der Henker öffnete die Tür zur Gaststube und schob den Vorhang beiseite, der im Winter die Kälte aussperrte.

Mit einem Schlag war Stille. Nur jene, die mit dem Rücken zur Tür saßen und nicht sahen, wer gekommen war, redeten weiter. Als sie bemerkten, dass die anderen verstummt waren, folgten sie ihrem Blick und drehten sich um. Den Ellenbogen über die Stuhllehne gelegt, starrten sie den Henker an, verdutzt, angewidert, verächtlich. Selbst die Kinder, die auf den Bänken hin und her gerutscht waren, als gelte es, den Hosenboden am Holz abzuwetzen, hielten inne, die Löffel aufrecht wie Kerzen in der Hand.

Der Henker nickte. Es war ein wortloser Gruß. So hielt er es immer. Nichts war schlimmer, als wenn seine Worte ohne Widerhall blieben.

»Wer zu töten weiß, der lerne zu sterben«, hatte sein Vater ihm gesagt. Während er richtete, entschädigte ihn die Angst der Menschen. Danach spürte er nur noch ihren Hass. Die Gesellschaft brauchte ihn, aber sie wollte ihn nicht. Sie war gefangen in der Gier nach Furcht und nach Läuterung, die die Hinrichtung versprach. Danach wollte ihn niemand mehr sehen. Er sollte verschwinden, wie das Leben, das er genommen hatte. Dafür töteten auch sie, die Menschen, die um ihn waren: Sie töteten seine Hoffnung, jemals einer von ihnen zu sein. Er musste sich selbst genügen. Und hatte gelernt, dass er sich am ehesten als Mensch fühlen konnte, wenn er nicht unter Menschen war.

Die Hand am Vorhang, wartete er ab. Hätte jemand in der Stube Einspruch erhoben, er hätte sich nicht setzen dürfen. Doch keiner rührte sich. Der Henker trat ein. An aufgehängten Zinntellern und getrockneten Maiskolben vorbei steuerte er auf einen Tisch im hinteren Teil der Gaststube zu, der eingepfercht zwischen zwei Pfeilern stand. Der Tisch war immer frei. Frei für ihn. Niemand würde sich je auf den Stuhl setzen, auf dem er saß. Niemand würde je aus dem Krug trinken, aus dem er trank. Niemand wollte unrein werden wie er.

Der Henker setzte sich, den Rücken zur Stube, den Blick zur

Küche gewandt. Die Wirtin, eine Frau mit dickem Körper und langem Hals, kam, um ihm einzuschenken. In der einen Hand hielt sie einen Krug mit Bier, in der anderen einen Krug mit Wein.

Fragend sah sie den Henker an.

»Wein«, sagte er und schob seinen Krug, der an die Wand gekettet war, bis zur Tischkante vor.

Sie nickte, als hätte sie nichts anderes erwartet. Man trank Wein in Innsbruck, das billige Vermächtnis von Landesfürst Ferdinand Karl, der seinen Bediensteten einst erlaubt hatte, in der Stadt eine Weinschenke zu eröffnen. Die Tropfen hatten sie aus dem höfischen Keller geholt und zu Spottpreisen verhökert. Den anderen Wirten war nichts anderes übrig geblieben, als es ihnen gleichzutun. Der bittere Beigeschmack war geblieben.

Während die Wirtin den Krug füllte, rasselte sie herunter, was die Küche zu bieten hatte: »Tellerfleisch, Polenta, Würste, Gerstensuppe, Knödel, Tirtlan. Und g'schlachtet haben wir – Saure Supp.«

»Saure Supp!«, sagte der Henker.

Die Wirtin nickte. Im Gehen drehte sie noch einmal ihren langen Hals und musterte den Henker, der Holzlöffel und Messer aus der Schlaufe unter dem Tisch hervorzog und dann den Krug ansetzte. Dann verschwand sie in der Küche. Da sich der Henker für nichts anderes als für seinen Wein zu interessieren schien, ließen auch die Blicke der anderen von ihm ab. Die Stimmen brausten wieder auf, und als die Wirtin mit der stechend riechenden Suppe und einem Stück dunklem Brot zurückkam, ging ihr »Mahlzeit!« im Wust der Worte unter.

Der Henker bröckelte das Brot in die Suppe, in der neben den Gedärmen gekochte Knoblauchbrocken, Zwiebelstücke und Lorbeerblätter schwammen. Während er in die weichen und zugleich zähen Innereien biss, horchte er den Leuten zu.

Normalerweise redeten sie darüber, wer geheiratet und wer geboren hatte, wer um sein Hab und Gut bangte und wer gestorben war. Sie sorgten sich um die Ernte, stritten über Grundstücksgrenzen und Schulden und fieberten dem nächsten Zunfttreffen entgegen, in dem von der Ausbildung bis zur Arbeitszeit, von der

Qualität der Waren bis zu den Preisen alles geregelt wurde, was das jeweilige Handwerk betraf. Der Henker hatte keine Zunft und zu keiner Zutritt. Die Zünfte nahmen niemanden auf, der nicht aus ihren Reihen kam. Einen Henker schon gar nicht. Zudem durfte er kein städtisches Amt ausüben, keinen Grund und Boden erwerben, keine großen Geschäfte machen. Nicht einmal mitreden durfte er.

Heute allerdings sprachen die Leute nur über eins. Die Sektion. Über die Tische hinweg flogen ihre Worte.

»Ein grausiges Vergnügen, das sich die edlen Herren da gönnen.«

»Man könnt meinen, es sei ein Scherz in der närrischen Zeit.«

»Ist aber keiner.«

»Jetzt müssen sogar die Toten für ihre Spielchen herhalten.«

»Gerade eben sind sie heimgefahren.«

»Wer?«

»Alle.«

»Was, so lange hat das gedauert?«

»Wie lange braucht man denn, um eine Leiche aufzuschneiden?«

»Keine Ahnung, was die so treiben.«

»Nichts als Ärger hat uns diese Universität eingebracht!«

»Ja, nichts als Ärger. Denkt nur an die Salzpreise!«

Der Henker nickte, ohne dass sein Kopf sich bewegte. Er konnte sich noch gut daran erinnern, wie seine Mutter verzweifelt war, als Kaiser Leopold I. vor zwei Jahrzehnten auf jedes in Tirol verkaufte Fuder Hallersalz fünf Prozent mehr hatte einheben lassen, zwölf Kreuzer insgesamt. Das Geld sollte der neu gegründeten Universität zukommen und das Gehalt der Professoren sichern. Es war eine Katastrophe für all jene gewesen, für die jeder Kreuzer eine Kostbarkeit war. Der Salzabsatz war zurückgegangen, der Schmuggel hatte zugenommen, und alles nur, um eine Handvoll Professoren durchzufüttern mit sauteurem Salz.

»Mit uns kann man's ja machen.«

»Haben sie doch schon immer getan.«

»Tirol ist eine Geldbörse, in die man nie umsonst greift, hat schon Kaiser Maximilian gesagt.«

»Nein! Nein! Nicht mit uns!«

»Nein, nicht mehr!«

Ein Mann schaltete sich in tiefem Ton ein. Er musste ein massiger Mensch sein, denn bei jedem Atemzug zischte seine Lunge, als würde sie von Fleisch und Fett erdrückt. »Am Ende müssen wir auch noch herhalten!«

»Wofür?«

»Für ihre Spielchen.«

»Sag so etwas nicht!«

»Kennst doch die Großkopferten.«

»Könnte sein«, pflichtete ein anderer ihm bei, dessen Stimme etwas Schneidendes hatte. »Wisst ihr, was ich gehört habe? Manche Doctoren schleichen nachts auf den Friedhof und heben frische Gräber aus.«

»Nein!«

»Doch! Oder sie sammeln die Leichen von Landstreichern und Bettlern auf. Und die Schlimmsten«, die Stimme schraubte sich zu einem verschwörerischen Ton, »fangen sogar Waisenkinder ein und dann …«

»Grauenhaft.«

»Gott bewahre.«

»Irgendwo sollen sie auch schon uneheliche Kinder nehmen. Und ihre Mütter. Als Abschreckung gegen die Ausschweifung.«

»Wo?«

»Was weiß ich.« Man wusste viel in Innsbruck und war doch immer wieder überrascht, wenn die Neuigkeiten nicht nur als Worte ins Land kamen.

Die Frauen schluckten. »Wie, gleich nach der Geburt?«

»Nein, selbst Jahrzehnte danach.«

»Was sie sich wohl davon versprechen?«

Erkenntnis, brach es stumm aus dem Henker hervor. Er mischte sich in das Gespräch ein, ohne dass die anderen ihn hörten. Er wurde ein Teil der Gesellschaft, ohne dass sie es bemerkte.

Erkenntnis, wiederholte er. *Darüber, wie der Leib funktioniert. Darüber, wie man helfen kann.*

Der Fettleibige hatte eine andere Antwort. »Vielleicht wollen sie den Toten noch eins auswischen.«

»Wie meinst du das?«

»Vielleicht wollen sie sie noch mal bestrafen.«

»Wen?«

»Die Verurteilten. Mit einer Hinrichtung nach der Hinrichtung.«

»Eine abscheuliche Idee!«

»Vom Doctor stammt sie.«

»Vom Bacchettoni? Wirklich? Ist doch ein guter Mann.«

Der Beste, warf der Henker ein, ohne dass ein Laut über seine Lippen kam.

»Was ist denn nur in ihn gefahren?«

Er sucht nach Antworten.

»Ihn wird wohl nicht etwa der Teufel reiten?«

»Es ist nicht zu verstehen.«

Wenn ihr ihn gesehen hättet, ihr würdet es verstehen.

»Ja, so schnell kann's gehen.«

»Jetzt ist er schlimmer als der da.«

Der Henker spürte die Blicke der Leute im Nacken.

»Gotteslästerung betreibt er, sagt der Bischof. Das Erdbeben war nur eine Warnung, sagt er.«

»Eine erste Warnung!«

»Es kann noch schlimmer kommen, sagt er.«

»Jesses Maria.«

»Erbarmen.«

Die Frauen bekreuzigten sich. Als wäre die Zeit nicht vergangen, sahen sie die eingestürzten Kirchtürme vor sich, die zerrütteten Häuser, die Zelte auf den morastigen Feldern. Sie sahen, wie die Geschäfte ins Stocken gerieten, wie es an allem fehlte, an frischem Wasser, an Lebensmitteln, an der wohltuenden Gelassenheit des Alltags.

»Und wer muss es am Ende wieder ausbaden? Wir, natürlich.«

»Das mache ich nicht mit.«

»Ich auch nicht.«

»Wozu haben wir denn gefastet und eine Prozession gemacht? Damit es noch einmal passiert?«

»Ich halte meinen Kopf nicht noch einmal hin.«

»Für die nicht.«

»Nicht für die.«

Während der Henker seine Suppe löffelte, schimpften die Stimmen weiter. Sie wurden schärfer, entschlossener, unheimlicher. Noch ehe er aufgegessen hatte, stand der Henker auf. Was er schuldig war, legte er auf den Tisch. Die Wirtin kam, schlug drei Kreuze über das Geld und steckte es ein. Als der Henker hinausging, ebbte das Gezeter einen Moment lang ab. An der Tür traf es ihn wieder wie ein Schlag.

»Auf den Scheiterhaufen mit ihm!«, zischte eine Stimme. »Auf den Scheiterhaufen mit dem Doctor!«

13

Die langen Schnuppen der Kienspäne hatten recht behalten. Als der Henker am nächsten Morgen aus dem Haus trat, ging die Traufe. Ein Hauch von Frühling lag in der Luft und mischte sich mit dem warmen Gefühl, das den Henker erfüllte. Zu seinem Erstaunen war es auch über Nacht nicht abgeklungen. Nur wenn er an die zeternden Medici im Theatersaal und an die aufgebrachten Stimmen im Wirtshaus dachte, zog es ihm kalt über den Rücken.

Am liebsten hätte er in Ruhe darüber nachgedacht, was geschehen war, und versucht, in die Normalität zurückzukehren, die seit der Hinrichtung des Münzwardeins verschwunden schien. Doch die Toten konnten nicht warten.

Der Henker packte Messer, Schaber, Pickel, Beil, Handschuhe und Schaufel in einen großen Leinensack und band ihn auf den Gaul. Die Zügel in der Hand, ging er bis zum Ende des Gritschenwinkels und überquerte die Herrengasse, die sich wie eine Schneise des Wohlstands vom Oberen Stadtplatz heraufzog und hinter dem Absamer Tor auf die Barbarasäule zulief. Nebeneinander standen die schönsten und prunkvollsten Häuser der Stadt, außen mit Stuck verziert, innen mit Tannen- und Fichtenholz getäfelt, gerade gut genug für die durch Bergbau und Saline reich gewordenen Haller Bürger.

In der Agramgasse, die den Gritschenwinkel fortsetzte, hatten es die Pfannenhaussalzschneller, wie die Fuhrknechte der Saline gemeinhin genannt wurden, zu bescheidenem Wohlstand gebracht. Der Henker begegnete allem mit dem achtlosen Blick der Gewohnheit. Nur den penetranten Malzgeruch aus dem Anisbräu am Ende der Agramgasse nahm er wahr. Es steckte der Atem des Todes darin.

Wie jedes Mal, wenn er zum Galgen ging, begleitete ihn die stechende Süße die Badgasse hinunter bis zum Milser Tor. Der Stadtbach, der seinen Weg teilte, rauschte in seinem steinernen Bett weiter die Geländestufen zum Unteren Stadtplatz hinunter, um hinter der Eselsmühle und dem Stadtspital in den Gießen zu münden. Der Henker ging aus der Stadt hinaus.

Anders als im Westen war die Landstraße im Osten der Stadt kein Ort der Arbeit. Hier wohnte man. Stattliche Anwesen säumten ihre Seiten. Es war eine zweite Herrengasse. Doch die Herren waren Juden, die kein Geld der Welt in die Stadt ließ. Ungeschoren durften Handwerker und Studenten damit prahlen, ihre Gräber geschändet, ihre Häuser gestürmt, sie mit Schlägen traktiert zu haben. Die Auslegung des christlichen Glaubens gab ihnen das Recht.

Der Henker steuerte auf ein Haus mit rotem Dach und spitzem Erker zu. Es gehörte dem Juden, mit dem er Geschäfte machte.

Die Fenster auf der Rückseite waren vergittert. Während der Henker auf das dritte Fenster zuging, zog er das rote Halstuch des Münzwardeins aus seiner Manteltasche. Für jeden anderen wäre das Tuch einfach nur ein Tuch gewesen. Für den Henker und den Juden war es ein Zeichen.

Der Henker band das Tuch um die Gitterstäbe und zog den Knoten fest. Er wollte gerade gehen, da fiel sein Blick durchs Fenster. Wie immer waren die blau karierten Vorhänge dahinter zugezogen. Doch heute waren sie einen Spaltbreit offen. Der Henker verdunkelte sein Blickfeld mit den Händen, drückte die Stirn gegen die Gitterstäbe und spähte hinein. Würde er endlich das Geheimnis des Juden sehen?

Er sah einen schweren Holztisch, darauf ein Glasgefäß, das wie ein gigantischer Wassertropfen wirkte. Aus dem Glasgefäß ragte ein langer, schmaler Flaschenhals. Und daneben? Der Henker kniff die Augen zusammen. In einem aus Knochenasche gepressten Schälchen funkelte ein würfelgroßes Stück Gold. Der Henker stieß einen Pfiff aus.

Selbst erschrocken über den Laut in der Stille, sah er sich um, ob auch niemand ihn bemerkt hatte. Sein Blick streifte über den breiten Gürtel aus Gemüsegärten, Äckern und Obstwiesen, der sich an der Ostflanke der Stadt erstreckte. Neben der Gärtnerei des Damenstifts, in der Zitronen hinter Glasscheiben wuchsen, standen Schweineställe, weil die Tiere in der Stadt nicht gehalten werden durften. Der Boden dampfte. Ein feiner Schleier umspielte die Knöchel der Frauen, die auf einem der Felder Holz und Steine aufklaubten. Ein Mädchen hatte rote Locken, die ihm tief in den Rücken fielen. Das Herz des Henkers machte einen Sprung. All seine Sinne richteten sich auf die junge Frau. Sein Geist flog ihr entgegen.

Sie drehte sich um. Er sah ihr Gesicht. Sie hatte keine grünen Augen. Keine leicht gewölbten Augenbrauen. Keine Züge, die Sicherheit verrieten. Mit einem Ruck kehrte der Henker zu sich selbst zurück.

Während er die Landstraße weiterging, schweiften seine Gedanken immer wieder zur jungen Frau. Er stellte sich vor, dass die roten Locken *ihr* gehörten. Dass *sie* sich ihm zuwandte. Rebeccas Gesicht tauchte auf. Das warme Gefühl, das ihn seit der Sektion begleitete, wurde stärker, wenn er an sie dachte. Es war ihm unheimlich. Er kannte es nicht. Er kannte nur das gute Gefühl, wenn er mit Chiara zusammen war. Doch wenn er ging, vermisste er es nicht. Es gehörte zu seinem Leben, aber es war kein Teil von ihm.

Der Henker versuchte, Rebeccas Bild zu verscheuchen. Er wollte der Herr seiner Gedanken sein. Um sich abzulenken, heftete er den Blick auf den Inn und das umliegende Ufer, wo die großen Speicherhäuser standen, in denen nach altem Stapelrecht die Waren, die Tirol passierten, eine Zeit lang gelagert werden mussten, bevor sie andernorts verkauft werden durften. Getreide gab es überhaupt nur in Hall. Die Händler der Stadt machten ein Vermögen damit, das Korn billig einzukaufen, es einzulagern und teuer zu verkaufen, sobald die Nachfrage und der Preis gestiegen waren.

Die Fluten des Inn gingen schnell. Sie standen so hoch wie sonst erst im Mai. Außergewöhnlich früh gab das Frühjahr dem Fluss das Wasser zurück. Eine kastenförmige Plätte zog den Fluss hinab, beladen mit Fässern, in denen Holz, Steine und Salz aus der Umgebung, Silber und Kupfer aus Schwaz, über den Brenner gekarrter Wein, Geflügel, Zitrusfrüchte und Kastanien bis nach Passau verschifft wurden, wo der Inn in die Donau mündete, und von dort weiter nach Wien oder Pressburg, wo man selbst die

Plätten zum Holzpreis verhökerte. Der Blick des Steuermanns war auf die Strömung gerichtet. Die Naufahrt war ein gefährliches Geschäft. Untiefen warteten dort, wo man sie am wenigsten erwartete. Wer kenterte, riskierte sein Leben. Kein Schiffsmann konnte schwimmen, weil alles, was in den Inn fiel, dem Fluss zu gehören hatte.

Die Plätte stieß in die Fluten. Die Fässer schwankten. In nicht einmal fünf Stunden würden sie in Kufstein sein. Gekonnt lenkte der Steuermann sein Gefährt an einem langen Schiffszug vorbei, der flussaufwärts kam. Zwei Dutzend Pferde zogen den schwimmenden Tross gegen die Fluten in Richtung Hall. Fünf Tage hatte er für den Weg gebraucht, den die Plätte in fünf Stunden flussabwärts nahm.

Die Fluten peitschten gegen das Dreigespann von Hohenau, Nebenbei und Schwemmer, gegen die Küchenzille und die Seilzille und gegen die Rossplätte, auf der man das Ufer wechseln konnte, wenn einfließende Bäche oder Felsbrocken den Weg versperrten. Die Pferde mühten sich den Treidlpfad entlang, die Hufe bei jedem Schritt aus dem knöcheltiefen Morast reißend. Neben ihnen gingen die Aufleger, die Seidenstoffe, Edelsteine und Gewürze aus China und Indien, Kaffee aus dem Osmanischen Reich, Honig, Wachs, Pelze, Rosinen, Fett, Fleisch und Getreide aus Böhmen, Ungarn, Niederösterreich und Bayern auf den Schiffen verstaut hatten und jetzt die Seile und Zügel strafften, damit sie nicht nass wurden. Einer von ihnen ritt voraus und stocherte mit einer langen Stange nach gefährlichen Untiefen im Wasser. Als die Plätte vorbeischoss, hob er den Stock zum Gruß.

»Auf Wiedersehen! Auf Wiedersehen!«

Die Worte brachten die Vorstellung, die der Henker zu verscheuchen versucht hatte, wieder zu ihm zurück. Sie war stärker als zuvor. Sie war zum Wunsch geworden. Wiedersehen. Wiedersehen. *Sie* wiedersehen.

Wie ein schwarzes Kreuz stand der Galgen in der Landschaft, weit entfernt von den Häusern und doch nahe genug am Weg, um den Menschen eine Warnung zu sein. Zu seinen Füßen floss der Weißenbach in Richtung Inn. Der Henker lenkte den Gaul über die hölzerne Brücke. Das Poltern der Hufe schreckte die Raben auf, die auf dem Galgen hockten. Krächzend flatterten sie davon. Als wäre das Böse von ihm gewichen, wurde der weiße Stein des Galgens sichtbar, an dem ein armer Sünder hing.

Ursprünglich war das Hochgericht aus Holz gewesen. Als es unter der Last des Todes zusammengebrochen war, hatte die Landesregierung befohlen, einen Galgen aus Stein zu bauen. Wochenlang hatten die Haller darüber gestritten, wer die Aufgabe übernehmen sollte. Niemand wollte Hand an den Galgen legen, in dem man die bösen Kräfte glaubte, die von den Gehängten auf das Gerüst übergesprungen waren. Da sich keiner fand, mussten es am Ende alle tun. Unter Trommelwirbel war die Stadt zum Galgen gezogen. Die Zimmerleute hatten das alte Gerüst abgebaut, die Maurer hatten einen neuen Sockel gesetzt, drei Steinsäulen daraufgestellt und sie mit Querbalken verbunden. Die Händler hatten symbolisch geholfen, indem das Holz und die Steine durch ihre Hände gingen. Der Landrichter hatte den Schlussstein gesetzt.

Der Henker vergrub sein Gesicht so gut es ging im Mantel, während er den Gaul an eine der Steinsäulen band. Er atmete flach. Als er den Leichnam ansah, sah er zum ersten Mal nicht die von den Raben ausgepickten Augen, die zerfetzte Kleidung, die Hände und Füße, an denen Rehe und Füchse genagt hatten. Er sah vielmehr die Fragen und die Antworten und all das Unergründliche, das in seinem Körper steckte. Der Henker zog seine Handschuhe an und verscheuchte die Fliegen, die sich an der Leiche labten. Dann griff er nach den Beinen.

Vor drei Wochen hatte er den Mann gehängt. Wie bei seinem Meisterstück, als er dem versammelten Gericht gezeigt hatte, dass er würdig war, das Amt seines Vaters zu übernehmen, hatte er alles richtig gemacht. Er hatte das Seil nicht zu lang gelassen, sodass die Füße des Gehängten nicht den Boden berührten, er hatte es nicht zu kurz gehalten, sodass er nicht nur ein Stück weit fiel und sich minutenlang winden musste, während das Seil ihn würgte, er hatte es genau so gewählt, dass der Sturz dem Mann das Genick brach. Er hatte nicht gezittert, als er ihm den Strick um den Hals legte. Er hatte nicht vergessen, den Knoten unter das linke Ohr zu schieben. Er hatte nicht in die verzweifelten Gesichter geschaut, die der Frau und den sechs Kindern des Mannes gehörten.

Mit einem Ruck zog der Henker an den Beinen. Der Kopf flog nach vorn. Der Körper sackte zurück, dem Henker entgegen. Er wich aus und ließ ihn zu Boden fallen. Die Schlinge über ihm wackelte heftig. Während er den Körper zerstückelte und das Fleisch von den Knochen schabte, schaute er immer wieder nach dem Stand der Sonne. Zehn Uhr mochte es sein, als er die gereinigten Knochen in den Leinensack steckte.

Der Henker verschnaufte. Viel Zeit aber blieb ihm nicht.

Er packte Pickel und Schaufel aus und begann, im Boden unter dem Galgen ein Loch zu graben. Die obersten Schichten waren aufgeweicht. Darunter saß der Frost noch fest. Der Henker drosch auf das Erdreich ein. Gefrorene Erdbrocken, Knochenstücke und Stofffetzen flogen ihm entgegen. Alle, die am Galgen endeten, wurden unter dem Galgen verscharrt. Als das Loch tief genug war, warf der Henker den Kopf des Gehängten hinein, wischte die Fleischfetzen, die sich wie die Holzspäne eines Schnitzers aufgetürmt hatten, mit dem Fuß hinterher und schaufelte es zu.

Wieder sah er zum Himmel. Es ging gegen Mittag. Er musste sich beeilen, wollte er rechtzeitig am Treffpunkt sein.

Er gab dem Gaul die Sporen, während er der Landstraße weiter nach Osten folgte, hin zur Abfallgrube, in die die Haller Spitalsknechte und Totengräber jeden Herbst den Dreck und die Exkremente aus den Klärgruben der Häuser kippten. Der Geruch von faulen Blättern, verrottetem Holz und altem Kot kam ihm entgegen. Am Eingang der Abfallgrube, wo zwei große Steine wie Wachposten lagen, machte er halt. Ein paar Fliegen umkreisten ihn. Das Wasser von Gießen und Inn, das sich unterhalb der Abfallgrube vereinte, gurgelte. Ansonsten war es ruhig.

Er musste nicht lange warten, bis der Jude den Inn herunterkam. Früher noch als sein Gesicht sah der Henker den spitzen Hut und den gelben Ring auf seiner Brust.

»Da seid Ihr ja, Alchemist!«, rief der Henker ihm entgegen.

»Pssst!« Erschrocken sah der Mann sich um.

»Niemand da«, beruhigte ihn der Henker.

»Bist du deppert? Wie oft habe ich dir schon gesagt, dass du mich nicht so nennen sollst!«

»Ist doch keiner da.«

»Egal! Hier haben sogar die Steine Ohren.«

Beschwichtigend hob und senkte der Henker seine Hände.

Der Jude brummte. »Hast du sie?«

Der Henker nickte. Er griff nach dem Leinensack mit den Knochen, öffnete ihn und ließ den Mann einen Blick hineinwerfen.

»Sehr gut!«, murmelte er und wollte zugreifen. Doch der Henker zog den Sack zurück.

»Was macht Ihr damit?«, fragte er.

Der Jude schob die Augenbrauen zusammen. »Warum willst du das wissen?«

Der Henker zuckte mit den Achseln.

»Du hast doch sonst nie gefragt«, argwöhnte der Jude. Wieder wollte er zugreifen.

»Ich mein ja nur«, sagte der Henker, den Sack fest in der Hand. »Ich wär halt vorsichtig. Solche wie Euch habe ich schon genug getroffen. Immer an der gleichen Stelle«, er deutete in die Richtung, aus der er gekommen war. »Immer am Galgen.«

Der Jude reagierte nicht.

»Die Alchemisten reiten auf einem hanfenen Pferd zum Himmel, so heißt es doch, oder?«, stichelte der Henker weiter.

»Lass dein hanfenes Pferd ruhig im Stall. Mir kann keiner einen Strick drehen.«

»Nein? Wieso nicht?«

»Weil ich keine dreckigen Sachen mache. Und jetzt hör auf zu fragen.«

»Aber du versuchst doch auch, Gold zu machen, nicht wahr?«

»Wer will das nicht?«

»Ist es dir gelungen?« Die Augen des Henkers leuchteten.

Der Alchemist lachte auf. »Seh ich so aus? Dann wär ich längst steinreich und über alle Berge.«

»Wie macht Ihr es denn?«

»Was?«

»Das Gold.«

»Herrschaftszeiten, warum fragst du denn?«

Der Henker wiegte den Kopf. »Einer, den ich gehängt habe, hat einen Klumpen Gold in ein ausgehöhltes Stück Kohle getan und die Öffnung mit schwarzem Wachs verschlossen. Dann hat er das Kohlestück auf einen Tiegel gesetzt, ihn erhitzt und darauf gewartet, dass das Wachs schmilzt und das Gold in den Tiegel fällt. Für die Zuschauer hat es so ausgesehen, als käme es aus dem Nichts. Zuerst haben sie ihn gefeiert wie einen Helden, und dann ...« Der Henker machte eine Bewegung, als schlitze er sich mit der flachen Hand die Kehle auf.

Der Alchemist lächelte gequält. Er wusste, wie verlockend es war, das anscheinend Unmögliche möglich zu machen. Gleich gut, sagte er, hätte er eine echte Goldmünze mit Hilfe von Quecksilber weiß machen können, sodass sie aussah wie aus Silber, sie anschließend erhitzen, sodass sich das Quecksilber verflüchtigte, und – Abrakadabra! – das vermeintliche Silber zu Gold machen können. So ein Narr sei er nicht. Dafür riskiere er nicht Kopf und Kragen.

»Aber wie macht Ihr es dann?« Der Henker ließ nicht locker.

Mit den Fliegen versuchte der Alchemist, auch die lästigen Fragen zu verscheuchen. »Was ist bloß in dich gefahren? Du warst doch sonst nicht so!«

»Ich will nur wissen, wozu Ihr meine Knochen braucht. Ihr seid nämlich nicht mehr der Einzige, der sich dafür interessiert.«

Der Jude fuhr zurück. Aufgeregt rückte er an seinem spitzen Hut. »Wer? Ein Alchemist?«

»Nein, ein Doctor.«

Der Jude atmete auf.

Geschickt preschte der Henker vor, die entstandene Unsicherheit zu nutzen. »Habt Ihr den Stein der Weisen schon gefunden?«

»Verdammt noch mal, woher weißt du davon?«

»Man hört so einiges«, sagte der Henker und dachte daran, wie der Alchemist, den er gehängt hatte, vor seinem Tod vom Stein der Weisen gefaselt hatte, einer Essenz, die alles zu Gold mache. »Braucht Ihr dafür meine Knochen?«

Der Jude antwortete nicht.

»Wenn das so ist, nehm ich sie halt wieder mit. Wie gesagt, ein anderer …«

»Was willst du wissen?«, fuhr der Alchemist ihn an.

»Wie soll das gehen, dass man Dinge zu Gold macht?«

Die Augen des anderen wurden schmal. »Und dann krieg ich die Knochen?«

Der Henker nickte.

»Wenn du jemandem davon erzählst, schneide ich dir die Kehle durch«, zischte der Mann.

Der Henker nickte wieder.

»Jedes Metall«, der Alchemist senkte seine Stimme, »besteht aus einer Urmaterie. Ihr Vater ist die Sonne, ihre Mutter der Mond. Der Wind trägt sie in seinem Bauche, und seine Amme ist die Erde. Feuer, Luft, Wasser und Erde sind in jedem Metall unterschiedlich vermischt. Schmilzt man das Metall ein, wird die Urmaterie in ihre einzelnen Elemente zerlegt. Anschließend kann man sie neu zusammensetzen, und zwar so, wie man es will – nämlich zu Gold.«

»Und der Stein der Weisen?«

»Der hilft bei der richtigen Zusammensetzung.«

»Und wie sieht er aus?«

»Der Stein der Weisen? Manche sagen, er sei ein roter, fester, schmelzbarer, doch feuerbeständiger, nicht verdampfbarer, kompakter Körper. Ich selbst glaube eher an ein Pulver mit sehr hoher Dichte.«

»Aber Ihr habt es noch nicht?«

Der Alchemist schüttelte den Kopf. »Allerdings habe ich vor Kurzem einen äußerst wichtigen Hinweis erhalten. Aus Hamburg. Ich sage nur: Licht. Gleißendes Licht! Aber dafür brauch ich deine Knochen. Also los«, mit seinen Fingern winkte er nach dem Sack, »gib schon her!«

Der Henker spürte, er hatte genug gebohrt. Er streckte dem Mann den Leinensack entgegen, während der in seine Manteltasche griff und einen kleinen Beutel hervorzog, in dem es verheißungsvoll klimperte. Die Hände trafen sich auf halbem Weg.

»Von mir habt Ihr sie nicht!«, sagte der Henker.

»Und du hast mich nie gesehen!«

14

Es roch verbrannt, doch Rebecca bemerkte es nicht. Sie war völlig in ihr Buch versunken, während Minna, die Magd, hinter ihr stand und mit einem erhitzten Eisenstab in ihrem Haar herumhantierte.

»Herrschaftszeiten!«, kam es aus der Eingangshalle, wo Köchin Elsbeth Rebeccas Mantel bürstete. Vom brenzligen Geruch alarmiert, watschelte sie ins Wohnzimmer. Sie zwängte sich zwischen den Stühlen durch, die mit weißen Unterröcken beladen waren, und stolperte über eine der hölzernen Löwentatzen, in denen die Stuhlbeine endeten. Mit Müh und Not gelang es ihr, sich am polierten runden Nussholztisch abzustützen, auf dem sich Dosen, Fläschchen, Schatullen, Kämme, Quasten, Drähte, Bänder und Fächer stapelten. Irritiert schaute Elsbeth zu Boden. Mit Rosetten, Stickereien und Perlen verzierte Seidenschuhe lagen über den Teppich verstreut. Der Raum, in dem normalerweise träge Ruhe herrschte, war zu einem Schlachtfeld für Frauenzimmer geworden.

»Herrschaftszeiten!«, wiederholte sie, bevor sie Minna, die innegehalten hatte und sich nicht mehr zu rühren getraute, entgegenschimpfte. »Was machst du denn? Kann man dich denn keine Minute aus den Augen lassen! Und du, Rebecca«, unsanft nahm sie Minna den Eisenstab aus der Hand, »leg doch endlich diese Bücher weg. Selbst jetzt vor dem Maskenball kannst du an nichts anderes denken.«

Rebecca ließ Buch und Beine, die sie vor der Brust angewinkelt hatte, sinken. Ihr Morgenrock glitt über den damastbezogenen Stuhl. Elsbeth beugte sich über Rebeccas Kopf, sodass ihre Brüste auf den Nacken drückten, und schob die zu springenden Federn gekringelten und mit Hilfe von Drähten und Bändern kunstvoll übereinandergetürmten Haarsträhnen auseinander. Seit die Herzogin von Fontange, die blutjunge Geliebte des französischen Königs Ludwig XIV., nach einem Jagdausflug ihr zerzaustes Haar kurzerhand hochgestrichen und mit einem Strumpfband befestigt hatte und damit in der Gunst des Königs noch weiter gestiegen war, war die Frisur à la Fontange zur Mode geworden.

Elsbeth wühlte sich tiefer und tiefer und schaute prüfend in jeden Winkel des Haarnestes. Stöhnend richtete sie sich auf.

»Und?«, hauchte Rebecca.

»Mein Rücken!«, seufzte Elsbeth und stemmte ihre linke Faust ins Kreuz. Mit der rechten Hand tätschelte sie Rebeccas Schultern. »Nix passiert!«

Erleichtert sank Rebecca in den Sessel zurück, während Elsbeth wieder auf Minna einhackte. »Wie oft habe ich dir schon gesagt, du sollst das Eisen nicht so lange ins Feuer halten!«

»Ich …«

»Bald hast du es geschafft«, sagte Elsbeth zu Rebecca gewandt.

Die drehte vorsichtig den Hals. Der Lockenberg war schwer. Seit Stunden baute Minna ihn auf, nachdem sie die Haare zuvor mit geröstetem Weizen eingerieben hatte.

»Meine Beine sind eingeschlafen«, jammerte Rebecca. »Und kalt ist mir auch!«

»Das haben wir gleich«, sagte Elsbeth.

Mit einem mahnenden Blick drückte sie Minna den Eisenstab zurück in die Hand und eilte in die Küche.

Minna war gerade dabei, die letzten Locken zu drapieren, als Elsbeth zurückkam, beladen mit einem Tablett, auf dem eine leere Tasse, ein Glas kaltes Wasser und eine silberne Kanne standen, aus der ein Quirler ragte. Suchend schaute Elsbeth sich um. Da auf dem Nussholztisch kein Platz war, setzte sie das Tablett auf dem Kabinettschrank ab, an dessen mit Intarsien aus Schildpatt und Elfenbein verzierten Flügeln mehrere Reifröcke lehnten.

Elsbeth schenkte ein. Die Tasse füllte sich mit einem perlenden Berg aus dunkelbraunem Schaum. Elsbeth schüttete etwas kaltes Wasser dazu und rührte um.

Rebecca strahlte, als die Köchin ihr die Tasse überreichte. Sie liebte Schokolade.

Sie schloss die Augen und sog den schweren Duft ein, in dem ein Hauch von Zimt und Nelkenpulver lag. Sachte legte sie die Lippen auf den ausgreifenden Rand der Tasse und nippte an der seltenen Köstlichkeit. Im ersten Moment zog sich ihr Gaumen zusammen, als hätte sie auf Saures gebissen. Dann entspannte er sich und nahm die Süße auf.

Rebecca atmete auf. Mit jedem Schluck verschwand der Ekel erregende Geruch des Münzwardeins, der ihr seit gestern in der Nase steckte. An jedem einzelnen Härchen hatte er sich festgekrallt, und auch als sie längst zu Hause im Bett lag, war er noch immer da gewesen, wie im Theatersaal. Irgendwann war Rebecca aufgestanden und hatte in der Kommode neben dem Toilettentisch nach einem der Vanillesäckchen gekramt, die ihrer Wäsche eine duftende Note gaben. Sie war zurück ins Bett geschlüpft, hatte sich das Säckchen unter die Nase gehalten und versucht, mit tiefen Zügen die grausige Erinnerung zu vertreiben. Doch es war, als steckte der Leichengeruch auch im Säckchen selbst. Angewidert hatte sie es fortgeworfen.

Die heiße Schokolade war das Erste, dem der schale Geruch des Todes nicht mehr anhing.

»Na, siehst du, geht doch schon besser.« Zufrieden sah Elsbeth, wie ihre Stärkung Wirkung tat. »Kein Wunder, dass dir kalt ist. Was gehst du denn aus dem Haus, wenn dir nicht wohl ist!«

Zum wiederholten Male warf sie Rebecca vor, gestern ihren Vater abgeholt zu haben. Ohne Bescheid zu geben! Zu einer Zeit, in der es schon dämmerte! So etwas ziemte sich nicht!

Wie jedes Mal vermied es Rebecca, Elsbeth in die Augen zu schauen. Zu gut kannte die Köchin sie. Sie war ihr zur Mutter geworden, nachdem ihre Mutter gestorben war. Sie ließ sich nicht so einfach wie ihr Vater hinters Licht führen.

»Fertig!«, fiepte Minna in Rebeccas Unbehagen hinein.

Rebecca stand auf und lief mit nackten Füßen zum Spiegel, der über dem Kamin hing. Sechs Augen starrten hinein und musterten den Lockenberg. Rebecca schob die Unterlippe nach vorn. Elsbeth legte ihre Stirn in Falten.

»Irgendetwas fehlt.« Minna sagte, was alle dachten. Plötzlich hellte ihr schmales Gesicht sich auf. Sie wieselte zum Nussholztisch, wühlte im Tand und fischte eine große, rosafarbene Seidenblume heraus. Sanft schmiegte sie sich an Rebeccas rote Locken.

»Sehr gut!«, lobte Elsbeth, um gleich darauf in die Hände zu klatschen. »Nun aber rasch. Um acht beginnt der Ball. Keine drei Stunden mehr. Minna«, wies sie die Magd an, »geh in die Küche und koch zwei Eier. Nimm die harten Dotter heraus und zerreib sie. Setz sie über glühende Kohlen und rühr sie mit etwas Wein an. Dann seich alles ab und bring mir die Tropfen.«

Minna knickste.

»Und du, Rebecca, zurück auf den Stuhl!«

Rebecca gehorchte.

Elsbeth beugte sich über sie, nahm ihr Kinn zwischen Daumen und Zeigefinger, hob es an, wobei der Lockenturm leicht nach hinten rutschte, und begann, Rebeccas Gesicht mit einem rauen Tuch abzurubbeln. Rebecca kniff die Augen zusammen und blähte die Backen.

»Zu leiden«, begann Elsbeth in missionarischem Ton, sodass Rebecca wusste, was kommen würde. Zu leiden, würde Elsbeth sagen, ist für ein Fräulein die einzige Möglichkeit, zur Dame zu werden. Bei jeder Gelegenheit betete Elsbeth Rebecca vor, wie eine junge Dame zu sein hatte. Sie musste hauswirtlich und demnach klug sein. Sie sollte Nadel und Kochlöffel führen und auch die Feder, wenn sie wollte, nur mussten, betonte Elsbeth, die Ersten vor der Letzten stehen.

Je mehr Elsbeth predigte, desto eifriger las Rebecca in ihren Büchern. Doch auch die Köchin war niemand, der sich leicht unterkriegen ließ.

»Schließlich sollen s' doch schaun heute Abend, die jungen Herren!«, sagte sie.

Rebecca spürte, wie ihr die Röte ins Gesicht schoss. Sie war froh, dass sie die Augen geschlossen hielt. Elsbeth sollte nicht merken, woran sie dachte. Seit gestern dachte sie an den Mann im Theatersaal. Sie dachte an seine Haare, die ihm kurz in den Nacken fielen, an seine Augen, in denen sich Angst und Erstaunen gespiegelt hatten, an seine Narbe, die sich über die linke Wange zog, an seine kauernde kräftige Gestalt.

Sie kannte bei Weitem schönere Männer, die reich waren und kluge Dinge sagten und sich nicht verstecken mussten. Vom Mann im Theatersaal kannte sie nicht einmal die Stimme. Und doch war sie fasziniert von ihm. Mit ihm teilte sie ein Geheimnis. Beide hatten gesehen, was sie nicht hätten sehen sollen. Vor allem aber hatte er ihr den Respekt gezollt, den sie wollte. Nicht den Respekt des Standes, nicht den Respekt einer Frau, sondern den Respekt eines Menschen. Er hatte sie sein lassen, neben sich im Theatersaal. Ohne ein Wort zu sagen. In seiner Gegenwart hatte sie sich zum ersten Mal erwachsen gefühlt.

Als Minna aus der Küche kam, beendete Elsbeth ihre Rosskur und beäugte das Schälchen mit dem Sud, das die Magd ihr entgegenstreckte. Groß war die Ausbeute nicht. Nur ein paar ölige Tropfen hatte Minna aus den weingetränkten Eiern gepresst. Doch Elsbeth war zufrieden. Sie mengte einen Löffel Puder darunter und verrührte alles zu einer feinen Masse, die sie mit einem Pudermesser auf Rebeccas Gesicht strich. Am Ende tupfte sie – nicht zu wenig, wie sie betonte – Rouge auf die Wangen.

»Das Fräulein sieht umwerfend aus!«, schwärmte Minna.

Rebecca wollte wieder zum Spiegel laufen, doch Elsbeth hielt sie zurück. »Zuerst das Kleid«, ordnete sie an. »Jesses Maria«, fügte sie mit einem Blick auf die Pendeluhr hinzu, die in der Ecke des Raumes stand, »schon fast sechs. Minna, die Schnürbrust!«

Wie eine zweite Haut legte sich der mit Fischbein versteifte Stoff um Rebeccas Oberkörper. Sie hielt sich an der Stuhllehne fest, während Elsbeth an den Schnüren des Mieders zog, als wolle sie einem störrischen Hahn den Hals zudrehen. Rebecca blieb die Luft weg. Ihr wurde schwarz vor Augen. Ihre Schultern fuhren zurück, um der Lunge mehr Raum zu geben. Elsbeth zog nur noch fester zu.

»Halt dich gerade!«, knurrte sie aus ihren prallen Backen.

Rebecca stöhnte. Man mochte tun, was man wollte, und passte doch nie in dieses Gefängnis aus Stoff, das den Frauen helfen sollte, in jeder Lebenslage Haltung zu bewahren. Rebecca war überzeugt davon, dass es den Frauen nicht nur die Luft zum Atmen, sondern auch die Kraft zum Denken nahm.

Ein letztes Mal wollte Elsbeth mit ihren Fingern unter die gekreuzten Schnüre fahren. Doch noch schmaler konnte Rebeccas Taille nicht werden, und auch ihre Brüste ließen sich nicht weiter nach oben drücken. Da sich nichts mehr rührte, zurrte Elsbeth die Fäden am unteren Teil des Rückens zu einer Masche fest. Mit Minnas Hilfe legte sie Schicht für Schicht der restlichen Garderobe darüber, die Rockreifen, das Unterkleid, den ersten Unterrock, den zweiten Unterrock, schließlich das Überkleid aus blassblauer Seide.

In einem jüdischen Geschäft in der Seilergasse, wo es auch Gummi arabicum, Gewürze, Waffen und Schmuck gab, hatte Rebecca den Stoff gekauft. Er kam aus China und war bemalt mit Wasserpflanzen und Tempeln, schlitzäugigen Herren, die Drachen steigen ließen, und Damen mit großen Papierschirmen, die auf Gondeln über Seerosenteiche schaukelten. Der Kragen des Kleides zog sich halbmondförmig über den Nacken und ließ den Rücken anmutig schmal wirken. Ein runder Ausschnitt umspielte Rebeccas Brust. Vorsichtig zupfte Elsbeth die feine Spitze des Unterkleides darunter hervor. Dann band sie die Ärmel an den Ellenbogen mit Schleifen fest, schlug die Seitenteile des Rockes nach hinten und befestigte sie an den beiden Bändern, die sich von den Schultern bis zur Hüfte zogen. Wie die Wogen eines Wasserfalls fielen die Falten des gerafften Stoffes herab.

Elsbeth war gerade dabei, sie zurechtzulegen, als der Doctor in den Raum polterte. »Johann?«, rief er im Laufen, ehe er bemerkte, dass sich die Damen im Wohnzimmer breitgemacht hatten. Sein Gesicht strahlte, als er Rebecca sah.

»Bellissima!«, rief er. »Du bist schon fertig? Lass dich anschauen!«

Rebecca lachte ihr kräftiges, helles Lachen. Kokett stemmte sie die Hände in die Hüften und wirbelte herum. Ihr Kleid schwebte über den Boden. Eine Locke fiel ihr ins Gesicht.

»Vorsicht!«, fiepte Minna.

Rebecca taumelte ihrem Vater in die Arme. Kaum dass er sie hielt, riss sie sich wieder los, lief zum Kabinettschrank, öffnete eine der Schubladen, die sich wie die Kammern in einem Bienenstock nebeneinanderdrängten, und zog eine schmale Maske heraus, die aus demselben Stoff wie das Kleid war. Rebecca hielt sie sich vor die Augen.

»Eine richtige Chinesin!«, lobte der Doctor, während sich Rebecca vor ihm nach links und rechts drehte. »Wie hat ein weiser Mann einmal gesagt: ›Die Verwandlungskünste der Frauen sind so uferlos, dass es selbst Gott dem Herrn am Jüngsten Tag kaum noch möglich sein wird, solchermaßen verzierte Wesen zu identifizieren, um sie danach zu scheiden in Wölfe und Lämmer.‹ Aber keine Angst, mein Kind«, fügte er hinzu und tätschelte Rebeccas Wange, »aus dir würde selbst im Wolfspelz nur ein Kätzchen werden.«

***

»Ah, mein Ehrengast!«, rief der Statthalter dem Doctor zu, als er mit Rebecca den Festsaal des Neugebäudes betrat.

»Und das werte Fräulein Tochter!«

Rebecca knickste.

Die Haut des Statthalters schimmerte noch stärker als am Vortag. Der speckige Eindruck passte zum Schurz und zur schiefen Mütze, die er trug. Als Wirt und Wirtin hatten er und seine Gemahlin sich zurechtgemacht.

»Sagt, was macht unser sezierter Freund?«, fragte der Statthalter und fuhr sich gedankenverloren über den Mund, dort, wo der Schleim des Münzwardeins ihn getroffen hatte.

»Dient weiterhin Stück für Stück der Wissenschaft.« Der Doctor zog seinen schwarzen Filzhut, der zu seiner Maskerade als Pirat gehörte, und fügte mit einem Blick auf die umstehenden Damen hinzu: »Ich werde Euch später ausführlich berichten.«

Dann beugte sich der Doctor zur Hand hinunter, die Eleonore Maria Josepha ihm entgegenstreckte, und deutete einen Kuss an.

Noch bevor Rebecca die Gemahlin des Statthalters begrüßen konnte, wirbelte ein Harlekin mit weißer Maske an ihr vorbei und riss sie mit sich fort. Die Feder auf seinem blauen Schlapphut wiegte sich im Takt seiner Sprünge. Lachend stolperte Rebecca hinter ihm her. Vor einem Pagliaccio mit viel zu langem Hemd und viel zu kurzen Hosen machte der Harlekin halt. Ausladend verbeugten sich die Gestalten, die beide der Commedia dell'arte entsprungen waren, voreinander und vor Rebecca und tollten dann grußlos weiter, vorbei an Teufelchen, die Eier nach ihnen warfen, und wilden Männern mit schwarzen Gesichtern, die ihnen hinterherhetzten.

Rebecca sah sich um. Sie war umringt von den sonderlichsten Gestalten, einem osmanischen Großwesir und einer orientalischen Zauberin, einer türkischen Sultanin und jeder Menge Indianer. Bettler in Lumpenkleidern, die sich, bestrahlt vom Glanz der Kronleuchter, aufregend einfach vorkamen, humpelten an ihr vorbei. Am weißen Kachelofen, der an der rechten Wand des Raumes stand, lehnten zwei Engel. Im Wettstreit der Wunderlichkeiten war fast alles erlaubt. Nur ins andere Geschlecht, in die Nonnenkluft und in die Paternkutte durfte niemand schlüpfen.

Bei Tisch saß Rebecca neben einer jungen Bäuerin in böhmischer Tracht, ihr gegenüber saßen eine in Ketten gelegte Sklavin und ein lorbeerbekränzter Kaiser Nero. Während Silberschüsseln und Servierplatten mit Kirschen, Weißbrot, jungen dicken Bohnen in Milch, Eiersuppe mit Safran, Pfefferkörnern und Honig, Aalpasteten, Krebsen, gebratenen Aalen, gerösteten Bücklingen mit Leipziger Senf, sauren Heringen, gebackenen Barben, Stockfischen in Öl und Rosinen, gesalzenen Hechten mit Petersilie, Hirsegemüse, Reis mit Mandelmilch und Zimt, Salat mit Eiern, Gallert und Mandeln auf- und abgetragen wurden, rätselten sie, wer sich hinter der ein oder anderen Maske verbarg. Als Schaffleisch mit Zwiebeln, Huhn mit Zwetschgen, in Schmalz zart gebackene kleine Vögel mit Rettich, gebratene Gänse mit roten Rüben und olivengarnierte Fasane auf den Tisch kamen, erklärte Kaiser Nero den jungen Damen, dass Schweinefleisch am Hofe deshalb verpönt sei, weil das Wühlen der Tiere im Dreck ein Zeichen für die Schmutzigkeit in ihrem Inneren sei.

An einer Makrone knabbernd, beriet Rebecca wenig später mit ihren Tischgenossinnen darüber, wie man Sorbet am besten machte. Sie waren sich einig darin, dass man ein halbes Glas Brunnenwasser nahm und vier Limonen hineindrückte, doch stritten sie darüber, ob man das Gemisch besser durch ein Tuch oder durch ein Sieb abseihte.

Anfangs fand es Rebecca noch interessant, als die böhmische Bäuerin von der neuen Lippenfarbe aus Bleiweiß, Lilienwurz, Rosenwein und Fett schwärmte und davon, dass man die Zähne mit Wallnussrinde und warmem, gesalzenem Wein blendend weiß bekam. Doch als der Tratsch zum Geläster wurde und gar nicht mehr enden wollte, begann sie, sich zu langweilen.

Kein Wort über ihre geliebten Philosophen und die Frage nach Gut und Böse. Stattdessen die Tatsache, dass die Gräfin von Welsberg die Runzeln in ihrem Gesicht mit einer Masse aus essigerweichten Eiern, Senfmehl und Pfeffer bekämpfte und die von Greiffen, die nicht nur Haare auf den Zähnen, sondern auch um den Mund hatte, diese mit einer Paste aus Kolophonium, Wachs, gelbem Harz, Honig und Rosenwasser beseitigte. Als sich unliebsame Zuhörer näherten, tippte sich Rebecca mit ihrem Fächer warnend auf die Nasenspitze, sodass plötzlich von Goldfäden für Perlenstickereien die Rede war und davon, ob man Damast besser aus Venedig anstatt aus Paris einführte.

Kaum waren die unliebsamen Zuhörer verschwunden, ging es um die von Truchseß, die anscheinend mit einem aus Hall verkehrte, Genaues wisse man nicht, doch aufgefallen war es, kein Wunder, war ihr Mann doch ständig auf Reisen.

Rebecca nippte an ihrem Negara-Wein, den die Diener ihr geflissentlich nachschenkten, und war froh, als die Tafel aufgelöst und der Tanz eröffnet wurde. Sie schielte zu den jungen Herren hinüber, die sich auf der anderen Seite des Saales versammelt hatten: der Fugger-Spross in seiner tückisch wirkenden Gestalt; der aufgeschossene Philipp von Lodron, der weniger wegen seiner Fähigkeiten als angehender Advokat als vielmehr wegen seines Erfolgs bei den Damen berühmt war; Lodrons bester Freund, der junge Weinhart mit seinen breiten Schultern und seiner derben Art, den man, wäre er nicht der Sohn des berühmten Medicus, eher in einer Werkstatt als in einer Studierstube vermutet hätte, und der zarte Georg von Pfeiffersberg, der neben dem jungen Weinhart noch schmächtiger wirkte, als er ohnehin war.

Rebecca tat ungerührt, als ausgerechnet der schöne Philipp um einen Tanz bat. Während sich die Paare aufreihten, rückten die Musiker auf dem Podest ihre Stühle zurecht, bliesen Oboe, Fagott, Flöte und Horn aus und stimmten Violoncello, Kontrabass und Violine, die aus der Werkstatt Jakob Stainers stammten, einem begnadeten Geigenbauer aus Hall, für den Namen wie Amati, Stradivari und Guarneri keine Konkurrenz waren.

Die Musik setzte ein. Man tanzte Menuett. Die Damen streckten den Herren die Hand zum Kuss entgegen und knicksten. Die Herren – ohne Handschuhe und mit Hut auf dem Kopf, wie es beim Maskenball erlaubt war – verneigten sich. Wie die Zahnräder eines Uhrwerks verschmolzen die Paare im Dreivierteltakt. Sie fassten sich an den Händen, ließen sich wieder los, vereinten sich erneut. Sie tanzten Zweien und Achten, formten Kreise, lösten sie auf, fassten sich wieder an den Händen, bildeten Spaliere und wirbelten umher. Schneller, immer schneller drehten sie sich.

Rebecca lachte auf. Ihr Rock flog durch die Luft. Ihre Locken hüpften. Sie ließ sich treiben. Ihr Blick schweifte durch den Saal. Die bunten Kleider verschmolzen. Die Gesichter verschwammen. Doch da! Ihr Blick hatte ein kaltes Blau gestreift. Eigenartig bekannt stach es aus dem Farbenwald hervor. Noch bevor sie es fassen konnte, wurde sie weitergerissen. Sie drehte sich zurück, reckte den Kopf. Da sah sie sie wieder – blaue, kalte Augen, als wären sie zu Eis gefroren.

15

Unruhig war der Henker in seinem Haus umhergestreift, nachdem er dem Alchemisten die Knochen verkauft hatte und nach Hall zurückgekehrt war. Er wusste nicht, was ihn trieb. Auch mit sich anzufangen wusste er nichts. Er machte Feuer und briet sich Eier, wusch das Geschirr im Brunnen hinterm Haus, ging zurück in die Stube, schlug den Vorhang beiseite, der die Schlafstatt vom Rest des Raumes trennte, und legte sich aufs Bett, die Hände hinter dem Kopf verschränkt. Doch es ließ ihm keine Ruhe, bis er aufgestanden war und sich vor der Truhe wiederfand, in der er alles aufbewahrte, was er seinen Opfern abgenommen hatte. Mehr einem Drang als einem Gedanken folgend, öffnete er den Deckel.

Obenauf lag das weiße Gewand des Kaufmanns, der vor einigen Monaten in seinem leeren Laden gehangen hatte. Seine Geschäfte waren gut gelaufen, bis eine der Karawanen, die ihm orientalische Stoffe und Gewürze brachten, überfallen worden war. Statt der Kunden waren bald die Gläubiger in seinem Geschäft ein und aus gegangen. Der Mann hatte sich noch einmal richtig herausgeputzt, bevor er sich die Schlinge um den Hals gelegt hatte und am Ende darin baumelte wie ein erbärmlicher Wurm. Aber wenigstens baumelte er gut gekleidet.

Der Henker hatte sein Gewand gekriegt und zwanzig Taler aus der Gemeindekasse. Nichts war lohnender als ein Mensch, der sich das Leben nahm, weil die Gesellschaft nichts abscheulicher fand. Selbstmörder standen in der Rangfolge vor den Verrätern, vor den Vater- und Muttermördern, vor den Verleugnern des christlichen Glaubens. Für den Henker waren sie die einzigen wirklich armen Seelen. Sein Vater hatte ihm von der Zeit erzählt, als ihre Leichen verbrannt worden waren oder in ein Fass gesteckt, auf dass der Wind und die Fluten ihre Spuren aus dem Land trieben. Mittlerweile wurden sie unter dem Galgen verscharrt. Da kein ehrlicher Mann die Selbstmörder anrührte, musste es der Henker tun. Es lohnte sich.

Der Henker wischte sich die Hände an der Hose ab und griff nach dem weißen Gewand. Der Stoff war von der Geschmeidigkeit, die eigentlich jenen vorbehalten war, denen das Leben ohnehin schon schmeichelte.

Sooft der Henker später darüber nachdachte, er wusste nicht, wie er in das Hemd und die Hose gekommen war, in die Weste, die ihm vornehm geschlossen bis zum Hals reichte, in den weißen, wallenden Mantel, dessen Innenseite mit blauem Grund und großen Blüten verziert war. Er fand sich auf dem Schinderkarren wieder, den Mantelkragen in den Nacken gestellt, die Haare unter der halbhohen, runden Mütze verborgen, wie er auf Innsbruck zusteuerte. Immer wenn er die Zügel schnalzen ließ, sah er auf seine Hände, die in seidenen Handschuhen steckten. Es schienen die Hände eines Fremden zu sein.

Niemand hätte ihn erkannt, weil niemand ihn so erwartete. Trotzdem hatte der Henker das Tuch, das der baumelnde Kaufmann um seinen Hals getragen hatte, durchlöchert und als Maske vor die Augen gebunden. Das Einzige, das ihn verraten konnte, war sein Karren. Wie tags zuvor ließ er ihn am Kapuzinerkloster zurück.

Je tiefer der Henker in die Stadt kam, desto stärker quollen die Straßen über von Lärm und den unmöglichsten Gestalten. Der unsinnige Donnerstag ließ die Narren laufen. Ihr Gelächter und Geschrei beschleunigten seinen Schritt. Er hastete die Silbergasse hinunter, nicht an den Gotteshäusern entlang, sondern an der Mauer des Rennplatzes. Als er die hintere Pforte erreichte, schlüpfte er hindurch. Er hatte sich nicht einmal umgeschaut.

Vor ihm erstrahlte das Neugebäude. Sein Licht fiel auf die Hofburg, als dürfe die ehemalige Residenz des Landesfürsten gnädigerweise etwas abhaben vom Glanz. Vor dem Tor des Neugebäudes, das die Gäste des Maskenballes einsog und ausspuckte, standen Wachen. Eine Peitsche knallte.

Der Henker zuckte zusammen. Mit dem Schlag kam die Ernüchterung. Das Licht des Neugebäudes wirkte grell und kalt, das Gelächter der Gäste wie eine Drohung. Angst überfiel ihn. Er verstand sich selbst nicht mehr. Ein Leben lang hatte er die Gesellschaft gemieden. Jetzt zog es ihn in ihre Mitte. Die schützende Mauer, die er zwischen sich und den Menschen aufgebaut hatte, hielt nicht mehr. Die Kraft, die ihn trieb, schien sie zu überwinden. Schon die Sektion war ein Wagnis gewesen. Hier zu sein war Wahnsinn.

Der Henker schluckte. Er hatte Leute wegen weit weniger an den Galgen gehängt.

Der Henker spähte zu den Wachen am Tor. Weg! Nur weg von hier! Noch war er in der Zeit. Fluchtartig drehte er sich um. Und prallte gegen einen Soldaten.

»Ja, wen haben wir denn da!« Wie eine Pranke packte die Hand des Mannes seine Schulter. »Seht h…er, Männer.«

Aus der Dunkelheit tauchten fünf, sechs weitere Soldaten auf, allesamt in Lederwams mit breiter Schärpe, spitzenbesetztem Hemd, knielangen Hosen, Stiefeln mit trichterförmigen Schäften und einem Degen an der Seite. Der Henker rührte sich nicht. Nur sein Blick huschte umher wie der eines gefangenen Tieres.

Einer der Soldaten, ein kleiner, dicker Mann mit abstehenden Ohren, zog seinen Degen und setzte ihn dem Henker an die Brust. »Wer bist du?«, schrie er ihn an und fuchtelte wild mit der Waffe.

»Er ist stumm!«, rief ein anderer.

Die Männer lachten. Schnapsgeruch kam aus ihren Kehlen.

»Nun sag schon«, sagte jener, der den Henker im Griff hatte. »W…as soll das sein?«

Erst jetzt bemerkte der Henker, dass der Mann lallte. Seine Augen waren glasig.

»Wem gehört dieses Gewand?« Der Soldat schüttelte ihn heftig.

»Einem Kaufmann«, hörte der Henker sich sagen.

»Ahhh, einem Kaufmann«, sagte der Soldat zufrieden. »Habt Ihr gehört, Männer? Ein Kaufmann!«

»Der Kaufmann von Venedig!«, rief ein anderer.

Die Männer grölten.

»Wir sind Soldaten!«

»Jawoll, Soldaten.«

»Soldaten Seiner Majestät.«

»Es lebe Leopold I.«

»Er lebe hoch, hoch, hoch!«

Der Mann mit den abstehenden Ohren hob seine linke Hand, in der er eine Flasche hielt. »Prost, Männer.«

»Prost, Kamerad!«, kam es zurück.

»Und Ihr, Herr Kaufmann von Venedig? Ihr sitzt auf dem Trockenen? Ein Kaufmann muss doch auch trinken, w…ie ein Soldat! Trinkt etwas mit uns!« Der Mann, der den Henker gepackt hatte, drehte ihn ruckartig um, sodass beide schwankten, und zog ihn mit sich in Richtung Neugebäude.

Die Beine des Henkers bewegten sich wie die trägen Glieder eines Trunkenen. Seine Schultern waren erstarrt. Immer näher kamen sie den Wachen. Der Henker sah ihre Hände am Degen. Er sah das Weiß ihrer Augen, die starr geradeaus blickten, den Atem, der als feiner Hauch aus ihrer Nase stieß. Der Henker tastete nach dem Tuch vor seinen Augen. Er senkte den Kopf. Seine Schultern wollten sich drehen. Der Griff des Soldaten war hart.

Sie waren am Tor. Ein Schritt noch. Der Henker roch die Müdigkeit der Männer, die Wache hielten. Und spürte die Kraft, die sie aufrecht hielt. Aus den Augenwinkeln sah er sie an. Das Gesicht wandte er seinen Soldaten zu. Den Soldaten für eine Nacht.

Sie zogen ihn mit sich über die Schwelle, die Stufen zum Festsaal hinauf. Auf halbem Weg kam ihnen eine Dame mit ihrer Zofe entgegen. An der Haltung der Zofe erkannte man die Dame in ihr. Der Soldat ließ den Henker los, um sich in tiefer Verbeugung, die ihm fast die Balance kostete, vor der Dame zu verneigen.

»Madame«, sagte er, »solange Ihr in unserer Mitte weilt, solltet Ihr Euch für diese Zeit eine kleine H…erzensangelegenheit zulegen.«

»Mein Herz«, kicherte die Dame und warf der Zofe einen schüchternen Blick zu, »legt sich nicht leicht kleine Geschichten zu, und ich habe keine Absicht, daran etwas zu ändern.«

»Ich verstehe, Madame, dass ich nicht hoffen darf. Doch ich bleibe Euer untergebener Diener, und solange ich nicht in der Gunst stehe, Euch unterhalten zu dürfen, so erweist mir die E…hre, denjenigen von uns zu benennen, den Ihr am liebsten mögt. Ich werde mich dafür einsetzen, die Angelegenheit zu Eurer vollen Zufriedenheit zu lösen!«

»Ich mag aber keinen.«

»Madame, Ihr brecht uns das Herz«, schaltete sich der Dickwanst mit den abstehenden Ohren ein. »Ein Haus ohne Weib ist wie ein Tag ohne Sonnenschein, ein Garten ohne Blumen, ein Wasser ohne Fische. Ohne ein Weib kann eine Wirtschaft nie in guter Ordnung geführt werden. Es kann einem Mann wenig helfen, wenn seine Güter nicht durch einer klugen Hausmutter Sorgfalt verwahrt, erhalten, recht ausgeteilt und angetragen werden.« Der Mann hielt inne. Der Schnaps stieß ihm auf. Er rülpste.

»Und wenn ein Wandersmann«, fuhr er unbeirrt fort, »nach zu Wasser oder Land vollbrachter Reise und vielen ausgestandenen Ungelegenheiten seine Gegend, seine Stadt, sein Dorf und sein Haus erblickt, wird er allzeit mit größerer Freude eintreten, wenn er ein treues und liebes Weib darin zu finden verhofft, das seine Mühe erquicken, sein Verlangen ersetzen, sich mit seinem Unglück betrüben, mit seinem Glück erfreuen, seiner treulich pflegen und warten, und was er erworben, zu Rat halten möge.«

Mehr hörte der Henker nicht. Er trat zur Seite. Die Soldaten beachteten ihn nicht, auch nicht, als er langsam die Treppe hinaufstieg. Kaum war er aus ihrem Blickfeld, hastete er die restlichen Stufen empor.

Glanz schlug ihm entgegen, als er den Festsaal betrat. Damen, so herrlich gekleidet, wie er es noch nie gesehen hatte, standen in Gruppen zusammen und bevölkerten die Tanzfläche. Ihre Reifröcke bildeten ein Spalier aus Blumen und Perlen, Seidenbändern und Schleifen, Rüschen und Quasten. Sie leuchteten in Lila, Apfelgrün, Hellgrau, Safrangelb, Himmelblau und Kirschrot. Bleiche Haut und Brüsseler Spitze stachen aus runden, spitzen und rechteckigen Ausschnitten hervor. Hände hielten kostbare Leinentaschentücher, die mit Perlen und Edelsteinen bestickt und mit Gold- und Silberfransen verziert waren. Fächer aus geschnitzten Elfenbeingestellen, papierenem Blatt und Straußenfedern wedelten durch die Luft.

Der Henker flüchtete in Richtung des weißen Kachelofens.

Er stand mit dem Rücken zur Wand und fühlte sich doch von allen Seiten beobachtet. Er sah sich um. Von den Wänden starrten die porträtierten Landesherren auf ihn herab. Auf der Oberkante des Ofens breitete ein silberner Adler majestätisch seine Flügel aus.

»Ein Glas Champagner, edler Herr?«

Der Henker erschrak. Der Diener, der unerwartet vor ihm stand, hatte ein Tablett voller Gläser in der Hand. Wieder tastete der Henker nach dem Tuch vor seinen Augen. Er nickte. Der Diener hob das Tablett. Als der Henker nach einem der Gläser griff, zitterte seine Hand. Die Miene des Dieners blieb regungslos. Der Mann verneigte sich und wandte sich zum Gehen. Der Henker wusste nicht, was zu tun war, und nickte dem Diener hinterher.

Das Sprudeln des Champagners war ein Spiel aus Werden und Vergehen. Bläschen stiegen aus seinem Inneren empor und zerplatzten auf seiner Oberfläche. Immer neue kamen nach, immer neue lösten sich auf. Der Henker hatte gehört von diesem Wein, den die Reichen tranken. Mit Zimt, Nelken, Zucker und Melasse wurde er perlend gemacht. Seit wenigen Jahren war er auf dem Markt, und seither stritten sich Engländer und Franzosen darüber, wer ihn erfunden hatte.

Der Henker trank. Die Bläschen schossen ihm in die Nase. Er verschluckte sich, hustete. Sofort zwang er den Reiz zurück. Er sah sich um. War jemand aufmerksam geworden? Nichts schien danach.

Gerade rechtzeitig sah er die Soldatenhorde, die zur Tür hereinkam. Der Henker drehte sich zum Ofen und verbarg sein Gesicht im Mantel. Die Männer zogen vorbei, ohne ihn zu bemerken.

Der Henker schaute ihnen nach. Sein Blick suchte die leblosen Masken ab, die fröhlichen Gesichter, die taumelnden Gestalten, die an ihm vorbeiglitten. Auf der gegenüberliegenden Seite des Saales stand ein prachtvoll gekleideter Mann und schaute ihn an. Der Henker brauchte einen Augenblick, um zu begreifen, dass er sich selbst im Spiegel sah. Er schnupperte nach dem Geruch der Köstlichkeiten und nach dem Duft der Damen, die in der

Luft hingen. Die Musik, die Stimmen, das Rauschen der Röcke hüllten ihn ein.

Da hörte er ihr Lachen. Klar drang es durch die Flut der Geräusche. Sein Blick folgte ihm durch die Reihen der Tänzer. Er sah ihre Locken. Sie drehte den Kopf. Ihre Blicken trafen sich.

Als sich Rebecca das nächste Mal umdrehte, waren die blauen Augen fort. Dort, wo sie gewesen waren, klaffte eine Lücke im Menschengetümmel. Rebecca tanzte weiter. Bei jeder Drehung hoffte sie, die Augen wieder zu sehen. Sie reckte den Kopf, sah sich um. Doch die blauen Augen blieben verschwunden.

Rebecca knickste halbherzig, als das Menuett zu Ende war. Die Allemande, die folgte, ließ sie aus. Stattdessen schlenderte sie durch den Saal. In jedem Gesicht, das ihr begegnete, suchte sie die Augen, die sie angestarrt hatten. Sie kamen ihr bekannt vor. Doch sosehr sie ihre Gedanken auch durch die Erinnerung scheuchte, sie wusste nicht, woher.

Sie verließ den Festsaal und ging durch die dahinterliegenden Räume. Im einen trieben Komödianten aus Venedig ihre Späße, im anderen saß ihr Vater mit dem Statthalter und anderen Herren beim Rauchen. Selbst er konnte sich der neuen Mode nicht entziehen, die sich unaufhaltsam ausbreitete wie der mit Muskatnuss und Kampfer durchsetzte Rauch.

Fast jede Woche ging er in eines der Tabakkollegien, in denen das Rauchen Pflicht war und man sich den Dispens nur mit Geld für wohltätige Zwecke erkaufen konnte. Sogar im Gottesdienst steckte sich der ein oder andere neuerdings die Pfeife an, am liebsten eine aus England, wo es die besten gab. Doch davon hielt ihr Vater nichts. Man solle dem Herrn nicht die Sicht auf seine Schäfchen nehmen, hatte er dem Pfarrer erklärt. Jetzt stocherte er mit einem langen, schmalen Holzspan in der Glutpfanne, die vor ihm stand, und steckte sich seine erloschene Pfeife wieder an. Rebecca war froh, dass er sie nicht bemerkte.

Sie ging weiter, bis die Stimmen der Gäste kaum noch zu hören waren und nur noch vereinzelte Gestalten an ihr vorbeihuschten. Als eine Terrassentür sie auf einen kleinen, halbrunden Balkon ließ, trat sie ins Freie.

Die Hände auf das bauchige Geländer gelegt, sah sie in den Hofgarten hinunter, den Hunderte von Fackeln in ein goldenes Licht tauchten. Die Flammen säumten den Kiesweg, der den Rasen durchschnitt, sprangen die Treppenstufen hinunter und liefen auf den Springbrunnen zu. In ihrem Schein verloren die streng gestutzten Buchsbäume ihre klare Form. Die Marmorstatuen glänzten. Im Zauber des Anblicks versunken, merkte Rebecca, wie hinter ihr jemand in die Tür trat. Noch bevor sie sich umdrehte, wusste sie, dass es der Mann mit den blauen Augen war.

Das Licht des Raumes stand ihm im Rücken. Sein Gesicht konnte Rebecca nicht erkennen, nur das weiße Tuch um seine Augen stach deutlich hervor. Rebecca drehte sich wieder zum Hofgarten. Ihr Herz klopfte. Ihre Hände pressten sich auf den kalten Stein des Geländers. Ohne den Kopf zu drehen, sah sie zur Seite. Sie war erleichtert, als der Mann neben sie trat.

Wortlos schaute sie in die Nacht hinaus. Ihr Atem ging flach. Die Luft war kühl. Rebecca wartete. Es war nicht ungewöhnlich, dass man auf einem Maskenball geheimnisvoll tat. Man musste nicht reden. Man musste nicht verraten, wer man war. Und doch war sie sich sicher. Sie hatte den Mann schon einmal gesehen. Sein Atem, seine Bewegung – alles kam ihr bekannt vor. Nur woher?

Sie wurde unruhig. Als das Schweigen unerträglich wurde, räusperte sie sich: »Ein schöner Abend, nicht wahr?«

»Ein wunderschöner Abend!« Die Antwort kam so schnell, als hätte der Mann nur auf ein Zeichen von ihr gewartet. Seine Stimme war rau. Rebecca kannte sie nicht.

»Und ein schöner Ball«, fügte sie rasch hinzu und schlug ihren Fächer auf. Heftig wedelnd wandte sie sich dem Mann zu. »Darf ich fragen, was Ihr seid?« Sie deutete auf sein Gewand.

»Der Kaufmann von Venedig.«

Rebecca lächelte. »Ist es nicht herrlich, wie Shakespeare die Tücken der Brautschau schildert?«

Der Mann antwortete nicht.

»Ich meine«, Rebecca wurde unsicher, »soweit ich das beurteilen kann. Ich kenne die Geschichten von Shakespeare nicht sonderlich gut. Auf einen Grimmelshausen verstehe ich mich besser.«

»Worüber erzählt er?«

Rebecca stutzte. »Grimmelshausen? Geschichten aus dem Krieg. Geschichten, in denen man sich verlieren kann. Ach«, ihr Gesicht hellte sich auf, »es sind andere Welten.«

»Es muss schön sein, sich in Geschichten zu verlieren«, sagte der Mann.

Rebecca stockte. »Ja, meint Ihr?« Ihre Augen begannen zu leuchten. »Die meisten Männer sehen es lieber, wenn eine Frau kocht und stickt, anstatt zu lesen.«

Der Mann zuckte mit den Schultern.

»Sie sagen, es sei eigenartig, wenn eine Frau sich so verhält.«

Zu ihrem Erstaunen lachte der Mann auf.

Rebeccas Blick verfinsterte sich. »Es ist nicht schön, als eigenartig zu gelten.«

Der Mann wurde ernst. »Ich weiß.«

Es klang so wahrhaftig, dass es Rebecca wieder versöhnlich stimmte.

»Und Ihr?«, fragte sie. »Kommt Ihr auch aus Venedig wie Euer Kaufmann?«

»Nein.«

»Woher kommt Ihr dann?«

Der Mann hielt inne. »Ich komme aus einer anderen Welt«, lächelte er.

Rebecca erwiderte das Lächeln. »Und wo liegt sie?«

»Sehr weit weg.«

Auch sie sei schon weit gereist, sprudelte es aus Rebecca hervor. In Perugia und in Padua, in Verona und in Florenz sei sie schon gewesen, ebenso in Wien. Und München kenne sie auch.

Der Mann reagierte nicht.

»Ist Eure Welt auch so weit weg?«, fragte Rebecca schließlich.

»Nein.«

»Noch weiter?«, hauchte sie.

»Nein, Ihr müsstet gar nicht so weit reisen, um sie zu erreichen.«

»Nicht? Aber Ihr sagtet doch, sie sei so weit weg.«

»Weit weg für Euch.«

»Für mich?«

Der Mann nickte.

»Verzeiht«, Rebeccas Fächer wedelte heftig, »aber ich verstehe nicht.«

Wieder dauerte es lange, bis der Mann antwortete. So lange, dass Rebecca schon fürchtete, er würde überhaupt nichts mehr sagen. »Es gibt viele Welten auf dieser Erde«, sagte er schließlich. »Wahrscheinlich so viele wie in Euren Büchern.«

»Und was findet sich in Eurer Welt?«

»Was findet Ihr in der Eurigen?«, fragte der Mann zurück.

»Menschen!« Rebecca musste nicht lange nachdenken. »Am liebsten finde ich die Menschen in den Geschichten. Verschiedene Menschen, die am Ende doch alle das Gleiche suchen. Ja«, sie stockte kurz, »am liebsten finde ich die Seele, die in jedem Körper steckt. Denn sie ist das Einzige, das bleibt.«

Es wurde wieder still. Nur der Wind rauschte.

»Und bei Euch?«, hakte Rebecca nach. »Was findet sich in Eurer Welt?«

Der Mann überlegte. »Einsamkeit«, sagte er schließlich, während er hinaus ins Flammenmeer sah.

»Ihr seid einsam?« Rebecca schluckte.

»So ist das in meiner Welt.«

»Aber Ihr müsst doch jemanden haben? Freunde, eine Familie. Kein Mensch ist allein.«

»Nein, kein Mensch«, gab er ihr recht.

Rebecca nickte zufrieden.

»Aber ich«, fügte er hinzu.

Rebecca fuhr zurück.

Es entstand eine Pause, in der die Gedanken unausgesprochen blieben.

»Ich komme aus China«, sagte Rebecca schließlich, um die Beklemmung zu brechen. Spielerisch hielt sie sich den Fächer vors Gesicht.

»China?«

»Ja, das riesige Reich weit im Osten, das von Jahr zu Jahr wächst. Dort, wo ein Kaiser herrscht wie bei uns im Heiligen Römischen Reich. Wo es die besten Gewürze und die beste Seide gibt und, wie Marco Polo sagt, riesige Städte, grandiose Paläste und unermessliche Schätze.«

»Das Land kann sich glücklich schätzen, wenn es Schönheiten wie Euch besitzt.« Der Mann lächelte.

»Wie könnt Ihr das wissen, wo ich doch eine Maske trage?«, fragte Rebecca kokett.

»Ich bin mir sicher.«

»Wenn Ihr Euch nur nicht täuscht.«

Der Mann schüttelte den Kopf. »Bestimmt nicht.«

»Bald werdet Ihr es ja sehen«, tat Rebecca bescheiden.

Verdutzt hielt der Mann in seiner Bewegung inne.

Er scheine, kicherte Rebecca, tatsächlich aus einer anderen Welt zu sein. Ob er nicht wisse, dass Maskenbälle bis fünf Uhr morgens dauern durften, die Masken aber um Mitternacht abgenommen werden mussten, um der Ausgelassenheit danach nicht mehr unter ihrem Schutz zu begegnen.

Es wurde wieder ruhig. Der Mann sagte nichts mehr. Verlegen wandte Rebecca sich ab und sah in den Garten hinaus. Sie fröstelte.

Plötzlich spürte sie den schweren, weichen Mantel des Mannes auf ihren Schultern. Sachte, ohne sie zu berühren, hatte er ihr den wärmenden Umhang umgelegt.

In diesem Moment brach die Stille. Die Terrassentüren im Erdgeschoss flogen auf. Grölend und lachend ergossen sich die Ballgäste ins Freie. Gläser klirrten. Es knallte. Hoch über den Köpfen rieselten Lichterfäden wie Sternschnuppen übers Firmament. Die Damen schrien auf. Wieder knallte es. Wieder erstrahlte der Himmel. Jeder Böller wurde mit lang gezogenem Staunen begleitet. Auch im Hofgarten begann es zu sprühen. Bottichgroße Töpfe spien Feuer. Glühende Räder kreisten wie Sonnen auf Erden. Begeistert drehte sich Rebecca zum Maskierten um. Er sah sie an, als hätte er seinen Blick nie von ihr genommen. Im Schein des Feuerwerks wurden seine Züge sichtbar. Rebeccas Blick fuhr über sein Gesicht. Sie kam nicht weit. Es wurde wieder dunkel.

Wenige Augenblicke später tauchte das Gesicht wieder auf. Rebecca tastete sich weiter. Ein Lichtschauer noch. Ein nächster. Plötzlich hielt Rebecca inne. Ihre Augen weiteten sich. Wo das Tuch auf der linken Wange endete, zog sich eine feine Narbe bis zum Kinn. Rebecca starrte darauf. Ihre Gedanken überschlugen sich. Die Augen! Die Narbe! Konnte es sein?

Der Mann wich zurück. Er schien ihre Gedanken zu lesen. Das Licht des Feuerwerks kam und ging. Keiner rührte sich. Dann, ganz von allein, streckte sich Rebeccas Hand aus. Ungläubig schaute der Mann darauf. Einen Moment lang sah es so aus, als wollte er sie ergreifen. Doch plötzlich drehte er sich um. Als der Himmel das nächste Mal hell wurde, war er verschwunden.

Rebecca stand regungslos da. Ihre Zweifel waren verflogen. Sie kannte den Mann, doch sie wusste nicht, wer er war. Im Theatersaal hatte er ausgesehen wie ein Knecht. Hier im Neugebäude hatte er gewirkt wie ein König. Er passte weder in die eine noch in die andere Welt. Und doch war er in beiden gewesen.

Mit der Überraschung und dem Mantel auf ihren Schultern blieb sie zurück. Das Feuerwerk in ihrem Rücken erlosch. Die Kirchenglocken schlugen zur Mitternacht.

***

Dumpf drang der Glockenschlag in Sophias Zimmer. Sie lag im Bett und starrte auf den Weihbrunn an der Wand, in dem sich der sichelförmige, wolkenverhangene Mond spiegelte. Es war ihre zweite Nacht im Kloster, bald der dritte Tag.

Jede Stunde hatte sie gezählt. Immer wieder war sie in Gedanken nach Hause geflüchtet, wo sie nicht gefangen gewesen war in Gebeten und Gehorsam. Achtmal täglich hielten die Schwestern Andacht, mitten in der Nacht die Matutin, um sechs die Prim, bei Sonnenaufgang die Laudes, um neun die Terz, zu Mittag die Sext, nach der Mittagsruhe die Non um drei, die Vesper um fünf, danach das Komplet. Sie beteten für das Heil der Menschheit und sahen nicht das Unheil bei sich.

Beim Zubettgehen hatte Sophia gehofft, die Träume würden sie fortholen aus dieser Welt voller Zwänge und Zweifel, wenigstens ein paar Stunden lang. Sie taten es nicht. Nachdem die Glocken verstummt waren, stand Sophia auf. Sie ging zum Tisch, auf dem eine Bibel lag, kauerte sich auf den Stuhl und legte die steinschwere Heilige Schrift auf ihre Schenkel. Die Hände in die blonden Locken versenkt, die Ellenbogen auf die Bibel gestützt, schloss sie die Augen.

Ein leises Scharren schreckte sie auf. Sie schaute zur Tür. Das Geräusch kam von draußen. Sophia richtete sich auf. Ihre Augen weiteten sich, als sie sah, wie sich die Klinke langsam niederschob. Sie krallte die Finger in die Bibel. Ihr Schoß verkrampfte.

Das Erste, was sie sah, als sich die Tür öffnete, war eine fleischige Hand, auf der ein großer, viereckiger Amethystring steckte.

16

Der Morgen graute, als der Maskenball die letzten Gäste entließ. Sie fielen in ihre Betten und schliefen ihren Rausch aus und ließen sich den ganzen Freitag über nicht blicken. Drei Tage waren seit der Hinrichtung des Münzwardeins vergangen. Langsam legte sich die Aufregung. Die Stadt verschnaufte.

Wer konnte, ging am Samstagmorgen ins Badehaus. Mehr als sonst zog es die Leute dorthin, weil die Fastenzeit auch das Baden bald verbieten würde. Gaudenz von Sala und Franz Holer von Doblhof steuerten auf das nobelste Badehaus in der Badgasse zu, über dem sich der Turm der Pfarrkirche wie ein mahnender Zeigefinger erhob. Im Gehen wandten sie sich zu den jungen Mädchen um, die halb nackt an ihnen vorbeiliefen und kichernd in jenem Badehaus verschwanden, in dem der Eintritt drei Kreuzer kostete. Viermal mehr mussten die Medici in ihrem Badehaus auf den Tisch legen. Feuchtigkeit und süße Düfte standen in dem breiten Gang, der zur Umkleide führte. Wer seine Geschamigkeit nicht zu Hause gelassen hatte, hängte sie dort an den Nagel. Männer und Frauen zogen sich gemeinsam aus.

Die Medici waren allein, als sie bloßlegten, was das Alter nach unten zog. Ein Badeknecht eilte herbei und reichte ihnen Handtücher und Bademäntel. Die Medici winkten ab. Wie Gott sie schuf, marschierten sie in den großen Baderaum.

»Ah, die Herren Medici!«, schallte es ihnen aus zwei Zubern entgegen, in denen der Stadtrichter und der Bürgermeister saßen, der eine in warmem, der andere in kaltem Wasser. Einige Herren von Rat und Gericht hockten gemeinsam in einer großen Wanne wie Frösche in einer Pfütze. Sie nickten. Die leicht bekleideten Dirnen, die um die Zuber standen und die Körper der Männer massierten, hielten inne und knicksten.

»Jetzt seid Ihr schon zu dritt!«, rief der Stadtrichter und deutete auf Weinhart, der am Barbierbecken saß und zum Gruß die Hand hob, ohne sich sonst zu rühren. Der Bader, ein hünenhafter Mann im Lendenschurz, hatte ihm ein Messer an die Kehle gesetzt. Nachdem auch er die Medici begrüßt hatte, fasste er Weinharts Kinn, hob es hoch und zog die Klinge mit einer gleitenden Bewegung über die Haut. Der feine Schaum, der in Weinharts Gesicht hing, löste sich mit dem abrasierten Barthaar. Im Barbierbecken, auf dem sich Balsampfannen, Doppelkämme, Bürsten aus Schweineborsten und Igelstacheln, Kräuseleisen, Scheren und Spiegel türmten, spülte er das Messer ab.

Die Medici steuerten unterdessen auf den großen Badezuber zu, umschifft von Badeknechten, die in Eimern erwärmtes Wasser herbeischleppten.

»Wo habt Ihr denn den Doctor gelassen?«, fragte der Stadtrichter.

Von Doblhof zuckte mit den Schultern, während er seine Zehen prüfend ins Wasser steckte. »Hat sich mit dem Münzwardein verschanzt.«

»Gestern war er auch schon den ganzen Tag im Theatersaal«, sagte von Sala, der von Doblhof in die Wanne folgte. »Immer hinter verschlossenen Türen. Bis spät in die Nacht, hat der Pedell gesagt. Stockdunkel soll es gewesen sein!«

»Ts, ts, ts!«, tat der Stadtrichter wichtig. »Dass mir das nicht zur Gewohnheit wird. Um neun Uhr sollen alle Professoren und Studenten zu Hause sein. Ich werde besser darauf achten müssen.«

»Den Beichtzettel für Ostern hat er auch noch nicht abgegeben, hat der Pedell gesagt.« Mit der offenen Hand patschte von Sala einer Dirne auf den nackten Schenkel. »Unseren hat der Pedell schon längst an den Pfarrer weitergeleitet. So, meine Liebe«, fügte er schmatzend hinzu, »jetzt zeig mal, was du kannst.«

Er ließ sich in die Wanne sinken und streckte die Arme seitlich aus, sodass sein Körper nach oben trieb und Bauch und Penisspitze aus dem Wasser ragten. Die Dirne, ein junges Mädchen mit schmaler Gestalt, beugte sich über ihn und begann, ihn mit einem großen Schwamm abzuschrubben. Von Sala grunzte und schielte hinüber zum Weibertrakt, den eine wadenhohe Bretterwand vom Bereich der Männer trennte. Das Gitter darauf ließ den Blick fast ungehindert durch. Was die Stäbe verdeckten, füllte die Phantasie. Jetzt allerdings hatte sie nichts zu tun. Die Damen ließen sich nicht blicken.

Ohne Weiteres hätte von Sala in den Frauentrakt gehen können. Die Tür stand immer offen. So manche Jungfrau, hieß es, habe auf diese Weise ihre Jungfernschaft verbadet und so manche Ehefrau ihrem Mann einen Bastard mit nach Hause gebracht. Doch im Wasser war es gemütlich, und die Dirne verstand ihr Geschäft.

Von Sala verstand nur allzu gut, warum allein reisende Damen gern Frauenbäder besuchten. Er selbst riet dazu, der Fruchtbarkeit wegen. Das Wasser war heilsam. Da mochte die Kirche noch so sehr gegen das hüllenlose Baden wettern und gegen die strafsüchtige Unehrbarkeit der Bader, die sich, wie die Kirche wusste, nackt vor den Weibern reckten und streckten. Selbst die Androhung des Fegefeuers brachte den Stadtrichter und den Bürgermeister nicht davon ab, den Badehäusern immer wieder die notwendige Genehmigung zu erteilen.

Dem Frauentrakt schloss sich das Schwitzbad an, das von einem halbhohen Ofen beherrscht wurde. Als die Tür aufging, quoll Dampf heraus. Der Statthalter torkelte in den Baderaum. Von Sala tauchte aus seiner Krokodilsstellung auf. Auch die anderen Herren in der Wanne strafften sich.

»Durchlaucht, Ihr hier?«, fragte von Sala.

Der Statthalter hustete. Mit beiden Händen stützte er sich auf der Sitzbank ab, die sich an der Wand entlangzog. Er rang nach Luft. Sein Gesicht war feuerrot und wirkte trotzdem fahl. Eine Dirne eilte ihm mit einem Becher Wein und einem Teller Fleisch entgegen. Der Statthalter ließ sich nieder, griff nach dem Becher und trank ihn in einem Zug aus. Befreit atmete er auf. »Meine Ärzte haben mir das Schwitzen verordnet«, antwortete er schließlich.

»Sehr richtig«, lobte von Sala. »Ihr tut gut daran. Das Bad öffnet die Poren und leitet die überflüssigen Säfte ab. Es löst die Winde und lässt den Urin leichter fließen. Bei Verdauungsbeschwerden schnürt es den Bauch zusammen, und es schwemmt den schmutzigen Schweiß ab …«

»… es tilgt das Jucken und die Krätze«, schaltete sich von Doblhof ein und betete zu Ende, was der große Ibn Dschazla schon vor Jahrhunderten gepredigt hatte: »Es hebt die Ermüdung auf und durchfeuchtet den Körper, es regt die Verdauung an und bereitet zur Nahrungsaufnahme vor, es lindert Schmerzen in den von der Gicht ausgedörrten Gliedern, zersetzt den Katarrh und fördert beim Fieber die kritischen Tage.«

Die beiden Medici nickten einander zu. Das Schwitzbad war für sie ein fast ebenso probates Allheilmittel wie der Aderlass und das Klistieren.

»Na dann, her mit dem warmen Wasser!«, rief der Stadtrichter aus seiner Wanne. »Hopp, hopp, junger Bursch! Gieß nach!«

»Nur nicht zu hastig«, brummte Weinhart, der, frisch rasiert und vom Bader begleitet, seinen Standort wechselte und auf einen Holzstuhl neben dem Fenster zusteuerte. »Zu viel Wärme kann den Geschlechtsverkehr beeinträchtigen!«

Die Männer lachten.

»Pah!«, prustete der Stadtrichter und setzte sich auf. »Keine Sorge!«

»Auch nicht vor dem Morbus gallicus?«, stichelte von Sala.

»Hört mir bloß auf mit der verdammten Syphilis!«, knurrte der Stadtrichter. Sein Blick wurde noch strenger als gewohnt. »Wie viele Badehäuser musste ich schon kaltstellen, weil sie immer stärker grassiert.«

»Keine Sorge, edle Herren«, schaltete sich der Bader ein. »Bei mir habt Ihr nichts zu befürchten.«

»Nein, nein, nicht bei dir!«, rief von Doblhof.

»Nein, natürlich nicht hier bei uns«, winkte der Stadtrichter ab.

Der Bader brummte besänftigt. Mit seinen stämmigen Armen zog er die Fensterläden zu und wies die Dirnen an, auch die Türen zu schließen. Dann griff er nach einem Laubwedel und begann, damit auf Weinhart einzuschlagen, der, bereitwillig wie Jesus am Kreuz, seine Arme ausstreckte und es geschehen ließ.

»Bei mir«, stieß der Bader zwischen den Schlägen hervor, »seid Ihr in guten Händen. Das hier«, sein Atem pfiff, »wird Euer Blut tapfer und stark in die Höhe springen lassen.« Mehr und mehr rote Striemen zeichneten sich auf Weinharts Körper ab. »Zur Ader lasse ich nur, wenn Sterne und Mond günstig stehen, am besten im Schützen, weil man dann die Ader sicher treffen kann. Der Mond soll abnehmen wie jetzt, weil das Blut dann sein Bett verlässt wie ein Fluss bei einer Überschwemmung und das Verfaulte in ihm sichtbar macht.«

Er brach ab und ließ den Laubwedel sinken, während der gebeutelte Weinhart auf den Stuhl plumpste. Der Bader achtete beim Aderlass nicht nur auf die Gestirne. Auch das Alter und das Geschlecht, das Klima und die Jahreszeit, die Windrichtung und die Lebensweise eines Menschen waren für die gewünschte Wirkung wichtig. Genauso wichtig aber war es, nicht sein ganzes Wissen kundzutun.

Er drückte Weinhart einen Stab in die Hand und schnürte ihm mit geübtem Griff den Oberarm mit einer Binde ab. Ein Knecht eilte herbei und hielt eine mit frommen Motiven verzierte Schale unter Weinharts Arm, während der Bader nach einem daumenlangen und zwei Finger breiten Blättchen griff, auf dem eine Eisennadel und eine Feder befestigt waren.

»Was ist das?« Argwöhnisch zog Weinhart seinen Arm zurück.

»Da staunt Ihr, was?« Triumphierend zeigte der Bader das Instrument in die Runde. »Das ist ein Aderlassschnapper. Noch keine Woche ist er auf dem Markt, und ich habe ihn schon! Er ist besser als die Lanzette, die in die Venen sticht, und besser als das Fliet, das die Venen aufritzt. Der Aderlassschnapper sticht nicht und ritzt nicht, er schlägt sich in die Venen hinein.«

Ob er damit umgehen könne, knurrte Weinhart.

»Gewiss doch! An mir selber habe ich ihn schon ausprobiert.«

»Na los, Weinhart«, feixte von Sala. »Sagt uns, ob das Ding etwas taugt.«

Mit säuerlicher Miene, den Kopf nach hinten gebogen, streckte Weinhart dem Bader seinen Arm entgegen. Ächzend spannte sich die Feder. Es knackte. Die Eisennadel schoss nach vorn. Kaum hatte sie Blut geleckt, zog sie sich wieder zurück. Wie ein gestauter Urinstrahl drang das Blut aus Weinharts Armbeuge in die darunterliegende Schale.

»Und?«, fragte von Sala.

»Gut«, sagte Weinhart und lehnte sich erleichtert zurück.

»Bravo!« Neckisch spritzte der Bürgermeister eine der Badedirnen an. »Was für einen geschickten Bader wir doch haben!«

»Wenn alle so wären wie er, wären wir den Doctor bald los«, lobte von Sala.

»Sehr richtig«, pflichtete von Doblhof ihm bei. »Niemand würde zu ihm in die Lehre gehen. Unser Bader weiß längst alles, was für sein Handwerk notwendig ist. Nicht wahr, Bader?«, forderte er ihn auf. »Erklär uns, warum man zur Ader lässt!«

Der Bader richtete sich auf. Während Weinharts Blut in die Schale rann und die Luft im Raum immer stickiger wurde, rasselte er herunter, was ihm die Medici so oft vorgebetet hatten: »Man lässt zur Ader, um die materia peccans aus dem Körper zu treiben. Sie entsteht, wenn die Körpersäfte verdorben oder in keiner guten Mischung sind. Ließe man sie gewähren, würden sie auf der Haut die wunderlichsten Blüten treiben. Sie würden Flecken und Pusteln bilden, Hautjucken und Blässe. Der Körper würde versuchen, sie mit Fieber zu bekämpfen.«

»Sehr richtig!«, sagte von Doblhof. »Und die Körpersäfte? Was hat es mit den Körpersäften auf sich?«

Noch größer wurde die ohnehin schon hünenhafte Gestalt des Baders. Er erklärte, dass der Säfte im Körper vier seien. Blut, Schleim, gelbe Galle und schwarze Galle. Das Blut sei feucht und warm, der Schleim kalt und feucht, die gelbe Galle warm und trocken, die schwarze Galle trocken und kalt. Das Blut sei von Natur aus bitter, der Schleim salzig und süß, die gelbe Galle herb, die schwarze Galle stark und scharf. Im Frühjahr, der Bader holte Luft, sei das Blut im Überschuss vorhanden, im Sommer die gelbe Galle, im Herbst die schwarze Galle, im Winter der Schleim. Bei den Kindern herrsche die gelbe Galle mit Blut vor, bei den jungen Erwachsenen die schwarze Galle, im reifen Alter das Blut, im Greisenalter der Schleim. Auch jeder einzelne Mensch habe von Natur aus einen Saft im Überfluss, der seinen Charakter bestimme, die Sanguiniker das Blut, die Phlegmatiker den Schleim, die Choleriker die gelbe Galle, die Melancholiker die schwarze Galle.

Fragend sah der Bader von Doblhof an.

Der nickte aufmunternd. »Mach weiter! Mach weiter!«, sagte er und kurbelte seinen Arm wie ein Mühlrad im Wasser.

»Die vier Körpersäfte befinden sich in verschiedenen Behältern und werden kontinuierlich abgegeben«, fuhr der Bader fort.

»Das Blut sitzt im Herzen, der Schleim im Gehirn, die gelbe Galle in der Leber und die schwarze Galle in der Milz. Aus dem besten Teil des Blutes – das hier ist übrigens sehr gut, viel reines Blut und wenig Fäulnis«, der Bader deutete auf Weinharts Ausbeute in der Schale. »Der beste Teil des Blutes also«, wiederholte er, »wird zu Samen gemacht, weshalb der Samen die kostbarste Flüssigkeit des Körpers ist und der Mann ihn nicht übermäßig verbrauchen soll. Den Schleim spüren wir, wenn er uns morgendlich schwer aufstößt. Wir fühlen ihn, wenn er sich unter der Haut festsetzt. Wir sehen ihn, wenn er aus den Körperöffnungen dringt, dickflüssig aus dem Darm oder als weißer Ausfluss bei den Weibern. Wenn der Schädel eines Menschen verletzt ist, kann er rein wie Quellwasser daraus hervorsprudeln.«

Bevor der Bader weitersprach, beugte er sich zu Weinhart hinab, der zur Seite gekippt war, die Augen halb geschlossen, die Pupillen nach oben verdreht, und hielt ihm ein Schälchen mit Zimtwasser, Rosenessig und Gewürznelken unter die Nase. Der stechende Geruch brachte den Medicus wieder zu Sinnen, gerade rechtzeitig, um zu hören, was der Bader über die gelbe Galle zu sagen hatte.

»Die gelbe Galle färbt den Urin, die Haut und manchmal das Weiß der Augen. Sie tritt zu Tage, wenn Blutergüsse aufgehen, kann uns bitter im Magen brennen und sich ins Erbrochene und in den Durchfall mischen. Die schwarze Galle schließlich«, Unheil schwang in der Stimme des Baders, »ist düster wie Tinte. Wenn sie in den Magen dringt, hemmt sie den Geist. Es entstehen Blähungen, und nach unten gehen Winde ab.« Der Bader schnappte nach Luft. Kaum jemals hatte er so lange am Stück gesprochen.

»Vortrefflich!« Von Doblhof war begeistert. »Du hast dir gut gemerkt, was wir dir immer sagen!«

Die Männer applaudierten. Der Bader verbeugte sich wie ein Schausteller. Selbst seine Dirnen knicksten.

Ein Poltern platzte in die Vorstellung. Die Köpfe flogen in die Richtung des Geräusches. Die Dirnen schrien auf. Der Knecht neben Weinhart ließ die Blutschale fallen. Der Bader war der Erste, der sich fasste. Er stürzte auf den Statthalter zu, der von der

Bank gekippt war und sich zuckend am Boden wand. Noch bevor der Bader ihn erreichte, lag er regungslos da.

***

Chiara krümmte sich. Sie griff nach der Tischkante. Die schwarzen Haare fielen ihr ins Gesicht. Ihr gepresster Atem war das einzige Geräusch in der Stube des Hurenhauses. Ohne die lustvollen Blicke und die gierigen Hände der Freier wirkte der Raum träge. Die Stiege hinauf in den zweiten Stock sah aus, als führe sie in ein ausgeräuchertes Rattenloch. Während die Badehäuser am Samstag voll waren, blieb das Hurenhaus am Vorabend christlicher Feiertage geschlossen.

Chiara verharrte regungslos, bis das Stechen in ihrem Unterleib nachließ. Dann richtete sie sich auf. Tief und langsam atmete sie ein und aus. Dann ließ sie die Tischkante los und ging, bei jedem Schritt auf weitere Stiche gefasst, in die Küche und von dort aus weiter in ihre Kammer. Sie hatte gehofft, dass der Petersiliensud, den sie getrunken hatte, ihr helfen, dass die schwere Holzkiste, auf die sie ein paar Scheite mehr als sonst gelegt hatte, sie von ihrem Los befreien würden. Doch es war geblieben und wuchs weiter in ihr heran.

Chiara blieb nicht mehr viel Zeit. Bald würde man sehen, dass sie schwanger war. Böses Blut würde es machen, bei den Freiern, die Lust sehen wollten und keine Sorgen, und bei den anderen Huren, denen klar wurde, dass die Wollknäuel, die sie mit den eingeweichten Blättern der Trauerweide zu kleinen Klumpen formten und jeden Abend in ihre Scham steckten, wieder nicht gewirkt hatten.

Chiara schob ein paar Münzen unter ihr rotes Mieder, flocht ihr schwarzes Haar zu einem Zopf, schnürte ihr gelbes Tuch fest um den Hals und steckte ein kleines Holzkreuz in die Rocktasche. Mehr brauchte sie nicht, um zur Engelmacherin zu gehen.

Sie verließ das Hurenhaus, folgte dem Langen Graben zum Absamer Tor hinauf, ließ die Stadtmauer hinter sich, überquerte den Gänsebühel und steuerte auf ein einsam stehendes Haus am Waldrand zu, das, von Bäumen umgeben, beschützt und bedroht zugleich wirkte. Neben dem Haus stand ein kleiner windschiefer Schuppen, vor ihm ein Brunnen. Dem Zaun drum herum fehlten ein paar Latten. Ein Köter mit grauem, borstigem Fell zwängte seine Schnauze durch eine Lücke. Ein grollender Laut drang aus seiner Brust. Er zog die Lefzen zurück. Seine Zähne blitzten auf wie hart gewordene Wut.

Chiara blieb stehen und sah zum Haus. Hinter einem Fenster bewegte sich ein Vorhang. Kurz darauf ging die Haustür auf. Ein Zwerg kam heraus.

Er war kaum größer als ein siebenjähriges Kind, doch kompakter in der Gestalt, mit einem Kopf, der im Vergleich zu den Gliedern ungewöhnlich wuchtig war. Der Haaransatz lag hoch in der Stirn. Bei jedem Schritt schwankte sein Oberkörper in die Richtung des Fußes, den er nach vorn setzte. Chiara wusste, dass er der Sohn der Engelmacherin war.

Seine kalbsrunden Augen spähten nach allen Seiten. Auch Chiara vergewisserte sich, dass ihr niemand gefolgt war. Für das, was sie vorhatte, konnte sie sterben. Sie, und die Engelmacherin auch. Die Tiroler Malefizordnung befahl, jede Frau, die ihr Kind vertat, lebendig im Erdreich zu begraben und einen Pfahl durch sie zu schlagen.

Der Zwerg pfiff den Hund zurück und band ihn an ein Seil, das am Brunnenrohr befestigt war. Chiara öffnete das Gartentor und hastete zum Haus. Als der Kläffer noch einmal zum Grollen ansetzte, stieß ihm der Zwerg mit dem Fuß in die Flanke.

Chiara erschrak, als die Engelmacherin in der Tür stand. Das alte Weib hatte kaum noch Haare auf dem Kopf. Die, die ihr geblieben waren, hatte sie am Hinterkopf zusammengedreht. Hinter den Ohren standen struppige Büschel ab. Mit einem fast zahnlosen Grinsen sah sie Chiara an. Sie sagte nichts, sondern presste ihre Hand auf Chiaras Bauch. Ihre verdrehten Fingerknöchel drückten ins Fleisch. Ein Frösteln lief durch Chiaras Körper. Am kleinen rechten Finger der Engelmacherin prangte ein langer, spitzer Nagel. Früher, als Hebamme, hatte sie damit die Fruchtblase der Gebärenden aufgeschlitzt. Heute kratzte sie damit totes Fleisch aus dem Unterleib.

»Einen Taler!«, forderte die Engelmacherin.

Der Preis dafür, in ihrem Haus einen Teil seines Selbst zu hinterlassen, war hoch. Chiara nickte und zog das Geld unter ihrem Mieder hervor. Dann erst ließ die Engelmacherin sie ein.

Der stechende Geruch von Sauerkraut kam ihr entgegen. Chiaras Magen verkrampfte. Sie spürte ein Brennen. Sie hatte Sauerkraut immer gemocht. Ab diesem Tag hasste sie es.

Die Engelmacherin ging zum Herd, über dem, auf einem Hal, zwei Kessel hingen. Mit der Wade schob sie den Feuerhund am Boden beiseite, auf dem sich Holzscheite stapelten, um Platz zu haben. Den großen Kessel mit dem Sauerkraut hievte sie zwei Zacken höher, beim kleinen Kessel, der mit Wasser gefüllt war, legte sie zwei Zähne zu.

»Setz dich«, sagte sie zu Chiara und deutete auf den großen, schweren Stuhl in der Ecke. Es war kein normaler Stuhl, sondern einer, den man zum Gebären nahm. Seine Lehne war gerundet und schmiegte sich gut an den Rücken. Seine Sitzfläche war hufeisenförmig ausgeschnitten. Um die Scham zu verdecken, war ein Vorhang um die Stuhlbeine gespannt. Während Chiara sich niederließ, rieb sie ihre feuchten Hände am Rock. Sie spürte das kleine Holzkreuz in der Tasche.

Der Zwerg kam zur Tür herein. Er grinste. Seine Stirn zog sonderbare Falten. Er schöpfte einen Becher warmes Wasser aus dem kleinen Kessel am Herd und stellte ihn der Engelmacherin hin, die sich derweil an einem großen Wandschrank zu schaffen gemacht hatte. Der Zwerg wusste, was sie brauchte. Er und seine Mutter waren ein eingeschworenes Gespann, wenn es darum ging, Engel zu machen.

Anders als die Kredenz daneben, enthielt der Wandschrank nicht Teller, Schüsseln, Kannen und Häferln, sondern Töpfchen und Gläser voller Samen, Gewürze, Kräuter und Blätter. Die Engelmacherin fischte mit ihren knöchrigen Fingern nach weißem Pfeffer, Petersilie, Kreuzkümmel, Anis, Fenchel und getrockneten Geranienblättern, ließ eines nach dem anderen in das warme Wasser rieseln und bröselte eine Kapsel Schlafmohn dazu. Zum Schluss reckte sie sich auf die Zehenspitzen und zog aus der obersten Stellage ein kleines Säckchen hervor, das mit dunklen, länglichen Körnern gefüllt war.

Chiaras Herz pochte. Sie kannte das Mutterkorn, das in den Ähren von Roggen wuchs und gefürchtet war wie die Pest. Gelangte es ins Brot, konnte es übelste Krämpfe verursachen. Mitunter starben Finger und Zehen ab.

Die Engelmacherin nahm ein Korn heraus, schnitt es in drei Teile, tat zwei in das Säckchen zurück und einen in den Becher. Während sie mit ihrem Zeigefinger alles verrührte, murmelte sie beschwörend vor sich hin. Das Einzige, was Chiara verstand, war das Amen am Ende. Hastig bekreuzigte sie sich.

Das Gebräu, das die Engelmacherin ihr gab, zog spiralförmige Kreise. Die Kräuter hatten das Wasser grün gefärbt und waren nach unten gesunken. Die Samen schwammen obenauf. Der Geruch von Anis und Kümmel stach am stärksten hervor.

Chiara trank. Nicht einmal setzte sie ab. Die Körner kratzten an ihrer Kehle. Sie würgte sie hinunter.

Der Schlafmohn brauchte nicht lange, um seine Wirkung zu tun. Bald hing die Hure träge im Stuhl. Wie aus der Ferne nahm sie die Engelmacherin und den Zwerg wahr, die vor ihr standen und sie anstarrten. Ihr war wohlig warm. Farbige Wellen zogen an ihr vorbei. Sie ließ sich mit ihnen treiben. Warum sie gekommen war, wusste sie nicht mehr.

Mit einem Mal krampfte ihr Magen. Schweiß schoss ihr auf die Stirn. Die schönen Bilder verschwanden. Chiara riss die Augen auf.

»Behalt's drin!«, zischte die Engelmacherin und drückte sie in die Lehne zurück. »Verdammt noch mal, behalt's drin!«

Dass sie würgte, wurde Chiara erst bewusst, als der Zwerg ihr eine Schüssel auf den Schoß knallte. Ihre Kehle schnürte sich zu, bevor das grüne Gebräu in Stößen aus ihr herausbrach. Chiara rang nach Luft. Sie würgte und erbrach. Würgte und erbrach.

»Verdammt!«, fluchte die Engelmacherin.

Chiara sank in den Stuhl zurück. Sie horchte in sich hinein. Wieder ein Würgen? Alles blieb ruhig. Ihre Gedanken peitschten durch den Alptraum, in den sie sich getrieben hatte. Ihr Herz flehte zur Flucht. Ihre Glieder waren starr.

Wieder war die Engelmacherin am Wandschrank. Sie öffnete eine Schublade und zog einen Lederbeutel heraus, an dem ein metallenes Rohr befestigt war. Dann griff sie nach einem Fläschchen mit einer klaren Flüssigkeit. Als sie den Stöpsel herauszog und daran roch, zuckte ihr Gesicht. Sie schüttete die Hälfte der Flüssigkeit in den Lederbeutel und kam damit auf Chiara zu.

Fast hätte die Hure ausgespuckt, als der Zwerg ihr mit einem schäbigen Grinsen den Rock hochraffte. Dann stellte er sich hinter sie und packte ihre Schultern. Die Engelmacherin ließ sich schnaufend auf einem Schemel nieder und spreizte ihr die Beine. Ihre knöchrigen Finger wühlten sich durch die Schamlippen, drangen in die Scheide ein und drehten sich darin.

»Bleib locker!«, herrschte die Engelmacherin sie an.

Chiara gehorchte. Selbst ihre Hände, mit denen sie sich an der Stuhllehne festgekrallt hatte, entspannten sich.

Tief beugte sich die Engelmacherin hinab und lugte unter Chiaras Rock. Mit einem Ruck führte sie das Metallrohr in die Scheide ein und drückte den Lederbeutel zu.

Chiara erstarrte. Sie hörte auf zu atmen. Ihr wurde schwarz vor Augen. Sie spürte nur noch die glühende Spur, mit der sich die Flüssigkeit durch ihren Unterleib fraß. Zuckend schlug sie um sich. Sie bäumte sich auf. Dann brach sie ohnmächtig zusammen.

Als sie endlich wieder zu sich kam, war ihr Wille gebrochen. Zum Denken fehlte ihr die Kraft. Das Einzige, was ihren Körper erfüllte, war Angst. Bis in die Haarspitzen reichte das Entsetzen.

»Dieser Bastard!«, hörte sie die Engelmacherin zischen. »Verkriecht sich im hintersten Winkel.«

Chiara brauchte einige Augenblicke, um zu begreifen. Es war noch immer nicht vorbei. Ihre Augen weiteten sich panisch. Sprechen konnte sie nicht. Es sollte aufhören! Nur aufhören! Sie sah sich zur Tür hinausstürmen, weit weg von diesem Ort und dieser Frau und ihrem missratenen Sohn und dem, wozu sie sich entschlossen hatte. Doch sie konnte nicht einmal die Hände des Zwerges wegschlagen, die ihre Unterarme mit Stricken an die Stuhllehne banden.

Dann sah sie den Eisenhaken. Wie einen Löffel hielt ihn die Engelmacherin in der Hand. An seiner Spitze klebte Rost. Rost oder Blut.

Chiara starrte ihn an. Hinter ihm verschwammen die Falten,

die das Gesicht der Engelmacherin zerfurchten. Ihre Augen zerflossen zu tropfenartigen Gebilden. Ihre Haarbüschel wurden zu einem nebelartigen Schleier. Der Zwerg hatte eine Öllampe geholt. Ihre Flamme spiegelte sich im Metall.

»Halt sie tiefer!«, forderte die Engelmacherin ihn auf. Das Licht fuhr nach unten. Mit ihm verschwand auch der Haken aus Chiaras Blick. Das Gesicht der Engelmacherin nahm wieder Form an. Ihre Augen schauten auf Chiaras Scham und schienen doch nicht richtig hinzusehen. Die Angst raste durch Chiaras Körper. Sie versuchte, sich loszureißen. Die Fesseln hielten sie zurück. Sie wollte nach dem kleinen Holzkreuz greifen, das in ihrer Tasche war. Sie erreichte es nicht. Aus den hintersten Winkeln ihres Körpers zogen sich die letzten Kräfte zusammen und verdichteten sich zu einem gellenden Schrei. »Nein!«

Die Engelmacherin stach zu.

17

Seit der Henker vom Maskenball zurückgekommen war, war er kaum noch aus dem Haus gegangen. Die meiste Zeit lag er im Bett, die Arme unter dem Kopf verschränkt, und starrte auf die rußgeschwärzte Decke. Vor allem im Frühjahr, wenn die warme Luft den Rauch aus dem Kamin ins Haus drückte, zeichnete er sie. Wie der Henker, war auch die Decke von der Vergangenheit geprägt. Das Schwarz gehörte zu ihr wie die Unreinheit zu ihm.

Vor dem dunklen Hintergrund tauchten der Glanz des Festsaals, die schillernden Kleider, das Rot von Rebeccas Haaren auf. Der Henker hörte ihr kräftiges, helles Lachen und das Knallen des Feuerwerks. Er spürte die Hand des Soldaten auf seiner Schulter und das Perlen des Champagners in seiner Nase. Er tastete über seine Augen, als wäre das Tuch des Kaufmanns noch immer darumgebunden. Wie leicht es war, in eine andere Haut zu schlüpfen. Wie gleich die Menschen unter ihren Masken waren. Zum ersten Mal in seinem Leben begriff der Henker, dass nicht die Herkunft und der Stand die Menschen verschieden machten. Es war das Wissen darum. Der Mensch selbst machte die Regeln, an denen er zerbrach.

Rebecca hatte recht. Das Einzige, was blieb, war die Seele. Mit einem Mal war es ihm klar. Selbst er konnte den Menschen nicht ihr Wesen nehmen. Seine Macht beschränkte sich auf ihren Körper. Je länger er darüber nachdachte, desto erleichterter fühlte er sich.

Kurze, harte Schläge durchbrachen seine Gedanken. Der Henker sah zur Tür. Es klopfte wieder. Im nächsten Augenblick war er am hölzernen Riegel. Kaum hatte er ihn aus den Angeln gehoben, drängte sich eine vermummte Gestalt in den Raum.

»Lass mich herein!«, kam es hinter der Kapuze hervor, die tief in das Gesicht gezogen war. Der Henker kannte die Stimme. Doch erst als der Mann die Kapuze zurückschlug und sich heftig schnaufend auf der Tischbank niederließ, erkannte er den Alchemisten. Heute trug er weder den spitzen Hut noch den gelben Judenring auf der Brust. Er war in Hauskleidung, den Mantel hastig übergeworfen. Auf seiner Nase standen tropfengroße Schweißperlen. Er war kreidebleich.

»Hilf mir, ich bitte dich!« Stöhnend streifte er seinen Mantel ab. Leblos hing sein linker Arm herab. Das Hemd war verkohlt. Man sah, wie die Flammen an ihm gezüngelt hatten. An manchen Stellen klafften Löcher im Stoff, an anderen klebte er auf der Haut.

»Das verdammte Zeug«, keuchte der Alchemist. »Schau dir das an.« Mit der rechten, unversehrten Hand packte er den Henker am Arm. »Ich weiß nicht, zu wem ich sonst gehen soll. Bald würden alle wissen, dass ... Du kannst mir doch helfen, oder?«

Der Henker nickte. Er konnte helfen. Er tat es oft. Kaum eine Woche verging, in der nicht ein Bauer an seine Tür klopfte, den eine Kuh getreten hatte, ein Metzger, dem das Messer ausgerutscht war, ein Salinenarbeiter, der sich an der Sudpfanne verbrannt hatte, ein Hafenarbeiter, der unter einen Baumstamm geraten war. Sie warteten auf die Dunkelheit und schlichen herbei wie Diebe, die sich selbst ein Stück ihrer Ehre stahlen. Sie wollten nicht gesehen werden, wenn sie den Mann, dessen Berührung Schmach und Schande bedeutete, anbettelten, Hand an sie zu legen. Wenn sie ihm Eier, Butter, Milch, Brot, Fleisch, Brennholz und Geld dafür brachten. Sie bettelten, weil sich kein Bader so gut mit gebrochenen Knochen und offenen Wunden auskannte wie er. Man sagte, sein Handwerk habe ihn zum Heiler gemacht. Die Folter sei seine Lehrmeisterin gewesen. Sie habe ihm gezeigt, Weh und Wohl zugleich zu dienen.

Die Leute hatten recht. Der Henker musste die Angeklagten knechten und sie hinterher versorgen. Nachdem er einen Menschen für die Dauer eines Miserere aufgezogen hatte, renkte er die ausgekugelten Schultern wieder ein. Nachdem er die Daumen im Daumenstock zerquetscht hatte wie reife Trauben in einer Presse, legte er einen Verband aus Eiweiß, Rosenöl und Harz an und machte eine Schiene aus Holz. Nachdem er gebrandmarkt, Hände oder Schwurfinger abgehackt, Zungen herausgerissen oder Ohren abgeschnitten hatte, stillte er die Blutungen mit Tüchern oder verätzte sie mit Glüheisen. Schürfwunden behandelte er mit Armesünderfett oder einem Gemisch aus Honig und Spitzwegerich. Glatte Schnitte verband er trocken, nachdem sie ausgeblutet waren. In tiefe Schnitte rieb er Schimmel von trockenem Käse und weichen Schafdung und gab etwas Honig dazu.

»Was ist passiert?«, fragte er den Alchemisten.

»Licht. Gleißendes Licht«, faselte er. »Und plötzlich fliegt das ganze Zeug in die Luft. Zurückgeworfen hat's mich, gegen den Schrank. Und dabei die Schulter …« Er stöhnte.

Der Henker begann, ihm das Hemd vom Oberkörper zu schälen. Hautfetzen blieben am Stoff hängen. Hellrot glühte das Fleisch. Als wäre das Feuer in den Körper gedrungen, strahlte die Hitze daraus. Die Zähne des Alchemisten klapperten. Er schloss die Augen und kippte zur Seite.

»Komm schon!« Der Henker schlug ihm auf die Wange. »Geschlafen wird jetzt nicht. Erzählt mir lieber weiter. Was ist in die Luft geflogen?«

Die Ablenkung wirkte. »Das Zeug vom Brandt«, lallte der Alchemist, die Augen noch immer geschlossen. »Brandt, dieser elende Saukerl. Henning Brandt aus Hamburg.« Der Alchemist riss die Augen auf und wedelte mit dem heilen Zeigefinger. »Ich sage dir, halte dich fern von ihm!«

»Wie konnte er Euch denn so zurichten?«, fragte der Henker, während er den Tisch wegrückte und sich vor den Alchemisten stellte.

»Ach«, seufzte der Alchemist in seiner Verwirrung plötzlich versöhnlich, »eigentlich ist er ein ganz patenter Kerl, der Brandt. Einer der Besten, um ehrlich zu sein. Er sucht auch nach dem Stein der Weisen, wie ich. Der Stein der Weisen!« Der Kampf im Körper des Alchemisten machte ihn wieder zornig. »Du erinnerst dich doch?«

»Natürlich«, sagte der Henker beschwichtigend, »der Stoff, der alles zu Gold macht. Hat er ihn gefunden?«

Gequält lachte der Alchemist auf. »Nicht einmal er! Obwohl er alle möglichen Stoffe gekocht, destilliert, kondensiert und filtriert hat. Nein, nein, den Stein der Weisen hat er nicht gefunden. Aber etwas anderes.«

Der Alchemist verzog das Gesicht, als der Henker nach seiner verletzten Hand und dem Ellenbogen griff, den Arm leicht vom Körper wegzog, ihn anhob und nach außen drehte.

»Was hat er denn gefunden?«, hakte der Henker nach.

»Phosphor. Einen Stoff, den er Phosphor nennt. Träger des Lichts. Ich sag dir, das Zeug leuchtet tatsächlich im Dunkeln. Man könnte es als Nachtlampe verwenden. Doch dann ... Wie konnte ich das ahnen? Verdammt! Dabei hat mich der Brandt sogar gewarnt.«

Mit der gesunden Hand schlug sich der Alchemist auf die Stirn, als wäre er nicht schon genug geschunden. Der Henker nutzte den Augenblick. Mit einem kräftigen Ruck drehte er den Arm nach innen, sodass die Schulter in ihre Verankerung zurücksprang.

Das Gelenk knackte. Der Alchemist brüllte. Noch während er schrie, seufzte er erleichtert auf. Sein Gesicht bekam wieder Farbe. Erlöst sank er zurück. Der Henker folgte seiner Bewegung und ließ den Arm behutsam sinken.

»Geht doch.« Der Henker war zufrieden. »Und wovor hat er Euch gewarnt, der Brandt?«

Der Alchemist lächelte. Er war wieder Herr seiner Sinne. Doch er war noch in jener Dankbarkeit gefangen, die die Zunge löst. »Er hat mich gewarnt, dass viel Phlogiston im Phosphor ist«, sagte er, während er behutsam nach seiner Schulter tastete. »Phlogiston, musst du wissen, steckt in allen brennbaren Körpern. Es ist ein gasförmiger Stoff, der beim Verbrennen entweicht. Je mehr Phlogiston ein Stoff enthält, desto leichter entzündet er sich. Das wusste ich ja, und ich kenne vieles. Aber so etwas! Da stelle ich die Schüssel mit dem Zeug etwas zu dicht ans Feuer, ein Funke springt über und puff!, schießt mir eine Stichflamme entgegen, als würde ein Drache züngeln.«

»Ein einziger Funke?«

»Wenn ich es dir sage. Ein Teufelszeug ist das, ein Teufelszeug!«

Staunend hob der Henker seine Brauen. Das Gespräch verstummte, während er zum Herd ging, Schnaps über dem Feuer wärmte und feuchte Umschläge damit machte. Er hielt nichts davon, Brandwunden offen zu lassen, wie es üblich war, die nässenden Fontanellen immer wieder aufzureißen und ätzende Flüssigkeiten hineinzuträufeln, um möglichst viel Eiter zu erzeugen. Die Erfahrung hatte ihn gelehrt, dass das »pus bonum et laudabile«, von dem die Medici sprachen, nicht so reinigend war, wie sie behaupteten.

Bevor er die in Schnaps getränkten Tücher auf die Haut des Alchemisten legte, träufelte er noch ein paar Tropfen Leinöl darauf.

»Und wie macht man Phosphor?«, fragte er schließlich, während er den Arm des Alchemisten verband.

Der Mann sog die Luft ein. Der Schnaps brannte auf seiner Haut. »Du wirst es nicht glauben!«, sagte er und lächelte gequält. »Man macht es aus Urin, aus stinknormaler Pisse!

»Pisse?«

»Ja, Brandt hat sie eingedampft und den Rückstand unter Luftabschluss auf Sand erhitzt. Auch aus Knochen könne man Phosphor machen, meint er. Ich wollte es versuchen. Aber, Gott bewahre, ich habe genug von dem Zeug!«

Bevor der Alchemist ging, fragte er, was er schuldig sei. Der Henker winkte ab. Das Versteckspiel mit seinem Können kam ihm plötzlich wie ein Kuhhandel vor.

»Ich schulde dir etwas«, sagte der Alchemist und verschwand in der Dunkelheit, die sich über die Gassen gelegt hatte.

Kaum hatte der Henker die Tür geschlossen, klopfte es wieder. Er hatte die Hand noch am Riegel und hätte ihn gleich öffnen sollen. Doch er sah sich zuerst um, ob der Alchemist etwas vergessen hatte. Schritte entfernten sich. Klein und hastig wie die eines Kindes trippelten sie davon.

Der Henker öffnete die Tür. Das finstere Gesicht der Nacht starrte ihm entgegen. Schwach fiel der Schein des Herdfeuers auf eine am Boden liegende Gestalt. Zuerst sah der Henker nur einen Wust Kleider und einen Schopf schwarzer Haare. Dann bemerkte er das gelbe Tuch, das um den Hals gebunden war. Er bückte sich hastig, fasste den Körper und drehte ihn um. Er sah in ein bleiches Gesicht und in angstgeweitete Augen. Hätte er Chiara nicht schon oft im Arm gehalten, er hätte die Hure nicht erkannt.

***

Wie Speichelfäden rann das Wachs am Schaft der Kerze hinab, die auf dem polierten Nussholztisch im Wohnzimmer des Doctors stand. Je weiter sich die Flamme nach unten fraß, desto öfter schob sich das Gewinde, in dem die Kerze steckte, sanft knarzend himmelwärts. Jedes Mal hob Rebecca den Blick und beobachtete den wandernden Schein. Von einem steirischen Wanderhändler hatte Elsbeth den Kerzenhalter gekauft, nachdem der Mann ihr erklärt hatte, wie hilfreich die Konstruktion beim Nähen und Sticken sei. Das Licht, hatte er betont, bliebe immer auf gleicher Höhe. Mehr könne sich eine fleißige Hausfrau nicht wünschen.

Als Rebecca den Kerzenhalter gesehen hatte, hatte sie entzückt aufgeschrien und dem noch entzückteren Händler all seine gefederten Kerzenhalter abgekauft. Elsbeth hatte danebengestanden und gemault, wozu Rebecca sie bräuchte, gerade sie, die doch nie nähte und stickte, sie frage sich, ob Rebecca es überhaupt noch könne, wo sie doch nur Zeit für ihre Bücher hätte. Aber der Doctor, der Doctor könne seiner Tochter ja ohnehin nichts abschlagen, da mochte sie tun, was sie wollte.

»Ach, Papà!«, seufzte Rebecca, nachdem sie ihren Blick vom Kerzenhalter genommen hatte und wieder auf das Mühlespiel richtete, das vor ihnen auf dem Tisch lag. Ihre roten Spielsteine waren gut verteilt. Von den sandsteinfarbenen ihres Vaters waren nur noch wenige geblieben, und mit dem Zug, den er eben getan hatte, konnte sie ihren Vorsprung noch weiter ausbauen. Betont langsam schob sie einen ihrer Steine in die entstandene Lücke und setzte den gewonnenen Stein auf die anderen, die sie fein säuberlich neben dem Brett aufgetürmt hatte. Sie freute sich und war doch nicht zufrieden. Es kam selten vor, dass sie ihren Vater beim Mühlespiel schlug. Doch sie mochte nicht gewinnen gegen einen Gegner, der keiner war.

Bereits beim Aufstellen der Spielsteine hatte ihr Vater Fehler gemacht, ein untrügliches Zeichen dafür, dass er nicht bei der Sache war. Den ganzen Abend über hatte er kaum ein Wort gesagt. Das Einzige, was ihn noch zu interessieren schien, war die Leiche im Theatersaal. Bevor es hell wurde, ging er aus dem Haus, in der Finsternis kam er zurück. Nur für den Maskenball hatte er sich freigenommen, und hätte Rebecca nicht darauf bestanden, den heutigen Abend mit ihm zu verbringen, er wäre wohl auch jetzt noch bei seinem »Freund«, wie er den Münzwardein neuerdings nannte.

Möglichst unauffällig musterte Rebecca ihren Vater. Schatten lagen unter seinen Augen. Die schwarzen Augenbrauen waren zerzaust. Sein Blick war auf das Spielbrett gerichtet und wirkte dennoch abwesend. Rebecca seufzte lautlos. Schlimme Dinge hatte sie heute auf dem Markt gehört. Von verrückt, verteufelt, verflucht, versündigt war die Rede gewesen. Hinter vorgehaltener Hand hatten die Leute gelästert, peinlich darauf bedacht, nicht überhört zu werden. Am meisten hatte sie sich über die Weiber geärgert, die ihr ein »Armes Kind« entgegengehaucht hatten, so scheinheilig, als wäre jede Barmherzigkeit nicht immer mit Überheblichkeit gespickt.

Rebecca wollte die Worte nicht beachten, doch sie verfolgten sie mehr, als ihr lieb war. Sie hatte ihrem Vater davon erzählt, aber er hatte nur abgewinkt, als wäre der Unmut der Leute, der sich wie Wolken zu einem Gewitter verdichtete, nichts weiter als ein harmloses Lüftchen.

Rebecca griff nach ihrem Glas, das neben dem Kerzenhalter stand und mit Mandelmilch gefüllt war, einer Mischung aus Wein, Wasser und zerstoßenen Mandeln, die in der Fastenzeit die verbotene Kuhmilch ersetzte. Wie zufällig schob sie das Glas ihres Vaters mit ihrem Handrücken in seine Richtung. Er sollte wenigstens etwas von dem Likör kosten, den sie auf dem Markt bei Alfonso gekauft hatte. Der welsche Händler hatte ihr erklärt, der Likör bestünde aus Branntwein und Zucker und erlesenen Essenzen. Sie hatte ein fingerhutgroßes Glas probiert und war ganz versessen darauf gewesen zu erfahren, was genau in der süßherben Köstlichkeit steckte. Sie hatte sich verschwörerisch zu Alfonso gebeugt und verführerisch mit ihrem Fächer gespielt, doch er hatte nur mit der einen Hand gewackelt und mit der anderen über seinen Schnurrbart gestrichen.

»Frailein«, hatte er gesagt, »Frailein, selbst wenn ich es wollte, ich könnte es Euch nicht sagen. Meine Vorfahren haben die Rezeptur mit ins Grab genommen.«

»Und vorher haben sie Euch einen Keller voller Vorräte hinterlassen«, hatte Rebecca erwidert und auf die zahlreichen, gut gefüllten Fässer gezeigt.

»Genau so ist es, Frailein!«, hatte Alfonso ihr beigepflichtet.

Ihr Vater rührte das Glas mit dem Likör nicht an, sondern stierte auf das Spielbrett und die Steine.

»Ach, Kind!«, seufzte er, während Rebecca an ihrer Mandelmilch nippte. »Da bist du mir wohl in die Falle getappt.«

Verblüfft schaute Rebecca in das lächelnde Gesicht ihres Vaters. Sie verschluckte sich und hustete, als er mit einem seiner Spielsteine in die Lücke fuhr, die sie durch ihren Zug aufgemacht hatte.

Sie saß in der Falle. So wie die Figuren ihres Vaters jetzt standen, in ihrer unscheinbaren Spärlichkeit, würden sie ungehindert aufschnappen und zuschnappen können und einen roten Steine nach dem anderen verschlingen.

Sichtlich zufrieden lehnte sich ihr Vater zurück und kippte den Likör hinunter, als solle das Vermächtnis von Alfonsos Vorfahren nicht mehr lange reichen. Rebecca wusste nicht, ob sie protestieren oder lachen sollte. Selten war sie so froh gewesen, dass ihr Vater gewonnen hatte.

Er wollte gerade damit beginnen, ihr Zug um Zug das Wasser abzugraben, als Johann an die Tür klopfte. Ohne Aufforderung trat er ein. »Verzeiht, gnädiger Herr«, sagte er und deutete mit einem Kopfnicken nach draußen. »Ein Notfall!«

Rebecca, die mit dem Rücken zur Tür saß, drehte sich zu ihm um. Doch Johann war schon wieder fort. Hastig stand ihr Vater auf. Sein Schienbein stieß gegen den Tisch. Die Spielsteine verrutschten. Auch Rebecca sprang auf und eilte ihrem Vater hinterher. Im Türrahmen blieb sie stehen.

»Santo cielo!«, hörte sie ihren Vater sagen. »Was ist passiert?«

Ein Mann stand in der Eingangshalle. Rebecca sah nur seinen Rücken und seinen schwarzen Mantel. In seinen Armen trug er eine Frau. Sie war in Decken gehüllt. Ihre Arme und Beine hingen herab. Ihr Kopf war weit nach hinten gebeugt. Der Zopf, zu dem sie ihre schwarzen Haare geflochten hatte, hatte sich fast aufgelöst.

»Nun sag schon, was ist geschehen?«, wiederholte der Doctor.
Der Mann raunte etwas, das Rebecca nicht verstand.
»Wie heißt sie?«, fragte der Doctor.
»Chiara.«
Für den Bruchteil einer Sekunde stockte Rebeccas Herz. Sie kannte die Stimme, doch es ging alles zu schnell, um zu begreifen.
»Rasch, Johann, in mein Arbeitszimmer!«, befahl der Doctor. »Und du, Rebecca, hol heißes Wasser und jede Menge Tücher.«
Während Rebecca in die Küche eilte, sah sie, wie Johann die Tür zum Arbeitszimmer aufriss und die Männer mit der leblos wirkenden Frau dahinter verschwanden.
Rebecca schreckte Elsbeth auf, die in der Küche saß und Rüben schälte und sogleich Tücher holte, während Rebecca so viele Scheite in den Herd warf, dass die Flammen tobten.
Als sie mit dem Wasserkessel und Elsbeth mit den Tüchern in der Hand das Arbeitszimmer betraten, war es von Kerzen fast taghell erleuchtet. Die Männer standen um den Tisch, auf den sie die Frau gebettet hatten. Sie hatten ihr den Rest des Likörs eingeflößt. Das leere Glas stand neben ihrem Kopf. Ihr Mieder und ihre Röcke lagen achtlos am Boden. Dicke Blutkrusten klebten an ihren Schenkeln. Auf ihrem Bauch war das Blut zu Kreisen und Streifen verschmiert. Sie war zu sich gekommen. Wie im Fieber stöhnte sie auf.
»Presto, presto!«, mahnte der Doctor, als er Elsbeth und Rebecca bemerkte. »Die Frau hat schon viel Blut verloren.«
Er nahm der Köchin die Tücher ab und gab sie an Johann weiter, der das Bindzeug des Doctors auf den Tisch wuchtete.
»Her mit dem Wasser, Rebecca!«
In diesem Moment drehte sich der Mann im schwarzen Mantel zu ihr um. Rebecca stand nicht einmal eine Armlänge von ihm entfernt. Sie wich zurück. Es war der Mann aus dem Theatersaal. Der Mann vom Ball. Seine blauen Augen und seine Narbe, die das weiße Tuch verdeckt hatte, fügten sich wieder zu einem nahtlosen Ganzen. Der Henkel des Topfes glitt ihr aus der Hand. Wie ihr Gefühl, das hin- und hergerissen war zwischen Erschrecken und Freude, schwappte das Wasser von einem Rand

zum anderen. Blitzschnell griff der Mann zu, ohne seinen Blick von Rebecca zu nehmen.

»Komm!«, sagte Elsbeth und zog Rebecca am Arm nach draußen. Rebecca stolperte ihr hinterher, ihre Augen noch immer auf den Mann gerichtet. Beim Hinausgehen zog sie die Tür hinter sich zu. Einen Spaltbreit ließ sie sie offen. Während Elsbeth in die Küche zurücksteuerte, blieb Rebecca stehen und spähte in das Arbeitszimmer, die Klinke in der Hand. Elsbeth kam zurück.

»Das kannst du doch nicht machen!«, zischte sie.

Rebecca rührte sich nicht. Elsbeth zögerte. Sie sah zur Küche, dann zur Tür. Am Ende drängte sie sich neben Rebecca, sodass sich deren Ellenbogen in ihren Busen bohrte. Gerade so viel wie nötig, rückte Rebecca ab.

Durch den offenen Spalt sahen sie zu, wie der Doctor das Blut von den Schenkeln wischte und die Scham abtupfte. Immer wieder brach die Haut auf, und neue rote Rinnsale bahnten sich den Weg. Als der Doctor Chiaras Unterleib abtastete, trat eine Ärgerfalte zwischen seine Brauen.

»Porca miseria«, fluchte er. »Die Gebärmutter ist durchstochen.«

»Könnt Ihr ihr helfen?«, fragte der Mann.

Der Doctor schnaufte. »Ich kann nur sagen, was Hippokrates gesagt hat: ›Was das Wort nicht heilt, das heilt das Kraut. Was das Kraut nicht heilt, das heilt das Messer. Was das Messer nicht heilt, das heilt der Tod.‹«

Er kramte in seinem Bindzeug zwischen Pinzetten, Kauterisiereisen, Klammerscheren, Sonden, Kugelzangen, Storchenschnäbeln, Sägen, Spießen, Röhrchen, Schlingen, Schnittmessern und Brenngläsern und zog, als er endlich gefunden hatte, wonach er suchte, einen kleinen, unscheinbar wirkenden Schwamm heraus.

Rebecca stockte der Atem. Sie wusste, wie gefährlich der Schwamm war. »Spongia somnifera«, Schlafschwamm, wurde er genannt. Er war mit den Säften von schwarzsamigem Schlafmohn, Alraunblättern, schwarzem Bilsenkraut, Schierling, unreifen Maulbeeren und Tollkirschen getränkt, nach einem Rezept aus dem Codex Montecassino, der Schrift jenes süditalienischen Klosters, in dem der heilige Benedikt einst gelebt hatte. Die Säfte schickten den Menschen auf den schmalen Grat zwischen Betäubung und Tod. Die meisten Wundärzte getrauten sich längst nicht mehr, ihn zu benutzen. Auch Johann wusste um die Gefahr. Eindringlich sah er seinen Herrn an.

»Es muss sein«, antwortete der Doctor auf die stumme Frage. »Sie wird es sonst nicht überleben.«

Vorsichtig tauchte er den Schwamm in das warme Wasser. Als er ihn herauszog, war er auf die dreifache Größe angewachsen. Der Doctor drückte ihn auf Chiaras Mund und Nase. Ihr Körper wehrte sich gegen die betäubenden Dämpfe. Sie drehte den Kopf zur Seite. Die Hand des Doctors zog nach. Chiara schluckte schwer. In dem Augenblick, in dem sie ihren Widerstand aufgab, riss der Doctor den Schwamm zurück. Er verharrte. Wie alle anderen starrte er auf den nackten Leib, der nicht wusste, ob er sich auf die Seite des Lebens oder auf die Seite des Todes stellen sollte.

»Bene«, sagte der Doctor erleichtert, als er sah, dass der Brustkorb sich weiter hob und senkte. »Lasst uns anfangen.«

Er arbeitete gegen die Zeit, gegen das Blut, gegen das Erwachen. Immer wieder drückte er den Schlafschwamm auf das Gesicht. Er schnitt und tupfte, schob Hautlappen auseinander und löste Fleischfetzen und fasrige Gewebeteile ab. Er brauchte lange, um alle Wunden zu vernähen. Als er den letzten Faden durchtrennte, zerschnitt er auch die Stille im Raum.

Der Doctor richtete sich auf.

Johann bekreuzigte sich. »Gelobt sei Jesus Christus!«

»Ich danke Euch«, sagte der Mann.

Der Doctor reagierte zornig. »Wer ist sie?«, fragte er barsch.

»Die Leiterin des Hurenhauses.«

»Verdammt noch mal, wie konnte das passieren?«

»Ich weiß es nicht. Man hat sie mir vor die Tür gelegt.«

»Aber du hast doch die Verantwortung für sie!«

Der Mann verstummte und senkte den Kopf.

Rebeccas Gedanken rasten. Eine Hure! Hier im Haus! Und der Mann mit ihr. Wenn er verantwortlich für sie war, dann … Jeder wusste, wer der Herr der Huren war.

»Wie kann ich Euch danken?«, raunte der Mann in diesem Moment.

»Bring mir weiterhin deine Leichen«, sagte der Doctor.

Rebecca ließ die Türklinke los und sackte gegen die Wand.

Der Henker! Der Mann, dem sie in den letzten Tagen in ihrer Vorstellung immer wieder begegnet war, den sie herbeigesehnt hatte, der ihre Gedanken beherrschte, war tatsächlich der Henker.

Sie rang nach Luft. Ein gequetschter Laut drang aus ihrer Brust. Sie löste sich von der Wand und taumelte zur Treppe. Als sie sie erreicht hatte, rannte sie los. Sie stürmte die Stufen hinauf in ihr Zimmer. Die Tür knallte zu. Entgeistert sah Elsbeth ihr nach.

18

Kurz vor sechs riefen die Glocken am nächsten Morgen zur Frühmesse. Die Absätze der Gläubigen klapperten über die Kopfsteinpflaster. Wie ein ungebetener Gast drang der Lärm in das Schlafzimmer des Statthalters und gesellte sich zu den Leibärzten, dem Hofapotheker, dem Sekretär, dem Geheimsekretär, dem Pfarrer und den Kammerdienern, die an seinem Bett Wache hielten.

Seit der Statthalter im Badehaus zusammengebrochen war, war er nicht mehr zu sich gekommen. Seine Leibärzte rätselten. Am Tag der Sektion waren sie guten Gewissens gewesen: Der Statthalter war auf dem Weg der Besserung. Doch dann hatte sich sein Zustand wieder verschlechtert. Von Tag zu Tag war er schwächer geworden. Warum, war ihnen unbegreiflich. Sie ahnten nicht, dass die Befürchtungen des Henkers wahr geworden waren und der Leichensaft dem Statthalter zusetzte. Es sollte noch Generationen dauern, bis das, was der Henker aus Erfahrung wusste, ins Buchwissen einging.

Die Leibärzte waren machtlos. Nichts von ihrem Können half. Vergeblich hatte der Hofapotheker Gläser mit Grünspan herbeigeschafft, den man innerlich zum Erbrechen und äußerlich zum Ätzen verwendete, Büchsen mit Kamillenblüten, Gewürznelken und Magenwurz, die bei Verdauungsstörungen halfen, Tiegel mit ätherischen Ölen, Salben, Salzen und Sirupen, Holzgefäße mit wurmabführenden Mitteln wie Kürbissamen, Granatäpfel, männliches Farnkraut und Kornblumen, Fläschchen mit Absinth gegen Appetitlosigkeit und eine Zuckermodel mit Theriak, einem Wundermittel, das aus hundertzwanzig Kräutern, Opium und Honig bestand. Beim Statthalter hatte es weder gegen den steifen Nacken noch gegen die warzenartigen Eiterherde auf der Haut gewirkt und auch nicht gegen die Fäulnis in seinem Inneren, die mit jedem Atemzug nach außen drang.

Die Männer im Schlafzimmer pressten sich Kräutersäckchen vors Gesicht, um den Gestank zu ertragen und ihre Hilflosigkeit zu verbergen. Alles, was sie tun konnten, war, dem Statthalter Kissen in den Rücken zu stopfen, damit er nicht flach lag und dem Tod noch näher kam, als er ohnehin schon war.

Der Statthalter schlug um sich. Die Ängste tanzten vor seinem inneren Auge. Verscheuchen ließen sie sich nicht. Erst ein Hustenstoß weckte ihn auf. Die Kammerdiener und Leibärzte stürzten zu ihm. Der Statthalter spuckte gelblich grünen Schleim. Die Kammerdiener hielten ihm eine Schüssel unters Kinn und schoben ihm einen Nachttopf unter, während die Ärzte seinen Puls fühlten und ungeduldig warteten, bis er Wasser ließ. Als es ihm endlich gelang, verzog der Statthalter vor Schmerzen das Gesicht.

Da sie hatten, was sie wollten, ließen die Leibärzte von ihm ab. Feierlich trugen sie den Nachttopf zu einem Tisch am Fenster und schütteten den Urin in eine Matula um, einem der menschlichen Blase nachempfundenen Glasgefäß, in dem sich die Natur der Ausscheidungen am besten lesen ließ. Sie zogen die Vorhänge beiseite, hielten die Matula ins Licht und schwenkten sie wie ein Glas voll edlem Wein. Als Brombeerrot bezeichneten sie die Farbe des Urins. Linsenartige, bräunliche Blättchen entdeckten sie darin. Weder dick- noch dünnflüssig, wie sie befanden, perlte er an den Glaswänden ab. Sie steckten ihre Nasen tief in die Matula und sogen den, darin war man sich einig, fauligen Geruch ein. Beim Geschmack jedoch taten sie sich schwer. Reihum nippten sie am Urin, schlürften ihn lautstark ein und leckten sich mit der Zunge über die Lippen, ohne ein klares Urteil zu fällen.

Unschlüssig rollten sie einen vom langen Gebrauch vergilbten Papyrus aus, ließen die Matula darüber kreisen und verglichen die Farbe des Urins mit jenen, die in den Matulas auf dem Papyrus abgebildet waren. Dicker roter Urin deutete auf eine zu große Blutfülle hin, schaumiger roter Urin auf eine Erkrankung der Niere, brauner Urin auf ein Leberleiden. Die Leibärzte steckten die Köpfe zusammen, legten die Stirn in Falten, murmelten mal hoch, mal tief, mal lang gezogen, mal leise, mal fragend, mal abwägend, mal scheu, am Ende sicher.

Sie hatten die Diagnose kaum verkündet, da war sie schon über die Mauern des Rennplatzes hinaus und bald in aller Munde. Der

Statthalter, hieß es, und die Leute bekreuzigten sich gleich dreimal, der Statthalter habe die Schwindsucht.

***

Das Wasser des Flusses toste. Schmutzig grau zogen die Fluten vorbei. Der Henker schwebte über der rechten Uferseite und schaute hinüber zur linken, wo sich die braunen Kleider der Leute mit den Farben der Erde mischten. Plötzlich bemerkte er die Hure. Er konnte sie nicht genau sehen und war sich doch sicher, dass es Chiara war. Wie sie ins Wasser gekommen war, wusste er nicht. Sie trieb den Fluss hinunter. Das Wasser riss sie gnadenlos mit. Ihre Kleider zogen sie in die Tiefe. Sie kämpfte. Das Wasser war stärker. Es musste fürchterlich für sie sein. Doch sie blieb stumm. Auch das Rauschen des Flusses hörte der Henker nicht. Als Chiara an der Menschengruppe vorbeitrieb, zuckte ihr Körper. Wellen schlugen über ihr zusammen. Sie verschwand. Noch bevor der Henker einen klaren Gedanken fassen konnte, tauchte sie wieder auf. Der Schreck hatte ihr übermenschliche Kräfte verliehen.

Sie drehte ab, erreichte das Ufer. Ihre Finger krallten sich an Grasbüscheln fest. Stück für Stück zog sie sich aus dem Wasser. Auf ihre Ellenbogen gestützt, robbte sie die Böschung hinauf, ihr nasses Gewand hinter sich herschleifend. Der Henker atmete auf. Im selben Moment packte ihn das Grauen. Erst jetzt, da sich Chiara vollständig aus dem Wasser gezogen hatte, sah er, dass sie ohne Beine war. Beim Kampf im Wasser hatte sie sie verloren. Vielleicht hatte ein Stein sie eingeklemmt. Vielleicht hatte eine wilde Kreatur sie abgebissen. Die Leute am Ufer reagierten nicht. Teilnahmslos sahen sie auf die Frau hinab, die vor ihnen am Boden lag. Nur Stumpfsinn sprach aus ihren Gesichtern. Jedes Tier schien menschlicher als diese Menschen zu sein. Man musste aufhören, an Gott zu glauben, wenn sie sein Abbild waren.

Dann, endlich, zeigte ein Mann Erbarmen. Ein kühles, berechnendes Erbarmen. Er zückte eine Lanze, ging auf die Hure zu und stach ihr zwei Löcher in die frischen Stümpfe, damit sich später Holzbeine leichter daran befestigen ließen. Zweckdienlichkeit war das einzige Gefühl, das die Welt am Ufer kannte.

Fäuste, die gegen die Haustür trommelten, weckten den Henker auf.

»Henker, bist du da?«

Während der Henker in die Wirklichkeit zurückkehrte, überschlugen sich seine Gedanken.

Chiara? Sie war in Sicherheit. Er hatte sie zurück ins Hurenhaus gebracht. Der Doctor hatte sie gerettet. Er hatte ihr ein Pflaster aus drei Eiern, starkem Hanfstoff und einer Hand voll armenischer Erde angelegt. Es war ein Traum gewesen. Alles nur ein Traum.

Der Henker richtete sich auf. Stöhnend griff er sich an den Kopf. Die Weinflasche, die er geleert hatte, stand noch auf dem Tisch.

»Henker?«

»Was ist?«, schrie er.

»Eine Tote im Inn! Unten, beim Rechen!«

Mit einem Satz war der Henker aus dem Bett. Vor der Tür stand der Kahle aus dem Hurenhaus, der weder Haare auf dem Kopf noch Augenbrauen hatte.

»Wieder eine, die Hand an sich gelegt hat«, erklärte er und spuckte aus. »Am Tag des Herrn!«

Die Hafenarbeiter verfluchten die verzweifelten Seelen, die in den Fluss gingen, wo die Kälte ihnen das Leben aus dem Leib trieb und das Wasser sie bis zum Rechen brachte, der in Hall quer durch den Inn gespannt war, um die aus dem Oberinntal und Wipptal herabtrudelnden Baumstämme aufzuhalten.

Am Ufer, wo sich die aufgestapelten Baumstämme wie gigantische Maulwurfshügel übereinandertürmten, hatten sich Schiffsleute, Hafenarbeiter und Schopper versammelt, ein Haufen verwegener Burschen, die in den umstehenden Lagerhäusern hausten. Der Kahle deutete in die Mitte des Rechens, wo neben dem Heiland die Statuen des heiligen Nikolaus von Myra und des heiligen Johannes von Nepomuk standen. »Direkt unterm Kreuz hat sie sich verfangen.«

Der Blick des Henkers tastete die hölzerne Absperrung entlang. Erkennen konnte er nichts.

Der Henker watete die Böschung hinunter, die zerfurcht war von den Baumstämmen, die an langen Seilen an Land gezogen wurden. Heute ließ die Sonntagsruhe sie an ihren Wunden lecken.

An der Oberkante des Rechens führte ein Steg entlang. Kaum hatte der Henker einen Fuß daraufgesetzt, umfing ihn das Toben des Wassers, das hinter der Absperrung in die Tiefe donnerte. Die Gischt spritzte ihm ins Gesicht. Die Holzdielen waren rutschig. Der Henker ging langsam. Mit jedem Schritt stieg seine Beklemmung. Er war sich sicher, was er gleich sehen würde. Ohne es zu wollen, suchte er nach einem Schopf schwarzer Haare.

Als er das Kreuz mit den Heiligenstatuen erreicht hatte, schaute er zurück zum Ufer. Die halbe Stadt hatte sich mittlerweile versammelt und gaffte zu ihm herüber. Der Kahle deutete bestätigend auf die Stelle, an der er sich befand. Hier musste die Leiche sein. Sie war weit in den Rechen hineingerutscht. Der Henker ging in die Knie und beugte sich nach vorn. Der Fluss brüllte ihm entgegen. Neben ihm krachte Holz.

Er sah die Frau – und atmete auf. Ihr Körper trieb bäuchlings im Wasser, das Gesicht nach unten. Der Henker war sich sicher gewesen, Chiara vorzufinden. Doch die Leiche im Inn war nicht die Hure. Das Wasser hatte ihre Haare dunkel gefärbt. Schwarz aber waren sie nicht.

Der Henker griff nach einem langen Stecken, den die Arbeiter hinter das Holzkreuz geklemmt hatten, presste die Leiche gegen die Fluten und schob sie vor einen Baumstamm, der quer zum Rechen lag. Als er sich flach auf den Steg legte, bekam er einen Arm zu fassen. Wie Nadelstiche traf das Wasser seine Haut. Mit einem Ruck zog er den Körper aus den Fluten.

Er hielt ein Mädchen im Arm. Dunkelblaue Bänder steckten im Haar. Das Mieder war zerfetzt. Wie ein ungeduldiger Liebhaber hatte das Wasser daran gezerrt. Die Haut war aufgedunsen. Vor dem Mund stand Schaum.

Der Henker kannte das Mädchen nicht. Jedenfalls glaubte er, sie noch nie gesehen zu haben. Am Ende des Tages würde er es besser wissen. Er würde sich wünschen, genauer hingeschaut zu haben, nicht so hastig gewesen zu sein. Jetzt aber dachte er nur daran, die Leiche an Land zu schaffen. Er stand auf und hob sie hoch. Ihre Glieder hingen schlaff herab. Ihr nasses Haar kitzelte seine Haut. Den Henker überfiel die Erinnerung. Die Erinnerung an einen ähnlich milden Frühlingstag.

An diesem Tag hatte seine Mutter das Haus geputzt, schweigsam wie immer. Sie sprach nicht viel. Sie tat es nie. Sie war mit einem trüben Gemüt geboren. Sie kam aus Frankfurt, war die Tochter des Henkers dort. Sie hatte einen wie ihren Vater geheiratet, weil kein anderer sie wollte. Der Henker hatte ihre blauen Augen geerbt.

Als der Abend gekommen war, war seine Mutter fortgegangen. Am nächsten Morgen hatte er sie im Bach gefunden. Er trug sie nach Hause. Ihre Glieder hingen herab. Ihr nasses Haar kitzelte seine Haut. Es war ein schwerer Gang. Der Henker blieb aufrecht, weil er sich ein Versprechen gab. Nie sollte eine Frau an seiner Seite leiden. Als er seine Mutter zu Grabe trug, nicht auf dem Friedhof, wo sie nicht sein durfte, nicht unter dem Galgen, wo er sie nicht haben wollte, sondern unter einer Gruppe Birken, schwor er sich, der letzte seiner Art zu sein.

Bis jetzt hatte er seinen Schwur gehalten. Die Huren hatten ihm gegeben, was er brauchte. Mehr hatte er nicht gewollt. Doch nun begann die Sehnsucht an ihm zu nagen. Die Sehnsucht nach einer anderen Welt. Noch bevor er das Gefühl richtig fassen konnte, erreichte er das Ufer. Die Menge umringte ihn. Jeder wollte die Tote sehen. Keiner wusste, wer sie war.

Er werde sich umhören, brummte der Kahle.

Der Henker nickte.

Wohin er sie bringe, wollte der Kahle wissen.

Für den Henker war die Antwort so klar, dass er sie nicht einmal aussprach. Ohne ein Wort zu sagen, ließ er die Leute stehen.

19

Der Henker hatte ein Tuch über das Mädchen gelegt, um möglichst wenig Aufsehen zu erregen, als er es nach Innsbruck brachte. Das schmiedeeiserne Tor der Universität war offen, aber unbewacht. Der Pedell hatte frei. Wer die Sonntagsruhe störte, wurde für zwei Tage in den Kräuterturm gesperrt. Niemand wagte es, den Tag des Herrn nicht zu heiligen. Niemand, außer dem Doctor.

Im Theatersaal hörte ihn der Henker hantieren. Auf sein Klopfen hin steckte er den Kopf ins Freie.

»Du hier?«, fragte er erstaunt. »Ist etwas mit Chiara?«

»Nein, Gott sei Dank.« Der Henker schüttelte den Kopf und deutete auf den Schinderkarren hinter sich. »Ich bringe Euch eine neue Leiche.«

Das Tor flog auf.

»Eine Selbstmörderin aus dem Inn«, erklärte der Henker, während er das Tuch zurückschlug.

»Grazie a Dio!«, stieß der Doctor hervor. »Bring sie herein.«

Als der Henker den Theatersaal betrat, stockte ihm der Atem. Er war den Gestank der Vergänglichkeit gewöhnt. Er kannte den Odem der Hölle, der den Himmel neckte. Hier im Raum aber schien es, als hätte der Tod sich ausgekotzt.

Wie schon den Münzwardein ließ der Doctor das Mädchen auf den Tisch in der Mitte des Theatersaals legen. Während er sich über die Leiche beugte, sah der Henker sich um.

Der Theatersaal war zu einer Mischung aus Studierstube und Metzgerei geworden. Die Stühle der Zuschauer waren weit in den Bühnenraum gerückt und mit Büchern beladen. An der linken Wand stand eine Tischreihe, auf der, wild durcheinander, Lanzetten, Inzisionsmesser, Bisturi, Skalpelle, Beinhautschaber, Meißel, Sägen, Scheren, Zangen, Hacken, Bohrer, Nadeln, Brenngläser, Sonden, Röhren und Spritzen lagen, aufgereiht daneben Schüsseln und Gläser, mit Fleischstücken gefüllt. Auf einem kleinen Herd stand ein Kupferkessel. Vom Münzwardein keine Spur.

»Da staunst du, was?« Der Doctor hatte den Blick des Henkers bemerkt.

Der Henker nickte. »Wo ist der Münzwardein?«

Der Doctor winkte den Henker mit sich zum Kupferkessel. Als er den Deckel hob, stieg dem Henker der vertraute Geruch von kochenden Knochen in die Nase.

»Hier ist er.« Prüfend tippte der Doctor die Knochen mit einem Schabmesser an und goss etwas Wasser nach. »Zumindest sein Skelett. Ich will es präparieren und zu Lehrzwecken wieder auferstehen lassen. Bald noch etwas Pottasche und …«

»… Alaun«, fiel ihm der Henker ins Wort. »Um die feinen Fleischreste, die Bänder und die Beinhaut zu lösen.«

»Richtig!« Überrascht sah der Doctor ihn an. »Woher weißt du das? Ja, natürlich, das Armesünderfett, nicht wahr?«

Der Henker nickte. Er machte sich zwar nicht so viel Mühe wie der Doctor, der die Knochen nach dem Kochen auch noch zu trocknen gedachte, wie er ihm erklärte, und zwar langsam, nicht in der prallen Sonne oder am offenen Feuer, um zu verhindern, dass die Hitze die öligen Rückstände in die feste Substanz der Knochen trieb. Er bleichte sie nicht aus, indem er sie täglich in Salzwasser legte. Doch auch er verstand es, sie zu verarbeiten.

»Und das hier«, der Doctor deutete auf die Gläser, die sich als Kette der Absonderlichkeiten aneinanderreihten, »sind seine Milz, seine Leber, seine Nieren und sein Gehirn, eingelegt in Weingeist, Schwefel und Salpetersäure.«

Zu jedem Organ hatte der Doctor Skizzen und seitenlange Anmerkungen gemacht und sie unter das Glas geklemmt. Doch die Ordnung war bereits beträchtlich durcheinandergeraten. Die unteren Blattschichten waren verrutscht. Auf den oberen, die dem Gewicht der Gläser nicht entkommen konnten, zeichneten sich gelbe Ränder ab. An manchen Stellen war die Tinte verschmiert. Lesen konnte der Henker nicht, doch er war erstaunt, wie verteufelt echt die Skizzen wirkten.

Wie er es in Padua gelernt hatte, hatte der Doctor nicht alle Organe eingelegt. Den Darm hatte er getrocknet und mit krausem Haar und in Öl getränkter Wolle ausgestopft. Zehn Tage lang würde er ihn zum Aushärten in Weingeist legen, erklärte er dem

Henker, dann das Füllmaterial herausnehmen und ihn mit Terpentinöl und Firnis bestreichen.

»Wozu das?«

»Damit Käfer und Fliegen keinen Gefallen mehr an ihm finden.«

Der Doctor warf einen Blick über die Schulter, als wollte er sich vergewissern, dass das Ungeziefer nicht schon am Mädchen nagte.

»Ja, die Viecher«, sagte der Doctor, wieder den Überresten des Münzwardeins zugewandt, »manchmal sind sie ein Fluch. Aber manchmal sind sie auch ein Segen.«

Wie ein Zauberer lüftete er eine Schüssel, unter der, auf Moos gebettet und mit zwei Holzstöckchen gestützt, ein weiteres Organ des Münzwardeins lag.

»Die Lunge«, sagte der Doctor.

Der Henker beugte sich hinab. Sie sah seltsam aus. Ihr Gewebe hatte sich ein Stück weit aufgelöst, ihre Gefäße aber ragten wie Äste aus dem fleischigen Stumpf hervor. Auf bizarre Weise erinnerte das Gebilde an die Zeit, als der Saft des Lebens noch durch das Holz und die Gefäße geflossen war.

»Ein Lungenbaum.« Unüberhörbar lag der Stolz in der Stimme des Doctors. »Gefällt er dir?«

Der Henker hob die Augenbrauen.

Sicherlich, räumte der Doctor ein, bevor der Henker zu einer Antwort gezwungen war, könne man sein anatomisches Stillleben nicht mit den Werken eines Frederik Ruysch vergleichen, der der Vergänglichkeit des Körpers wie kein anderer Dauer verlieh. Für dessen Arbeiten interessiere sich sogar der Zar. Auch sein neuestes Werk, der Doctor geriet ins Schwärmen, hätte wieder Furore gemacht. Föten habe er dafür genommen und sie kunstvoll platziert. Der eine schaue aus seinen leeren Augenhöhlen zum Himmel und stimme auf einer Violine ein Klagelied auf das Leben an. Der andere dirigiere mit einem Taktstock, in den Nierensteine eingelassen waren. Wieder ein anderer hielte einen Speer aus gehärtetem Samenleiter in der Hand, der verdeutliche, dass dem Menschen mit der ersten Stunde schon die letzte schlägt. Und der vierte Fötus stünde ganz kokett da, eine Feder auf dem verknöcherten Schädel und einen Stein in der Hand, den er ausgehustet hatte. Und ganz vorn, der Doctor tippte mit Daumen und Zeigefinger in die Luft, hätte Ruysch eine Eintagsfliege hingesetzt.

Das Kunstwerk vor Augen, schaute der Doctor skeptisch auf seine eigene Kreation. Vorsichtig betastete er eines der Gefäße. »Vabbè«, meinte er, gnädig zu sich selbst. »Es ist mein erster Versuch. Aber du musst zugeben«, sagte er zum Henker, »sie machen sich gut, meine kleinen Helfer.«

Erst jetzt bemerkte der Henker die behaarten Larven, die auf dem Lungenbaum saßen.

»Animalcula«, erklärte der Doctor, »die Larven des Dermestes lardarius und der Musca vomatiar, vulgo des Speckkäfers und der Schmeißfliege. Sie fressen sich durch das Gewebe. An den Gefäßen aber beißen sie sich die Zähne aus.«

Der Henker beugte sich noch tiefer hinab. Die Gefäße wirkten starr. Irgendetwas füllte sie aus.

»Was ist da drin?«, fragte er.

»Eine Injektionsmasse aus vier Teilen Wachs, drei Teilen venezianischem Terpentin und einem Teil Hirschunschlitt«, erklärte der Doctor. »Sie darf nicht zu heiß sein, um das Gewebe nicht zu zerstören, und muss beim Abkühlen erstarren, ohne brüchig zu werden.« Andere Anatome, sagte der Doctor, schwüren auf Harz, Leim, Tinte und Milch, die sie in den Gefäßen zur Gerinnung brächten. Sie färbten die Arterien mit Zinnober rot und die Venen mit Grünspan grün. So weit aber sei er noch nicht. Er sei schon froh, dass die Gefäße beim ersten Versuch heil geblieben waren.

»Sobald die Larven das Fleisch drum herum weggefressen haben«, fuhr er in einem fort, »tauche ich die Gefäße in einen Brei aus Gips und Ziegelmehl, lasse alles erstarren und glühe den Block dann aus. Auf diese Weise schmilzt die Injektionsmasse in den Gefäßen, und ihre Form bleibt als Hohlraum zurück. Die Hohlräume gieße ich mit geschmolzenem Silber aus und befreie sie aus dem Gipsmantel, indem ich ihn in Essig auflöse.«

Der Henker staunte. Die Fliegen, die er verscheuchte, taten hier gute Dienste. Die Knochen, die er zerhackte, wurden hier zu einem Ganzen gefügt. Die Innereien, die wertlos für ihn waren, wurden hier mit Silber aufgewogen.

»Nun aber lass uns schauen, was du mir Schönes gebracht hast«, schloss der Doctor und suchte in seinen Werkzeugen nach einem Skalpell. Als er dabei auf ein kinderhandgroßes Gebilde stieß, hielt er es dem Henker unter die Nase.

Der Henker musterte es. Es bestand aus zwei vernieteten Kupferplatten, zwischen denen eine Linse angebracht war. Auf einer bewegbaren Nadel über der Linse steckte ein winziger rotbrauner Fleischfetzen.

»Tritt nahe ans Licht und schau durch die Linse«, forderte der Doctor ihn auf.

Der Henker schloss das rechte Auge, als würde er durch ein Fernglas spähen. »Ich kann nichts erkennen.«

»Dann dreh an der Schraube und stell es scharf!«

Sachte wie die feinen Damen ihren Teelöffel nahm der Henker die knopfgroße Schraube, mit der sich die Nadel bewegen ließ, zwischen die Fingerspitzen und drehte daran.

Plötzlich sah er die Furchen. Als würde ein Schleier von ihnen weichen, tauchten sie auf. Der Henker fuhr zurück und schaute auf den aufgespießten Fleischfetzen vor der Linse. Mit bloßem Auge ließen sich die Furchen nicht einmal erahnen.

»Du bist nicht der Einzige, der staunt«, schmunzelte der Doctor. »Der gute van Leeuwenhoek hat uns alle überrascht mit seinem Mikroskop. Er hat uns gezeigt, was unsere Sinne normalerweise vor uns verbergen. Er selbst hat in eingetrocknetem Essig feine, spitze Teilchen entdeckt. Sie würden, sagt er, den stechenden, sauren Geschmack des Essigs erklären. In Weinsteinsalz, Kochsalz und Ammoniaksalz hat er ähnliche Teilchen gefunden, alle in verschiedenen Formen.« An seinen Fingern zählte der Doctor auf: »Eckige, platte, nadelartige und runde. Dieser van Leeuwenhoek«, der Doctor machte eine Pause und wiegte anerkennend den Kopf, »ist wirklich ein Pfundskerl. Dabei hat er nicht einmal studiert. Eigentlich handelt er mit Tuch. Bastelt die aufregendsten Dinge und kann kaum Latein. Wie würden sich meine werten Kollegen wohl mit ihm verständigen, falls«, der Doctor lachte auf, »falls sie ihn überhaupt zu Wort kommen ließen!«

»Was ist das?«, fragte der Henker und deutete auf den Fleischfetzen.

»Muskel, ein Stück vom Oberarm.«

Der Doctor nahm ihn von der Spitze und ersetzte ihn durch ein winziges Stück vom Darm.

»Nun?«, fragte er, nachdem der Henker es durch die Linse betrachtet hatte.

»Keine Streifen mehr. Das Fleisch ist glatt.«

»Bravissimo!«, lobte der Doctor. »Das unterscheidet die Skelettmuskeln von den Muskeln der Organe. Die einen sind gefurcht, die anderen sind glatt. Erst vor ein paar Monaten hat mein Freund Giorgio Baglivi mir diese Erkenntnis in einem Brief mitgeteilt. Ecco, schon haben wir den Beweis.«

»Einer ihrer welschen Kollegen?«

Der Doctor nickte. »Aus Bologna.«

Die Leutseligkeit des Doctors sprang auf den Henker über. Ungezwungen beugten sich die beiden Männer über die Teile des Münzwardeins, umgeben von einem Geruch, der unmenschlich menschlich war. Der Doctor erklärte dem Henker, dass van Leeuwenhoek nicht der Einzige war, der Mikroskope baute, doch dass keiner es so gut konnte wie er, dass die von ihm geschliffenen Linsen ein Bild zweihundertfünfundsiebzigmal größer machten und dass er sich partout weigerte, auch nur einer Menschenseele zu verraten, wie er sie formte. Vielleicht, sinnierte der Doctor, habe er beim Feilschen um die Stoffe gelernt, den wahren Wert einer Sache nicht preiszugeben.

»Aber jetzt«, mit dem Skalpell, das er endlich gefunden hatte, zeigte er auf das Mädchen, »an die Arbeit.«

»Gewiss.« Der Henker verneigte sich und wandte sich zum Gehen.

»No, no, no, no!« Der Doctor hielt ihn zurück. »Wohin willst du? Du sollst mir helfen.«

»Natürlich, was kann ich noch für Euch tun?«

»Du sollst mir helfen, die Leiche zu sezieren.«

»Ich?«

»Si!«

»Wollt Ihr denn nicht Eure Gäste einladen?«

»Per piacere! Es genügt, dass sie es einmal gesehen haben. Außerdem«, der Doctor fuchtelte mit dem Skalpell durch die Luft, »ist die Universität jetzt eine Woche lang geschlossen, wegen der närrischen Zeit.«

Der Doctor ging auf den Henker zu. Noch im Gehen streckte er ihm die Hand entgegen. Entgeistert sah der Henker sie an. Beim Maskenball hatte Rebecca ihm die Hand gereicht, ohne zu wissen, wer er war. Der Doctor wusste es und tat es trotzdem. An seinen Fingern klebten Schleim und Blut, wie an den Händen des Henkers, wenn er seine Arbeit tat.

»Avanti!«, sagte der Doctor. »Lass uns anfangen.«

Der Henker schlug ein.

***

»Rebecca!«

Rebecca rührte sich nicht. Sie lag auf ihrem Bett und sah auf die stuckverzierte Decke, wie seit Stunden schon. Zum ersten Mal war ihr aufgefallen, wie fein die Verzierungen ineinanderflossen. Auch die drei Streifen, die sich am Rand entlangzogen, hatte sie zuvor nicht bemerkt.

»Rebecca!« Elsbeth war zu besorgt, um barsch zu sein. »Geh, Minna«, hörte Rebecca sie raunen. »Schau noch mal nach.«

Die Magd trippelte die Treppe zu Rebeccas Zimmer hinauf und klopfte an ihre Tür. Obwohl Rebecca nicht reagierte, drückte Minna die Tür einen Spaltbreit auf und steckte ihr Näschen hindurch. »Wollen S' nicht doch aufstehen, Fräulein Rebecca«, fiepte sie.

Rebecca antwortete nicht. Sie sah zur Decke, als gäbe es für sie nichts anderes zu tun.

»Wir haben Schokolade gemacht.« Jetzt stand Minna ganz in der Tür. Sie schaute zu Rebecca, dann zum Fenster. Die Vorhänge waren zur Hälfte zugezogen, als könne sich Rebecca nicht entscheiden zwischen Tag und Nacht. Sie trug noch immer das Kleid vom Vortag, mit dem sie in ihr Zimmer gestürmt war und die Tür zugeknallt hatte.

Minna wandte sich den Vorhängen zu.

»Nein«, sagte Rebecca kurz, ohne sie anzusehen. Noch nie hatte sie sich so seltsam gefühlt. Sie war benommen wie im Fieber und gleichgültig wie nach ein paar Gläsern Wein. Was sollte sie mit Licht, wenn alles nur verschwommen wirkte.

Minna hielt in ihrer Bewegung inne. »Wollt Ihr nicht mit hinunter in die Küche kommen?«, hakte sie nach. »Die Schokolade …«

»Oder bring sie ihr hinauf!«, rief Elsbeth aus der Eingangshalle.

»Ja, natürlich«, fiepte Minna. »Darf ich Euch eine Tasse bringen?«

Diesmal blieb Rebecca ihr die Antwort schuldig.

Minna wartete. Als Rebecca sich nicht rührte, ging sie leise seufzend hinaus. Rebecca war froh, dass sie die Tür hinter sich zumachte. Hätte sie aufstehen müssen, wäre die Trägheit verschwunden, die wohlig in ihrem Körper hing.

»Herrschaftszeiten!«, hörte sie Elsbeth schimpfen. »Was ist denn nur los?«

Rebecca stieß einen gequälten Laut aus. Was los war? Seit gestern verstand sie die Welt nicht mehr. Seit sie wusste, wer der Mann aus dem Theatersaal war, hätte sie nicht mehr an ihn denken sollen. Doch ihr Herz ließ sich nicht beirren von dem, was der Verstand ihr sagte. Es war ein Gefühl, das sie nicht kannte. Die jungen Männer, die sich um sie bemühten, schmeichelten, amüsierten oder langweilten sie. Ihnen folgte ihr Verstand. Aber nicht ihr Herz.

Rebecca schaute zum weißen Mantel, mit dem sie der Henker auf dem Maskenball gewärmt hatte. Sie hatte ihn über eine Stuhllehne gelegt. Jetzt begriff sie, was er gemeint hatte mit der weit entfernten Welt, in der er lebte. Warum er einsam war. Wie sollte sich jemand in seine Welt wagen? Warum dachte sie überhaupt an ihn? Er war nicht der Edelmann, den sie auf dem Maskenball gesehen hatte. Sie versuchte, das Bild zu verscheuchen. Ihr Gefühl hielt es fest.

Törichte Rebecca! Wieder brauste ihr Verstand auf. Er verlangte nach Rechtfertigung, suchte den Streit. Sie musste es doch wissen: Niemand war in seiner Welt. Niemand gehörte dorthin. Ihr Herz war längst dort.

Es klopfte wieder. Rebecca schaute schnell weg vom Mantel, als fühlte sie sich ertappt.

Die Tür ging auf. Diesmal kam Elsbeth höchstpersönlich herein.

»Willst du nicht doch aufstehen, Kind? Es ist schon fast dunkel.«

Rebecca schüttelte den Kopf.

»Meine Güte«, sagte Elsbeth vorwurfsvoll zu sich selbst. »Ich habe doch gesagt, du sollst dir das nicht anschauen. So eine Operation ist nichts für so ein zartes Gemüt. Trotzdem«, jetzt machte die Köchin ihrer Sorge lautstark Luft, »du kannst doch nicht den ganzen Tag im Zimmer bleiben, ohne zu essen und zu trinken. Und bald ist die Abendmesse!«

Rebecca reagierte nicht. Die Messe hatte ihr gerade noch gefehlt. Mühsam wie ein Kranker richtete sie sich auf. Elsbeth setzte sich zu Rebecca an den Bettrand und tätschelte ihren Unterarm.

»Was machst du denn die ganze Zeit hier?«, fragte die Köchin und sah sich um. »Nicht einmal ein Buch liegt in Reichweite.«

Rebecca musste lächeln.

»Darfst mir auch etwas vorlesen von deinem Herrn Augustinus«, nickte Elsbeth betont ernst, »wenn du nur aufstehst und mit in die Küche kommst.«

»›Die Liebe ist die Schönheit der Seele‹, sagt Augustinus.«

Elsbeth brummte zustimmend. »Komm!«, sagte sie dann und stand ruckartig auf. »Lass uns in die Küche gehen.«

Sie marschierte zur Tür. Als sie merkte, dass Rebecca ihr nicht folgte, drehte sie sich fragend um.

»Ich komme gleich nach«, sagte Rebecca.

Zufrieden wandte sich Elsbeth zum Gehen.

»Stimmt das?«, kam es zögerlich aus dem Bett.

»Was?« Elsbeth drehte sich wieder um.

»Dass die Liebe die Schönheit der Seele ist?«

Elsbeth blies in ihre Backen. Unschlüssig hob sie die Schultern.

»Ich meine«, fuhr Rebecca fort, »ist jede Seele schön?«

»Wie kommst du denn jetzt darauf?«

»Ich weiß nicht«, seufzte Rebecca. »Es kam mir nur gerade in den Sinn.«

Als Elsbeth Rebeccas flehenden Blick sah, legte sich ein sanfter Ausdruck auf ihr Gesicht. »Wie war es noch gleich?«

»Die Liebe ist die Schönheit der Seele«, wiederholte Rebecca. »Heißt das, dass eine Seele schön ist, wenn sie liebt, oder auch dann«, sie holte tief Luft, »wenn sie geliebt wird?«

Elsbeth kratzte sich am Hinterkopf. »Oje, mein Kind, woher soll ich das wissen?«

Rebecca sackte in sich zusammen.

»Vielleicht beides?«, beeilte sich Elsbeth zu sagen.

»Meinst du?« Rebecca richtete sich wieder auf.

Elsbeth nickte.

»Aber«, Rebecca sah auf ihre Bettdecke, »was ist, wenn der Mensch Schreckliches tut?«

»Was meinst du?«, fragte Elsbeth.

»Kann seine Seele dann trotzdem schön sein?«

Wieder blies Elsbeth in ihre Backen. Dann wiegte sie ihren Kopf, sodass ihr feister Oberkörper zu wabern begann. »Liebe ist ...«

»... die Schönheit der Seele«, half Rebecca ihr weiter.

»Ich denke«, sagte Elsbeth, »es kommt darauf an, welche Liebe er meint.«

»Gibt es denn mehrere?«

Elsbeth nickte. »Oh ja, mein Kind«, brauste sie auf. »Es gibt Liebe, die verlangt, und Liebe, die will, und Liebe, die kämpft, und Liebe«, Elsbeth tippte sich auf die Brust und wurde leise, »die in deinem Herzen wohnt.«

»Und welche muss es sein?«

»Die, die im Herzen wohnt.«

Rebecca stieß einen tiefen Atemzug aus. »Ich weiß es nicht.«

»Was?«

Rebecca antwortete nicht. »Hat jeder diese Liebe?«, fragte sie stattdessen.

Elsbeth lachte auf. »Ich glaube nicht.«

»Nein?« Die Hoffnung in Rebeccas Gesicht erlosch.

»Aber sie kann erwachen«, sagte Elsbeth.

»Wirklich?«, hauchte Rebecca.

Elsbeth nickte. »Wie eine kleine Kerze, die entzündet wird.«

»Und was muss man dafür tun?«

»Nichts.«

»Nichts?«, fragte Rebecca ungläubig.

»Ich glaube nicht«, sagte Elsbeth. »Vielleicht«, sie war froh über den Gedanken, der ihr kam, »hat ja doch jeder diese Liebe in sich.«

»Also doch?«

»Ja, vielleicht wartet sie nur wie die Kerze aufs Feuer.«

»Also ist es davor dunkel in der Seele?«

Elsbeth nickte. »Ja, so könnte man sagen.«

Rebecca strich über die Bettdecke. »Als würde sie durch die Hölle gehen.«

Elsbeth verstand nicht, was Rebecca meinte.

»Und wie macht man das Licht in der Seele an?«, fragte Rebecca.

Elsbeth musste lachen. »Was stellst du nur für Fragen!«

Doch Rebecca blieb ernst.

»Ich weiß es nicht«, sagte Elsbeth plötzlich ruhig, »aber ich weiß, dass man es bemerkt, wenn es anfängt zu leuchten.«

20

Den heiligen Kosmas und Damian sei Dank! Der Doctor schickte ein Stoßgebet zum Himmel, während er dem Mädchen die Kleider vom Leib schälte. Die Schutzpatrone der Chirurgie meinten es gut mit ihm. Schon wieder hatten sie ihm ein Cörpl beschert. Nur zu gut kannte er das Lamento aus anderen Universitäten, wo die Anatomie schon lange Einzug gehalten hatte, die Leichen aber fehlten. Über nur sieben Körper in den letzten vier Jahren hatte ein Kollege aus der Republik der Sieben Vereinigten Niederlande geklagt. Er selbst hatte nicht einmal eine Woche auf seine zweite Leiche gewartet. Nach einem Mann hatte die Vorsehung ihm jetzt auch noch eine Frau beschert.

Diesmal würde er in aller Ruhe in das Innere des Körpers schauen. Keine alten Ansichten würden seinen Blick stören. Es war nicht so, wie er dem Henker gesagt hatte. Von Sala und die anderen würden schäumen vor Wut, dass er sie überging. Doch sie hatten ihm bereits mehr Steine in den Weg gelegt, als er je aus menschlichen Körpern geschnitten hatte. Der Doctor war sie leid.

Der vom Wasser geschundene Leib war übersät mit blauen Flecken. Nur das Gesicht des Mädchens war auf wundersame Weise heil geblieben. Sein Haar und die Bänder darin waren getrocknet. Blond und hellblau waren sie jetzt.

»Eigentlich sollte ich ihre Scham bedecken«, meinte der Doctor, während sein Blick vom Bauchnabel zum gekräuselten Haar zwischen den Beinen glitt. »Doch im Grunde interessiert mich genau sie. Nun ja«, raunte er auf den überraschten Blick des Henkers hin, »der Münzwardein hat uns sein Glied und seine Samengefäße gezeigt. Selbst der heilige Antonius von Padua mag es mir nicht verdenken, wenn ich jetzt zum Vergleich einen Blick auf die Geburtsteile der Weiber werfe.«

Er spreizte dem Mädchen die Beine und lugte dazwischen. »Mhmm«, murmelte er, während er die Schamlippen auseinanderschob. »Mhmm!«

»Was ist?«, fragte der Henker.

»Ich weiß es nicht. Schau her, die Risse.«

»Das Wasser?«

»Vielleicht.« Der Doctor richtete sich auf und verscheuchte sein Unbehagen. »Vabbè«, sagte er und zückte das Skalpell. »Lass uns anfangen.«

Seine Bewegungen waren langsam. Das Mädchen war jung. Sogar jünger als Rebecca. Der Doctor hatte das Gefühl, sich an etwas Unschuldigem zu vergehen, anstatt ihm Schutz zu geben. Hätte er dem Henker von seiner Beklemmung erzählt, er hätte schnell erfahren, dass es ihm bei seiner Arbeit ähnlich ging.

Auch für den Henker war es schwierig, seine Pflicht an Frauen zu tun. Meistens musste er ihnen den Kopf abschlagen. Frauen hängte man nicht. Zu schmachvoll war die Strafe, am Galgen zu baumeln, und zu groß die Gefahr, dass ihnen jemand unter den Rock schaute. Die Hände des Henkers arbeiteten auf eigentümliche Weise, wenn er auf den Nacken einer Frau zielte. Selbst das widerlichste Weib machte es ihm schwer, sein Schwert gegen sie zu erheben. Doch der Doctor sagte nichts, und so standen die beiden Männer, die wussten, was der andere empfand, stumm nebeneinander.

Als der Doctor die Bauchdecke öffnete, schoss das angestaute Flusswasser heraus. Noch dichter als beim Münzwardein drängten sich die Innereien im schmalen Schoß des Mädchens. Der Henker hielt die Bauchdecke offen, griff nach allem, was der Doctor ihm entgegenstreckte, und sah sich das genau an, was der Doctor erklärend in Worte fasste. Er bestimmte die schirmförmige Harnblase, die runden Eierstöcke, die trichterförmige Ampulla und die gebogenen Eileiter, die in die birnenförmige Gebärmutter mündeten, und erzählte vom Niederländer Regnier de Graaf, der vor zwei Jahrzehnten auf den Eierstöcken kleine Bläschen entdeckt hatte, bei denen es sich – darin war man sich mittlerweile einig – um Eizellen handelte.

»Eizellen?«, fragte der Henker.

»Zellen«, erklärte der Doctor bereitwillig, »sind die kleinen Bausteine, aus denen ein Lebewesen besteht. Robert Hooke hat sie im Stamm von Korkpflanzen entdeckt und sie Zellen genannt, weil ihre kleine, schachtelartige Form ihn an Klosterzellen erinnert hat. Solche Zellen sitzen auch auf den Eierstöcken.«

»Und was machen sie dort?« Der Henker war zwar ein Meister darin, das Leben zu nehmen, doch er hatte keine Ahnung, wie es entstand.

»Allora«, der Doctor machte eine Pause, um sich das Mosaik der Menschwerdung vor Augen zu führen, das die Gelehrten an verschiedenen Orten und zu verschiedenen Zeiten zusammengefügt hatten, »die Frage ist nicht ganz einfach. Im Grund muss man sich fragen, wie der Mensch entsteht. Offensichtlich kriecht er nicht aus dem Ei wie die Vögel, sondern entwickelt sich in der Gebärmutter.«

Der Henker nickte.

»Der Mann gibt dafür den Samen ab, so viel ist klar«, fuhr der Doctor fort. »Und die Frau stellt die Gebärmutter bereit. Aber das ist noch nicht alles.«

»Was noch?«

»Ein Ei.«

»Also doch ein Ei?«

Irritiert hielt der Doctor inne, bis er erkannte, dass er einen wachsamen Zuhörer vor sich hatte. Was hatte er vor wenigen Augenblicken gesagt? Offensichtlich kriecht der Mensch nicht aus dem Ei wie die Vögel.

»Hai ragione«, sagte er. »Allerdings ist das Ei äußerst klein, eben nur eine Eizelle, und die Sache doch recht kompliziert.«

Er straffte sich, und während er abwechselnd in die geöffnete Bauchhöhle und ins Gesicht des Henkers sah, dachte er daran, wie sich der Mensch mit zunehmendem Wissen auf immer erstaunlichere Weise geformt hatte. Die Griechen hatten noch geglaubt, auch die Frau würde einen Samen produzieren. Im Menstruationsblut sollte er sein. Bei der Zeugung würden sich die beiden Samen vermischen, wobei der Samen der Frau dem Embryo als Wohnung diene und nur dazu da war, den Samen des Mannes zu ernähren.

»Harvey hat das Ei ins Spiel gebracht«, sagte der Doctor. »Du erinnerst dich doch noch an ihn?«

Fragend sah der Henker ihn an.

»William Harvey, der Leibarzt der englischen Königsfamilie, der den Blutkreislauf beschrieben hat. Du warst doch da?«

Der Henker nickte. Allerdings konnte er dem Doctor schlecht sagen, dass er bei der Sektion weniger auf ihn als vielmehr auf seine Tochter geachtet hatte. Selbst jetzt, da er sich nur an sie erinnerte, schien sie anwesend zu sein. Als leichtes Kribbeln machte sie sich bemerkbar.

»Harvey«, sagte der Doctor, »hat die Embryos von Vögeln und Säugetieren verglichen und kam auf die Idee, dass jedes Lebewesen aus einem Ei stammt.« Manchen Menschen, meinte der Doctor wehmütig, sei es vergönnt, der Erde ihren Stempel aufzudrücken, ihre Ideen in das Geschichtsbuch der Welt zu schreiben.

»Diese Eizellen«, der Doctor tippte auf die Eierstöcke, »sitzen hier drauf wie Tautropfen auf den Blättern. Bei Bedarf werden sie«, mit der Spitze des Skalpells beschrieb der Doctor ihren bogenförmigen Weg, »in die Gebärmutter abgeleitet. Die Eizellen der Frau«, der Doctor hob das Skalpell wie einen Zeigefinger, »sind also der Schlüssel zur Schöpfung, nicht der Samen des Mannes.«

Betont demütig befreite der Doctor die Herren von ihrem Schöpfungsauftrag. »Wir können nicht beurteilen, ob der Mann auch nur die geringste Rolle bei der Empfängnis spielt. Dabei hat alles so gut begonnen.«

Der Henker grinste.

»Kennst du Leonardo?«, fragte der Doctor.

»Ein Händler?«

»No! Leonardo da Vinci. Einer der größten Künstler aller Zeiten. Er hat zwar nicht viel vom Zeugungsakt gehalten und meinte nur, er sei eine althergebrachte Sitte, ohne die die Menschheit längst ausgestorben wäre. Aber er hat wunderbar gezeichnet.« Der Doctor räusperte sich. »Den Penis hat er mit zwei Kanälen dargestellt, einen für den Urin und einen für den Samen, der aus dem Rückenmark des Mannes kommt.«

»Ist es so?«

»Was?«

»Dass der Samen aus dem Rücken kommt?«

Der Doctor überhörte die Frage. »Aber weißt du, warum Leonardo das geglaubt hat? Weil er glaubte, der Samen des Mannes sei beseelt. Wie die alten Griechen. Nur der Samen des Mannes, wohlgemerkt, nicht jener der Frau. Ihr, so glaubte man, fehle die nötige Hitze im Körper, um einen beseelten Samen zu bilden.«

Immer weiter holte der Doctor aus und beschrieb den Geist der Antike, eine Vergangenheit, in der man meinte, jede Menschwerdung durchlaufe den göttlichen Schöpfungsprozess von Neuem. Kurz nach der Zeugung schrieb man dem Embryo pflanzliche Züge zu. Anima vegetativa, sagte man. Mit den Augen und Gliedern kam die Anima sensitiva dazu. Der Embryo kletterte auf die Stufe des tierischen Lebens, ohne einer bestimmten Art anzugehören. Sobald die menschlichen Züge sichtbar wurden, geschah etwas, das weder Pflanzen noch Tieren vergönnt war. Gott hauchte dem Mensch die Anima intellectiva ein.

Der Doctor hielt inne, um zu sehen, ob der Henker ihm folgen konnte. Der Henker nickte.

»Aber«, fuhr der Doctor fort und hob die Handflächen, »wir sind ja nicht für die Seele da. Den Körper wollen wir erfassen.« Das Gerangel über die Geschlechter in den Studierstuben schien ihn sichtlich zu amüsieren. »Wenn wir Männer doch noch einen Anteil an der Menschwerdung haben«, unschlüssig wiegte er den Kopf, »dann verdanken wir das dem verehrten van Leeuwenhoek. Er hat unter seinem Mikroskop winzige Lebewesen entdeckt, die im männlichen Samen leben. Spermawürmer nennt er sie. Sie sind vorn abgerundet und stumpf und haben hinten einen spitzen Schwanz, der fünf- oder sechsmal länger als der Körper ist. Mehr als tausend von ihnen will van Leeuwenhoek auf einer Fläche gesehen haben, die nicht größer als ein Sandkorn ist.«

Der Henker stieß einen Pfiff aus.

Der Doctor nickte. »In jedem Spermawurm soll ein kleiner Mensch wohnen, ein Homunculus. Dieser kleine Mensch nährt und entwickelt sich in der Eizelle der Frau. Weil die einen Spermawürmer männlich und die anderen weiblich sind, entsteht aus dem einen ein Mann, aus dem anderen eine Frau.« Der Doctor brummte.

»Nicht nur van Leeuwenhoek, auch andere wollen die Homunculi schon gesehen haben. François de Plantade beschreibt sogar, wie sich ein Homunculus aus seiner Hülle befreit und seine Arme und Beine gezeigt hat. Der Kopf allerdings sei in der Hülle stecken geblieben, sodass der Homunculus gestorben ist. Man kann«, der Doctor räusperte sich, »daran glauben oder nicht. Die einen schwören, die Homunculi zu sehen, die anderen können sie beim besten Willen nicht erkennen. Man ahnt, wie es dem ungläubigen Thomas ergangen sein muss.«

In der Pause, die entstand, zupfte und schob er vorsichtig an den bloß liegenden Eierstöcken. Aus den ersten Ansätzen des Menschen machte die Natur noch immer ein Geheimnis.

»Ob nun die Eier oder die Spermawürmer bei der Zeugung das Sagen haben«, sagte er, »ich will auf jeden Fall eine Skizze machen, von dem, was sich uns zeigt.«

Da seine Hände in der Leiche steckten, deutete er mit dem Kinn in Richtung der Tische. »Bring mir Papier und Feder!«

Der Henker wischte seine Finger ab und machte sich auf die Suche.

»Alles vollgeschrieben«, sagte er, nachdem er eine Weile in den Blättern gekramt hatte. »Und keine Tinte.«

»Hinten bei den Stühlen!«, vermutete der Doctor, ohne aufzublicken.

Das Licht im Bühnenraum war schummrig. Der Henker beugte sich tief hinab, um zwischen den Büchern Papier und Tinte zu finden.

In diesem Moment flog das Tor zum Theatersaal auf. Die Flügel krachten gegen die steinernen Pfosten. Der Bischof pflanzte seine massige Gestalt im Türrahmen auf, hinter ihm zwei Soldaten.

Der Henker zuckte zusammen und ging in die Knie.

Wie die apokalyptischen Reiter walzten der Bischof und sein Gefolge durch den Raum. Hinter den Soldaten tauchten der Stadtrichter, die Äbtissin des Ursulinenklosters und der Kahle aus Hall auf.

Bis auf eine Armlänge kamen sie an den Doctor heran.

»Da ist sie!«, bestätigte der Kahle den offenbar schon vorher ausgesprochenen Verdacht. Er zeigte auf das Mädchen. Die anderen stierten sprachlos auf den geöffneten Leib.

»Ich habe doch gesagt, der Schinderkarren draußen«, presste der Stadtrichter schließlich hervor.

Die Äbtissin taumelte dem Stadtrichter in den Arm.

»Eine Eurer Zöglinge?«, vergewisserte er sich.

Nickend vergrub die Äbtissin ihr Gesicht in seinem Mantelkleid.

Das Skalpell fiel zu Boden. Der Doctor starrte auf die Äbtissin, dann auf die Leiche.

Der Henker schluckte. Das Mädchen war eine Adelstochter. Sie hatten eine Adelstochter seziert! Nur zu gut wusste er, was das bedeutete. Gleiches Recht galt nicht für alle. Für Adelige am wenigsten. Er durfte sie nicht foltern, um ihnen ein Geständnis abzupressen. Er durfte sie nur im kleinen Kreis und nicht vor den Augen aller richten. Sie durften eine Schandmaske tragen, damit ihr Gesicht nicht qualvoll verzerrt, sondern würdig in Erinnerung blieb. Selbst wenn sie Hand an sich gelegt und sich versündigt hatten, genügte ein Wort des Richters, und unter ihnen tat sich die geweihte Erde des Friedhofs auf.

Das Klimpern des Skalpells hatte den Bischof aufgeschreckt, der eigenartig versunken vor der Leiche gestanden war. Mit dem Ellenbogen stieß er den Doctor beiseite und drängte sich zum Tisch. Sein Gesicht war fahl. Er hob seine rechte, ringbeladene Hand. Einen Moment lang sah es so aus, als wolle er in den geöffneten Leib fahren, wie jemand, der nach seinem Besitz greift. Im letzten Augenblick beherrschte er sich und hielt die Hand wie zum Segen darüber.

»Festnehmen!«, befahl der Stadtrichter den Soldaten und deutete auf den Doctor. »In den Kräuterturm mit ihm.«

»Wo ist der Henker?« Der Kahle sah sich um.

»Fort«, sagte der Doctor tonlos.

Von den Soldaten flankiert, ging er hinaus. Er war schon in der Tür, da drehte er sich noch einmal um. »Die Leiche«, fragte er, »was wird aus ihr?«

»Kümmert Euch lieber um Euch selbst«, fuhr der Bischof ihn an.

Der Kahle wurde beauftragt, den Saal zu bewachen. Er wartete draußen, um nicht im grausigen Gestank zu stehen. Der Henker schlich durch den Bühneneingang hinaus.

21

Ohne nachzudenken, eilte der Henker in Richtung Vorstadt. Mit jedem Schritt wurde ihm seltsamer zumute. Die Zeit schien ihm vorausgeeilt. Die Leute in den Gassen standen in Gruppen zusammen und tuschelten. Noch argwöhnischer als sonst schielten sie zu ihm und bekreuzigten sich. Der Henker hörte nicht, was sie sagten, und meinte doch, sie zu verstehen.

»Der Doctor verhaftet!«

»Die Adelstochter seziert!«

Kaum jemand hatte das blasse Geschöpf zu Gesicht bekommen, doch plötzlich wollten alle sie schon einmal gesehen haben. Es hagelte »Herr, erbarme dich!« für das Mädchen und »Hol ihn der Teufel« für den Doctor.

Soldaten im Gleichschritt kamen auf den Henker zu. Von der tief stehenden Sonne geblendet, hielten sie die Köpfe gesenkt, die Schultern nach vorn gestemmt. Bei jedem Schritt bauschte sich ihr Rock auf und machte die breiten Schenkel sichtbar, auf die ihre Degen schlugen. Der Henker verbarg sein Gesicht im Mantel. Seine Schultern verkrampften. Zischend fuhr der Atem der Soldaten an ihm vorbei.

All seine Sinne waren angespannt, als er das Haus des Doctors erreichte. Drei Stufen auf einmal nahm er zur Haustür hinauf.

Die Tür flog auf, nachdem er erklärt hatte, warum er gekommen war. Johanns entsetzte Rufe ließen die Bewohner des Hauses zusammenlaufen. Elsbeth watschelte aus der Küche heran, Minna im Schlepptau. Lorenz kam durch die Hintertür herein. Rebecca stürmte aus ihrem Zimmer. Als sie den Henker bemerkte, stockte sie. Ihre roten Locken fielen nach vorn. Sie lächelte unsicher. Dann sah sie die Sorge in seinem Gesicht. Ihr Blick wurde ernst. Langsam kam sie die Treppe herunter, die rechte Hand am Geländer.

»Der verehrte Doctor!«, rief Johann ihr entgegen. »Er ist verhaftet worden!«

Elsbeth plumpste auf einen Stuhl, der in ihrer Nähe stand. Knackend duckte sich das Holz unter ihrem Gewicht. Sie war kreidebleich geworden. Minna hielt sich wacker auf ihren dünnen Beinen. Sie presste den Schokoladenquirler an den Mund, den sie in der Eile mit in die Eingangshalle genommen hatte. Lorenz riss sich den Lederhut vom Kopf, der bereits so abgewetzt war, dass das Haar fast hindurchspross.

Rebecca war in ihrer Bewegung erstarrt. Wie ein Schwamm das Wasser nahm sie die Nachricht auf. Ihre Augen weiteten sich. »Mein Vater? Warum?«

Sie sah in die Runde. Johann, Elsbeth, Minna, Lorenz – sie hatten auch keine Ahnung. Nur der Henker schien Bescheid zu wissen. »Sag doch!«, schrie sie ihn an. »Was ist passiert?«

Der Henker erzählte. Von der Selbstmörderin, von der Sektion, vom Bischof. »Das Mädchen ist eine Adelstochter«, schloss er und senkte den Kopf.

Ein gequetschter Laut drang aus Rebeccas Brust.

»Jesses Maria!«, entfuhr es Lorenz, der sonst nie ein Wort sagte.

»Eine Todsünde«, hauchte Minna.

Elsbeth rammte ihr den Ellenbogen in die Rippen, was möglich war, weil die Köchin saß und Minna dicht neben ihr stand. Rebecca schaute auf die Magd, als habe sie das Unheil erst begreifbar gemacht. Ein Ruck ging durch ihren Körper. Sie ließ das Geländer los und stürmte die Treppe hinunter, auf die Haustür zu. Mit gesenktem Kopf flog sie am Henker vorbei. Sie wäre blindlings in die Nacht hinausgerannt, hätte er nicht nach ihrem Arm gegriffen. Böse funkelte sie ihn an. Ihre Wangen glühten.

»Lass mich!«, fauchte sie. »Ich will zu meinem Vater!«

Johann und Lorenz kamen dem Henker zu Hilfe. Sofort zog er seine Hand zurück.

»Man wird Euch nicht zu ihm lassen«, versuchte Johann sie zu beruhigen.

»Vielleicht wird man Euch sogar auch verhaften«, schaltete Elsbeth sich ein. Minna schluchzte. Rebecca gab nach. Jetzt musste Johann sie stützen, anstatt sie zu halten.

»Kann man denn nichts tun?«, fiepte Minna.

»Doch«, sagte der Henker.

Rebecca sah auf.

»Was denn?«, fragte Johann.

»Geht zum Statthalter.«

»Zum Statthalter?«

»Ja«, bekräftigte der Henker. »Der Statthalter hat dem Doctor erlaubt, den Münzwardein zu sezieren. Wenn ihn jemand retten kann, dann er.«

Rebeccas Augenbrauen verzogen sich in einer Mischung aus Argwohn und Zorn.

Wieder war dem Henker, als sei ihm die Zeit vorausgeeilt. Verständnislos sah er Rebecca an.

Sie begriff. Tränen schossen ihr in die Augen. »Er weiß es nicht«, lachte sie gequält und drehte sich zu den anderen um. »Er weiß es nicht. Dabei spricht doch schon die ganze Stadt davon.«

»Wovon denn?«, flehte der Henker.

Ausdruckslos sah Rebecca ihn an. »Der Statthalter ist tot.«

***

Der Prozess, der dem Doctor gemacht wurde, war der Ungewöhnlichste, den Innsbruck je erlebt hatte. Er fand am Bett eines Toten statt. In der alten Kapelle der Hofburg hatte man den Statthalter aufgebahrt, umgeben von Blumen und Kerzen, die Hände gefaltet, ein Kreuz auf der Brust. Weihrauch war mit all jenen durch den Raum gezogen, die an der Totenstatt vorbeigepilgert waren, während im Hintergrund ein Heer von Geistlichen für die Seele des Statthalters betete. Vergib ihm seine Schuld.

Der Bischof wollte Vergeltung.

Er war geblieben, nachdem die anderen gegangen waren. Zusammen mit dem Sonnenburger Landrichter, den zwölf Geschworenen, dem Bürgermeister, dem Stadtrichter, den Medici und der Erzherzogin Eleonore Maria Josepha saß er im Licht der Kerzen. Hinter seiner ernsten Miene hockte die Zufriedenheit. Hätte sein Blick sprechen können, er hätte geschmatzt wie jene Männer, die ihr Gesicht in den Brüsten der Huren vergruben. Wohlig warm strömte die Genugtuung durch seinen Körper. Endlich war die Stunde der Abrechnung gekommen.

Seinen linken Arm hatte der Bischof unter jenen der Erzherzogin gelegt, die Trauer trug und einen Rosenkranz um den Hals. Mit seiner Rechten tätschelte er ihre Hand. Auch ihren Willen hatte der Bischof im Griff. Jeder wusste, wie sehr Eleonore Maria Josepha an seinen Lippen hing. Jetzt, da ihr Gemahl tot war und sie die Geschäfte Tirols übernahm, bis ihr Bruder in Wien einen Nachfolger für das Kronland bestimmt hatte, würde sie das Sprachrohr des Bischofs sein. Monate konnten vergehen. Jahre auch.

Sie nickte ergeben, als der Bischof erklärte, wie wichtig es sei, rasch über den Doctor zu richten. Keine zwei, drei Wochen wie sonst dürfe man sich Zeit lassen, um die Ordnung wiederherzustellen, die durch sein frevelhaftes Tun durcheinandergeraten war. Der Allmächtige habe bereits gegrollt, als der Münzwardein seziert worden war. Die Krankheit habe er dem Statthalter als Warnung geschickt. Sie war ungehört geblieben. In seiner Gier nach Wissen habe der Doctor nach der Adelstochter gegriffen und der Tod zur selben Stunde nach dem Statthalter. Es war ein Fingerzeig Gottes. Ein Zeichen seines Zorns.

Die Augen des Bischofs leuchteten.

Der Herr habe über den Statthalter gerichtet, jetzt gelte es, dem Gericht Gottes zuvorzukommen. Ansonsten, der Bischof beschwor die Folgen mit ausladenden Gesten herauf, würde der Herr seinen Zorn gegen die ganze Stadt richten und kein Hab und Gut verschonen, wie beim Erdbeben vor zwei Jahrzehnten schon.

Er überzeugte alle, dass es nicht notwendig sei, den Angeklagten wie üblich am dritten Joch der Innbrücke dem Sonnenburger Landgericht zu übergeben und ihn zum Prozess auf Schloss Vellenberg zu bringen, das südwestlich von Innsbruck auf einem gegen das Inntal vorspringenden Moränenhügel lag, zumal seit dem Erdbeben tiefe Risse im dreigeschossigen Palas klafften, Kletterpflanzen sich an ihm emporrankten, der Verputz bröckelte, die Wappen an den beiden Türmen die Farbe verloren, Schindeln vom Satteldach fielen und die Ratten im Keller, der einst als Kerker gedient hatte, längst ungestört waren.

Allen leuchtete ein, dass man auch hier hatte, was man brauchte. Die Medici dienten als Sachverständige, der Bischof und der Stadtrichter als Zeugen. Die Feder des Gerichtsschreibers flog über das Papier und hielt auch die Klagen über den unschicklichen Lebenswandel des Doctors fest, den der Stadtrichter anprangerte, über den Gestank aus dem Theatersaal, den von Sala schilderte, über die Verunsicherung in der Stadt, von der der Bürgermeister erzählte, weil jeder fürchte, nach dem Tod auf dem Tisch des Doctors zu landen.

Das Gute, das man über den Doctor hätte sagen können, kam nicht ins Protokoll. Die Bedürftigen, denen er als Stadtphysikus geholfen hatte, waren ohnehin nicht als Zeugen vor Gericht zugelassen, weil sie niedrige und gefällige Menschen waren, die, wie jeder wusste, leicht logen.

Das Wichtigste aber war, dass der Doctor seine Tat gestanden hatte. Er hatte gestanden und nicht einmal Reue gezeigt. Er hatte sich sein eigenes Grab geschaufelt. Man würde es ihm schnell bereiten.

***

Nicht einmal ein Tag war seit der Verhaftung des Doctors vergangen, als sich die krächzende Stimme des Gerichtsdieners vor der Tür des Henkers erhob.

Morgen um zehn sei der Doctor zu richten, verkündete der Mann, nachdem der Henker ihm geöffnet hatte.

»Wie?«, fragte der Henker.

»Mit dem Rad.«

»Was?«

Der Gerichtsdiener nickte bekräftigend. Er wusste, was der Henker meinte. Ein so hartes Urteil hatte es lange nicht mehr gegeben. Langsam und qualvoll sollte der Doctor dem Tod in die Hände getrieben werden. Vier Schläge auf die Glieder, den fünften auf die Brust, forderte das Gericht.

Nachdem der Gerichtsdiener gegangen war, schloss der Henker die Tür. Einen Moment lang packte ihn die Starre. Dann der Zorn. Mit ausgestrecktem Arm fegte er die Lampe vom Tisch. Er riss einen Stuhl hoch und schleuderte ihn zu Boden. Das Holz splitterte. Der Henker packte seinen Mantel und stürmte zur Hintertür hinaus.

Die Dämmerung hatte den Bäumen das Wesen genommen und nur die Gestalt gelassen. Wie schwarze Finger spreizten sich die Äste in den hellblauen Himmel. Die Wolken auf dem Firmament schienen zu glühen. Der Henker lief durch den Baumgarten. Als er die Pfarrkirche sah, hatte sich zum Zorn die Verzweiflung gesellt. Sie trieb ihn über den Kirchplatz bis zum Langen Graben, in dessen Häuserfront sich die Magdalenenkapelle einreihte. Ihr Untergeschoss diente als Friedhofskapelle, ihr Obergeschoss der Andacht.

Der Henker trat ein. Niemand war da. Er kniete sich in die hinterste Bank, stützte die Ellenbogen auf und legte seine Stirn auf die gefalteten Hände. Tief atmete er ein und aus. Die schwere Luft ließ ihn zur Ruhe kommen. Zorn und Verzweiflung verebbten. Doch wie das Wasser der Gezeiten kamen sie zurück.

Mit den Fäusten schlug sich der Henker gegen die Stirn. Immer fester schlug er zu. Er hätte dem Doctor die Leiche nicht bringen dürfen. Zu spät war ihm eingefallen, dass er das Mädchen schon einmal gesehen hatte. Aus einer Kutsche hatte sie ihn angestarrt, für den Bruchteil eines Augenblicks, als er den toten Münzwardein zur Universität gekarrt hatte.

Der Henker öffnete seine Hände und betrachtete die Furchen und Schwielen, die der Gehorsam gezeichnet hatte. Zu kalten, seelenlosen Werkzeugen hatte er seine Hände gemacht. Jetzt waren sie warm. Noch immer spürte der Henker den Handschlag des Doctors. Diejenigen, die ihn verachteten, machten es ihm leicht, sie zu richten. Ihr Abscheu weckte den seinen. Der Doctor hatte ihm Respekt gezollt.

Die Geschichte wiederholte sich. Es war wie an jenem strahlend blauen Wintertag, als er das Schwert gegen den Hund erhoben hatte. Er hatte es nicht gewollt. Damals hatte er dem Befehl seines Vaters gehorcht. Jetzt sollte er dem Befehl der Obrigkeit folgen.

Sein Leben lang hatten die anderen bestimmt, was zu tun war. Mit dem Hund hatte er seinen Willen, mit der Mutter seine Gefühle begraben. Er hatte nie gelernt, Herr seiner selbst zu sein. Er war der Spielball einer Gesellschaft, die danach trachtete, jeden zum Spielball zu machen. Jeden auf seine Weise. Das Glück dem Glücklichen, dem Verdammten die Gram. »Wir können alle nichts dafür«, hatte sein Vater gesagt. War es so?

Hilfe suchend hob der Henker seinen Blick zur Decke, die ihre Spitzbögen dem Himmelreich entgegenstreckte, und ließ ihn über die Fresken der Kapellenwand gleiten, wo Tote aus ihren geöffneten Gräbern stiegen. Auf dem Flügelaltar, der die Gottesmutter von Märtyrern umringt zeigte, blieb sein Blick haften. Der heilige Sebastian, ein römischer Soldat, war mit Keulen erschlagen worden, nachdem er sich zum Christentum bekannt hatte. Den schottischen Missionar Heinrich hatten finnische Bauern zu Tode geprügelt. Die schöne Schäferin Margareta war gefoltert und enthauptet worden, nachdem sie den Stadtpräfekten Olybrius zurückgewiesen hatte. Auch die Jungfrau Katharina hatte ihr Leben verloren, weil sie den Sohn des römischen Kaisers verschmäht und Christus zu ihrem Bräutigam gemacht hatte.

Was war mit den Henkern, die diese Heiligen gerichtet hatten? Auch sie waren einem Befehl gefolgt. Konnten auch sie nichts dafür? War die Ordnung heilig? Der Gehorsam gerecht? In der Gesellschaft hatte jeder seinen Platz. Die Grenzen gaben Sicherheit. »Dieses Fleckchen Erde ist auch für uns bestimmt«, hatte sein Vater gesagt, als sie vor dem Birkengrab der Mutter gestanden waren. »Kein rühmlicher Ort. Aber gut zu wissen, wo man hingehört.«

Der Henker hatte seine Grenzen längst überschritten. Die Mauer in seinem Inneren war gebrochen. Er hatte dem Münzwardein in die Augen geschaut. Er hatte Gefühle in seine Welt gelassen. In eine Welt, die nichts weniger brauchen konnte.

Im Henker pochte und hämmerte und dröhnte es. Du sollst nicht töten! Wenn er den Doctor nicht räderte, was dann? Ein anderer würde es tun. Er selbst würde hängen.

Seine Gedanken rasten. Die Spirale der Ausweglosigkeit zog sie hinab. Was sollte er tun? Sein Blick klammerte sich an den Heiligenfiguren fest. Wäre er nur so klug wie die heilige Katharina, die fünfzig Philosophen in einem Disput besiegt hatte. Wäre er nur so mutig wie sie, die selbst den Tod nicht gefürchtet hatte. Hätte er nur wie sie den Beistand Gottes, der mit einem Blitz das Rad zerschmettert hatte, das sie richten sollte.

Der Henker schloss die Augen.

Plötzlich fuhr er auf. Mit einem Mal wusste er, was zu tun war. Es war riskant. Doch er musste es versuchen.

22

Drei Männer suchte der Henker an diesem Abend auf. Der erste war der Radmacher, der neben dem Wagner und dem Stellmacher am Ende der Marktgasse wohnte. Der Radmacher hatte in den letzten Tagen gute Geschäfte gemacht. Nur zwei Arten von Rädern waren ihm geblieben. Das kleine, kompakte aus Esche hatte sechs Speichen und war für einen Karren bestimmt. Das große mit zehn Speichen war aus Ulme und für eine Kutsche gemacht.

»Hast du nicht selber welche?«, fragte der Radmacher, während sich der Henker über die beiden Räder beugte. »Du hast doch schon gerichtet mit dem Rad.«

Der Henker nickte, ohne aufzusehen. »Aber für jede Hinrichtung muss ich ein Neues nehmen.«

»Sagt wer?«

»Das Gesetz.«

Er hob die Räder an, prüfte ihren Griff und wog sie in der Hand. Dann riss er sie mit gestreckten Armen in die Höhe und ließ sie bis auf Kniehöhe niedersausen.

»Ich nehme das hier!« Der Henker deutete auf das Rad mit den zehn Speichen.

»Würd ich auch«, pflichtete der Radmacher ihm bei. »Da lässt sich der Körper sicher leichter draufflechten.«

Der Henker legte eine Handvoll Kreuzer auf den Tisch. Ohne zu antworten, ging er hinaus.

Er kehrte zurück in den Gritschenwinkel, holte eine dünne, rechteckige Klinge aus seiner Werkzeugkammer und brachte Rad und Klinge zum Schmied, der ihm gegenüber wohnte. Der Schmied wollte gerade Feierabend machen, als der Henker eintrat und ihn aufforderte, Rad und Klinge aneinanderzunieten.

Murrend rieb sich der Schmied die Hände am Lederschurz ab, der ihm von der Brust bis zu den Knöcheln reichte. Die Glut in der Esse war bereits mit Schlacke bedeckt. Der Hammer lag auf dem Amboss. Es roch nach erkaltetem Metall. Aus der Wohnung über der Werkstatt lockte der Geruch von Gerstelsuppe. Der Magen des Schmieds knurrte. Dennoch griff er nach einem Spieß und begann, die Glut von der Schlacke zu befreien. Ob er es wollte oder nicht, er musste der Obrigkeit ihren Willen, dem Volk sein Schauspiel lassen. Lieber wollte er seinen Magen noch öfter knurren hören, als sein Lamento im falschen Augenblick zu stillen.

Er nahm eine Handvoll Fettkohle, die unter der Esse lag, und häufte sie als Wall um die Glut. Dann blies er hinein. Funken sprühten. Schwarze Rauchwolken stiegen auf. Der Schmied rief nach seinem Knecht. Der Henker verabschiedete sich. Das Rad würde er später holen. Dem Schmied war es recht.

Der dritte Mann, den der Henker an diesem Abend aufsuchte, hatte noch weniger als die anderen mit seinem Besuch gerechnet. Fünfmal musste der Henker an das Fenster mit den blau karierten Vorhängen klopfen, ehe der Alchemist den Kopf herausstreckte.

»Was machst du hier?«, fragte er, beugte seinen Oberkörper über die Fensterbrüstung und sah sich nach allen Seiten um. Sein linker Arm steckte noch immer in der Schlinge, die der Henker ihm umgelegt hatte.

»Ich brauche Eure Hilfe«, sagte der Henker.

»Bist du deppert?«, wisperte der Alchemist. »Doch nicht hier und jetzt!«

Er zog das Fenster zu. Blitzschnell stemmte sich der Henker dazwischen. »Gebt mir, was ich will, dann seid Ihr mich schnell wieder los.«

Wieder sah der Alchemist sich um. »Dann sag schon, was willst du?«

»Phosphor.«

Die Nase des Alchemisten wackelte überrascht. »Was willst du denn mit Phosphor?«

»Ich brauche es.«

»Wozu?«

Der Henker schwieg.

»Willst du mich verpfeifen? Ich warne dich!«

Der Henker schüttelte den Kopf. »Nein, bei Gott. Niemand soll etwas davon erfahren. Niemand, versteht Ihr!« Der Henker richtete sich so drohend auf, dass der Alchemist zurückfuhr. »Ihr sollt mir nur ein bisschen Phosphor geben und danach alles wieder vergessen.«

»Warum sollte ich?«

»Ihr schuldet mir etwas.«

Als müsse er seinem Gewissen auf die Sprünge helfen, schaute der Alchemist auf seinen verletzten Arm. »Mhmm«, brummte er. »Das ist riskant.«

»Niemand wird etwas erfahren«, versicherte der Henker.

»Niemand?« Eindringlich sah der Alchemist den Henker an.

»Niemand.«

Der Alchemist kaute auf seiner Unterlippe und schob sie nach vorn. Er prustete laut. Mit der rechten Hand rieb er seinen Nacken. »Niemand«, murmelte er vor sich hin. »Also gut, warte einen Augenblick.« Er zog das Fenster zu. Diesmal ließ der Henker ihn gewähren.

Er ging in die Knie und wartete, den Rücken an die Hausmauer gelehnt. Es dauerte nicht lange, bis der Alchemist ihm ein kleines, geschlossenes Schälchen durch das Fenster reichte. Der Henker griff zu. Als er es öffnete, kam ihm ein stechender, knoblauchartiger Geruch entgegen. Die wachsartige Masse darin leuchtete grünlich.

»Sei vorsichtig«, zischte der Alchemist. »Weißt ja, was mit dem Teufelszeug passiert. Und giftig ist es auch.«

»Danke«, raunte der Henker und verschwand.

Der Schmied hatte gute Arbeit geleistet. Als der Henker zu ihm zurückkam, waren Rad und Klinge verbunden. Wie eine vereiste Fahne stand die Klinge vom Rad ab. Der Henker prüfte ihren Sitz und ihre Schärfe. Er entlohnte den Schmied und ging nach Hause.

Es war längst Zeit, das Herdfeuer zu löschen, doch der Henker schürte nach. Einige Holzscheite legte er auf den Fußboden. Er nahm eine Decke, rollte sie zusammen, bettete sie neben die Scheite und platzierte einen flachen Stein darauf. Breitbeinig stellte er sich über das Holz, die Decke und den Stein und begann, mit dem Rad daraufzuschlagen. Die Scheite rissen auf. Der Stein sprang zur Seite. Die Decke zerfetzte.

Der Henker legte neue Scheite hin, rollte die Decke wieder

zusammen, brachte den Stein zurück an seinen Platz. Schweißtropfen hagelten von seiner Stirn, wenn er das Rad niedersausen ließ. Allmählich traf er so, wie er es wollte. Er musste keine neuen Scheite holen, die Decke nicht wieder zusammenrollen. Der Stein blieb auf seinem Platz.

Draußen begann es zu regnen. Das Herdfeuer erlosch. Der Henker merkte es nicht. Er übte weiter. Im Dunkeln.

***

Chiara hatte ihn nicht kommen hören. Auf einmal stand der Henker an ihrem Bett. Es war noch finster. Nur schemenhaft sah sie seine Umrisse. Doch sie hätte die Gestalt unter Hunderten erkannt.

»Was machst du hier?«, fragte sie und richtete sich auf. Ein Ziehen fuhr durch ihren Unterleib. Sie spürte jeden Stich, den der Doctor gesetzt hatte. Anmerken ließ sie sich nichts.

Der Henker setzte sich zu ihr ans Bett. »Wie geht es dir?«, fragte er.

»Es geht«, sagte sie und stützte sich ab, um noch etwas gerader zu sein. »Ich hab's überlebt.«

Sanft fuhr ihr der Henker über die Wange und strich ihr eine schwarze Haarsträhne aus dem Gesicht. »Du sollst doch aufpassen auf dich.«

Chiara lächelte. Sie schloss die Augen. Die Berührung beruhigte sie. Sie sehnte sich nach dem, was andere verabscheuten.

»Der Doctor«, sagte sie nach einer Weile, die Augen noch immer geschlossen, »ist es wahr?«

»Was?«

Chiara sah den Henker an. »Dass er gerädert werden soll.«

Der Henker nickte. »Heute. Der Schinderkarren steht schon draußen.«

Chiara hörte die Bitternis in seiner Stimme. Sie wusste, dass man sich an vieles gewöhnen konnte und dass im Innersten doch immer ein Widerstand blieb. Der Widerstand konnte ruhen, manchmal ein Leben lang. Doch wenn er erwachte, war er so stark, als hätte er in all den stillen Jahren seine Kräfte geballt.

»Er hat mir das Leben gerettet«, sagte Chiara.

»Ich weiß.«

Sie schwiegen.

»Kannst du aufstehen?«, fragte der Henker unvermittelt.

»Ja, doch, es geht«, sagte Chiara, die nicht begriff, worauf er hinauswollte. »Gestern war ich auch schon kurz auf den Beinen.«

»Ich meine jetzt gleich.«

»Soll ich dir etwas zu essen machen? Ich könnte eines der Mädchen –«

»Nein, nein«, fiel ihr der Henker ins Wort. »Kannst du mit aufs Köpfplatzl kommen?«

»Was soll ich denn dort?« Chiara war stutzig.

»Mir helfen«, sagte der Henker. »Mir und dem Doctor.«

»Wie kann ich euch denn helfen?«

»Nicht hier«, raunte der Henker. Das Hurenhaus hatte noch jede Neuigkeit erreicht, und noch jede hatte es verlassen.

Sachte legte Chiara ihre Hand auf den Unterleib. Sie horchte in sich hinein. Dann nickte sie.

Der Henker atmete auf.

Plötzlich packte er Chiara an den Schultern. »Es könnte gefährlich werden«, warnte er.

»Was hast du vor?«

Der Henker antwortete nicht. »Zieh dich gut an, damit dich niemand erkennt.«

»Warum denn?«

»Und wenn etwas passiert, dann geh in meine Werkzeugkammer. Dort, wo das Schwert an der Wand hängt, ist einer der Steine locker. Dahinter ist Geld.«

»Was soll denn passieren?« Unruhig wand sich Chiara in seinem Griff.

Der Henker schwieg, als würde die Gefahr durch weitere Worte größer.

»Warum tust du das?«, fragte Chiara schließlich. Ihre Stimme war leise.

Der Henker blieb ihr die Antwort schuldig.

23

Anders als den Münzwardein hatte man den Doctor nicht in das Verlies geworfen, das sich in den Niederungen des Kräuterturms duckte und nur durch die Luke im zweiten Stock zugänglich war, wenn man kein Käfer war, dem Ritzen genügten. Man hatte ihn in das angrenzende Kräuterhaus gesperrt, dort, wo neben der Wohnung des Kerkermeisters, der Kapelle und der Folterkammer das Bürgerstübele lag.

Das Bürgerstübele war kein übler Ort, um den Tod zu erwarten. Bedeutende Persönlichkeiten wie Walter von der Vogelweide und Jakob Hutter hatten dort gesessen. Es gab keine Ratten wie im Verlies.

Das Bett, auf dem der Doctor lag, war bequemer als der blanke Fußboden. Die spitzbogigen, mit geöltem Papier bespannten Fenster ließen die Gedanken leichter entfliehen als die schmalen Schlitze in den dicken Mauern des Kräuterturms. Jetzt war es finster. Seit Stunden hockte die Dunkelheit im Raum. Dem Doctor war, als wolle sie überhaupt nicht mehr weichen. Die Kerze, die man ihm gelassen hatte, kämpfte immer kläglicher gegen sie an. Nur der Glockenschlag der Pfarrkirche zeugte davon, dass die Zeit verging.

Seit seiner Verhaftung fühlte sich die Wirklichkeit unwirklich an. Er dachte an die Leiche des Mädchens, in der die Antworten auf so viele Fragen lagen. Antworten, die neue Fragen aufwarfen in der unendlichen Spirale der menschlichen Unwissenheit. So vieles hätte er noch tun wollen. Er hätte die Organe des Mädchens konserviert wie jene des Münzwardeins. Er hätte dem männlichen Skelett das weibliche zur Seite gestellt. Sein Adam. Seine Eva. Er hätte ein Kind seziert, um zu sehen, wie das Leben seinen Anfang nimmt, und einen Greis, um zu vergleichen, wie die Jahre am Körper nagen. Fahrig fuhr der Doctor mit seiner Hand durchs weiße Haar und formte sie zu einer Faust. Er atmete gequält. Die Luft schien nicht zu reichen für den Berg des Unerledigten, der sich vor ihm auftürmte.

Ein kratzendes Geräusch ließ den Doctor auffahren. Er hatte nicht bemerkt, dass es dämmerte. Die Kerze war erloschen. Kräuselnd stieg ihr Rauch auf.

Die Tür zum Bürgerstübele ging auf. Pater Vinzenz trat ein.

»Der Herr sei mit Euch«, grüßte er, während hinter ihm die Tür ins Schloss krachte.

»Und mit deinem Geiste«, erwiderte der Doctor.

»Ich komme, um Euch die letzte Beichte abzunehmen.«

Der Doctor nickte. Vier Hände falteten sich zum Gebet.

Nachdem der Pater den Doctor von seinen Sünden losgesprochen hatte, zog er eine schwarze Skapuliermedaille aus seiner Kutte. Gläubige banden sich solche Medaillen gern um, in der Hoffnung, die Mutter Gottes auf der einen Seite und das Herz Jesu auf der anderen Seite möge sie beschützen.

»Bewaffnet Euch damit für den letzten Kampf«, sagte er und nestelte am Lederband.

»Von Rebecca?«, fragte der Doctor, als das kalte Metall auf seiner Brust lag.

Der Pater schüttelte den Kopf.

»Von wem dann?«

Bevor der Pater antworten konnte, wurde die Tür zum Bürgerstübele geöffnet.

»Es ist Zeit!«, raunte ein Wärter.

Sie gingen den langen Gang des Kräuterhauses entlang, dessen Decke durchlässig war wie ein Sieb. Der Regen sickerte herein. Ein Tropfen traf den Doctor im Genick.

Den ganzen Weg zum Köpfplatzl über hatte er das Gefühl, der Tropfen würde seinen Rücken hinunterlaufen. Nichts anderes nahm er wahr. Er sah weder die Fahnen der Stadt auf Halbmast wehen noch den grauen Himmel. Er bemerkte nicht, dass es kühler geworden war, als hätte den Frühling, der mit aller Kraft hereingebrochen war, die Courage verlassen.

Erst als der Doctor die Menge auf dem Köpfplatzl sah, zerriss der Schleier, der ihn seit seiner Verhaftung umfangen hatte. Die Taubheit wich. Die Leute waren gekommen, um ihn sterben zu sehen. Die Vorstellung wurde zur Gewissheit. Den Statthalter hatte der Tod bereits geholt. Jetzt setzte er dem Doctor nach.

Tobias zog ihn vom Schinderkarren und führte ihn zur Richtstätte hinauf. Der Doctor taumelte. Tobias musste ihm unter die Arme greifen.

Auf der Tribüne saßen der Bischof, der Landrichter, der Stadtrichter und die Erzherzogin, ihre Gesichter zufrieden, spöttisch, verschleiert. Daneben standen die Medici. Von Sala lächelte zynisch. Der Blick des Doctors floh vor ihm. Er traf auf Ekel und Angst, bei denen er auch nicht bleiben wollte. Bis er mitfühlende Augen sah. Der Doctor verharrte in dem warmen, liebevollen Blick. Ein gequetschter Laut drang aus seiner Brust, als er Rebecca erkannte.

Ungestüm hatte sie sich bis unter die Richtstätte gedrängt. Ihr Haar war zerzaust. Ihr Kinn zitterte. Wie ein Schwall tonloser Worte liefen die Tränen über ihre Wangen. Johann, Elsbeth, Minna und Lorenz standen neben ihr. Ein treu ergebenes Geleit. Der Doctor sah vom einen zum anderen. Er wollte sich verabschieden, doch Tobias ließ ihm keine Zeit. Er drängte ihn in die Mitte der Richtstätte.

Der Doctor erstarrte.

Vor ihm zeichnete sich sein Schicksal ab. Die am Boden festgenagelten Marterklötzli hatten die Gestalt eines liegenden Menschen. Die in der Mitte angeordneten Holzscheite zeigten die Wirbelsäule, die rechts und links davon die ausgestreckten Arme und Beine. Am Ende der hölzernen Glieder standen kniehohe Pfosten. Eine grausige Kälte ging von der Zeichnung aus. Nicht ein Funken Leben war darin. Der Doctor begann zu beten, so innig, wie er es noch nie getan hatte. Er betete, seine Muskeln mögen bestehen in dieser kalten und leeren Welt. Gott möge ihn erlösen aus diesem unsäglichen Nichts. Der Augenblick möge schnell vorübergehen.

Eine blaue Blume tauchte vor seinem geistigen Auge auf. Er wollte in ihrem Anblick versinken. Doch Tobias packte seinen Arm. Rücklings zwang er ihn auf das hölzerne Gerüst. Die Knie auf dessen Oberkörper gepresst, band er die Hände und Füße des Doctors an die Pfosten.

Aufgespannt wie Schlachtvieh lag der Doctor zwischen Himmel und Erde. Sein Gewand hatte das Gericht ihm gelassen, seines Standes wegen. Und doch bohrten sich die spitzen Kanten der Hölzer in sein Fleisch. Sein Kopf fiel in den Nacken. Über ihm waberten dicke Wolken.

Der Himmel tanzte den Totentanz.

Rebeccas Blick haftete auf ihrem Vater. Sie suchte seine Augen. Er sah himmelwärts. Vergeblich wartete sie darauf, dass er den Kopf zur Seite drehte. Die Ohnmacht schnürte ihr die Kehle zu. Sie beschwor den Schutzheiligen der fälschlich Angeklagten, von dem sie bis gestern, er mochte es ihr nachsehen, noch nie etwas gehört hatte. Doch auf der Richtstätte nahm das Schicksal seinen Lauf.

Der Henker griff nach dem Rad. Über dem Köpfplatzl riss die Wolkendecke auf. Die Sonnenstrahlen blitzten durch die Speichen. Zweimal fasste der Henker nach, bis er das Rad fest in seinen Händen hielt. Jedes Mal hüpfte Rebeccas Herz. Jedes Mal hoffte sie, er würde die Waffe weglegen und ihren Vater verschonen. Doch der Henker zögerte nicht. Er trat ihrem Vater entgegen, als wäre er ein Fremder. Er sah ihn nicht einmal an. Während sein Schatten auf den Doctor fiel, prüfte er seinen Stand. Er lockerte die Schultern. Dann riss er das Rad in die Höhe.

Rebecca glaubte zu schreien. Doch der spitze Schrei kam von Minna, die ihre Hand entsetzt vor den Mund presste. Elsbeth begann zu beten: »Vater unser im Himmel, geheiligt werde dein Name.«

Die scharfe Klinge fuhr auf den Doctor nieder. Sie traf sein Bein. Das strohgelbe Beinkleid zerfetzte. Der Stoff färbte sich rot. Der Doctor zuckte. Sein Körper zog sich zusammen, die Fesseln hielten ihn zurück. Er riss den Mund auf. Rebecca hörte nicht, ob er schrie. Hinter ihr brauste das Gejohle der Menge auf. Es traf sie im Genick und brach über sie hinweg.

Schlag für Schlag arbeitete sich der Henker voran. Jedes Mal, wenn das Rad durch die Luft sauste und die Klinge sich in die Glieder fraß, wurde das Martyrium vom Begeisterungssturm der Menge begleitet. Jedes Mal bäumte der Doctor sich auf. Er konnte nicht anders, als sich unter den Hieben zu winden, obwohl er von Mal zu Mal schwächer wurde.

Rebecca hielt sich kaum noch auf den Beinen. Ihr Mund war trocken. Sie würgte.

Auch den Henker kostete seine Arbeit Kraft. Er atmete schwer. Nachdem er die vier Schläge auf die Glieder ausgeführt hatte, stellte er das Rad zu Boden. Seine Arme zitterten. Das Holz vibrierte. Nur noch ein Schlag fehlte, der tödliche auf die Brust. Der Henker wischte sich mit dem Handrücken über die Stirn und rieb sich die Hände an der Hose trocken. Fragend sah er zur Tribüne. Der Richter und die Geschworenen hatten das Urteil gefällt, die Regierung musste es bestätigen. Ein Wink der Erzherzogin hätte genügt, und der Doctor wäre frei gewesen. Doch Eleonore Maria Josepha, auf deren Arm die Hand des Bischofs lag, nickte.

Die Menge johlte.

Tobias zog einen Nagel aus der Tasche. Nach altem Brauch würde er ihn dem Todgeweihten auf die Brust legen, damit er sich beim letzten Schlag erlösend in sein Herz bohrte. Tobias kniete sich nieder. Er schob den klatschmohnroten Rock des Doctors zur Seite und riss das weiße Hemd auf. Tobias stockte und schaute auf die Skapuliermedaille.

Die Gäste auf der Tribüne reckten die Hälse.

»Was ist das?«, fragte der Bischof.

»Das Herz Jesu!«, antwortete Tobias.

Ein Raunen ging durch die Menge. So viel Gottesfurcht hatte man dem gottlosen Doctor nicht zugetraut. Die Erzherzogin machte ein Kreuzzeichen. Der Landrichter straffte sich. Alle sahen zum Bischof. Würde er Gnade walten lassen im Zeichen des Glaubens?

Der Bischof räusperte sich. »Das Herz Jesu?«, vergewisserte er sich.

»Und die Mutter Gottes«, bestätigte Tobias.

Der Bischof überlegte. »Gut«, sagte er gönnerhaft. »Dann leg den Nagel einfach darunter.«

Rebecca stürzte nach vorn. Von allen Seiten hielten Hände sie zurück. Bleierne Stille lag über dem Köpfplatzl. Der Henker drehte den Kopf und sah Rebecca an. Er schaute ihr in die Augen, so zielsicher, als hätte er sie schon die ganze Zeit gesehen.

Sorge lag in seinem Blick. Und eine Frage, die sie nicht verstand. Sie flehte ihn an mit ihrem Blick. Nur dieser eine Wunsch. Bei allem, was zwischen ihnen geschehen war.

Doch der Henker wandte sich ab. Er stellte sich über den Doctor. Über sein Herz. Er schloss die Augen. Zweimal atmete er ein und aus. Tief und langsam. Beim dritten Mal riss er das Rad in die Höhe. Seine Brust blähte sich auf. Wie die Flügel eines Racheengels breiteten sich seine Arme aus. Er presste die Lippen zusammen. Und haute zu.

Es knallte. Flammen schossen am Richtrad empor. Der Henker wurde zurückgeschleudert. Schützend rissen die Leute die Arme vors Gesicht. Tauben flatterten auf. Das Richtrad polterte zu Boden. Der Landrichter sprang auf. Der Stadtrichter kippte rücklings um. Die Erzherzogin duckte sich. Das Richtrad brannte. Dichter, weißer Rauch stieg auf. Die Augenblicke, die vergingen, schienen so lang, als läge die Ewigkeit darin. Noch ehe die Menschen zu sich kamen, fuhr ein Schrei über das Köpfplatzl.

»Ein Wunder!«, kreischte eine Frau. »Ein Wunder ist geschehen!«

Drei Wimpernschläge lang war Schweigen. Das Einzige, was man hörte, war das Flattern der aufgeschreckten Tauben. Der Henker sah ihnen nach. Die Leute starrten noch immer zur Richtstätte. In ihren Köpfen überschlugen sich die Bilder, die Geräusche, die Worte. Sie wurden eins, kündeten von einer bekannten Begebenheit. Formten sich zu einem Namen aus der Bibel. Zuerst war er nur ein Murmeln. Dann wurde er lauter. Am Ende schrien ihn die Leute fast gleichzeitig heraus: »Die heilige Katharina! Wie bei der heiligen Katharina!«

Der Herr hatte ein Wunder getan. Er hatte einen Blitz vom Himmel geschickt und das Rad brennen lassen. Er hatte sein eigenes Urteil gefällt. Wie bei der heiligen Katharina.

»Der Doctor!«, rief ein Mann. »Was ist mit ihm?«

»Ist er tot?«

»Sagt doch!«

Alle Augen sahen zum aufgespannten Leib. Der Doctor rührte sich nicht. Langsam richtete sich der Henker auf und ging auf den Doctor zu. Er hatte Mühe, einen Fuß vor den anderen zu setzen. Seine verbrannten Arme schlotterten. Er hustete. Als er sich über den Doctor beugte, sah er in dessen verrußtes Gesicht. Weit aufgerissene Augen starrten ihn an. Die weißen Haare waren versengt. Um die Lippen warf sich eine große Brandblase auf. Der Henker beugte sich hinab. Er hielt sein Ohr an den Mund des Doctors. Und spürte seinen Atem.

»Er lebt!«

Rebecca taumelte. Minna sank auf die Knie, zitternd wie Espenlaub. Lorenz riss sich den Hut vom Kopf, während Elsbeth die Hände vor die Brust presste. Johann stand wie erstarrt. Der Henker schob die Skapuliermedaille auf der feuerroten Brust des Doctors zur Seite. Die Haut darunter war unberührt. Der Nagel, den Tobias unter die Medaille gelegt hatte, hatte sich nicht in die Brust gebohrt. Nicht einmal ein Kratzer war zu sehen. Klimpernd fiel er zu Boden und mit ihm der letzte Zweifel an der göttlichen Gnade.

Die Menschen kreischten, gingen in die Knie, reckten die Hände zum Himmel.

Irgendwann hob der Landrichter die Hand. Der Tumult auf dem Köpfplatzl ließ nach. Erwartungsvoll sahen die Menschen den Landrichter an. Er wandte sich zum Henker. Es wurde totenstill.

»Hast du …« Die Stimme des Landrichters versagte. »Hast du«, setzte er von Neuem an, »hast du vollbracht, was Urteil und Recht vermag?«

Der Henker nickte. »Ja, Herr.«

Der Landrichter sah auf den Doctor, dann in die Menge. Langsam hob er seinen linken Arm. Noch langsamer sprach er seine Worte. »Dann soll es so sein: Im Namen des Gesetzes, der Doctor ist frei!«

Die Menge blieb stumm. Alle wussten, dass das letzte Wort noch nicht gesprochen war. Auch der Landrichter. Als bedürfe das weltliche Recht des kirchlichen Segens, sah der Landrichter den Bischof an.

Der massige Körper des Bischofs, der sich vor Schreck aufgebäumt hatte, hing schräg im Sessel. Die Augen unter den Schlupflidern waren glasig. Er rührte sich nicht.

Plötzlich begannen seine Schultern zu beben. Der Bischof gluckste. Noch ehe die Leute begriffen, schwoll das Glucksen zu einem Lachen an. Hohl und unheimlich drang es aus seiner Brust.

Entgeistert sah der Landrichter sich um. Der Rosenkranz der Erzherzogin schoss durch ihre Finger, umso schneller, je mehr der Bischof lachte.

Ebenso plötzlich, wie das Lachen gekommen war, verstummte es. Die Miene des Bischofs vereiste. Er schaute auf den Doctor wie ein Habicht auf ein entwischtes Kaninchen. Er schaute auf den Henker und sah die Erleichterung in seinem Gesicht. Die Schläfen des Bischofs traten hervor. Wären seine Gedanken laute Worte gewesen, er hätte den Tag verflucht, an dem die Wunder in die Welt gekommen waren. Doch auf sie konnte er nicht verzichten. Nicht jetzt, da die süßen Versprechungen der Reformatoren noch in den Ohren klangen. Nicht jetzt, da Ketzer im Gewand der Wissenschaft begannen, sich ein Bildnis zu machen. Gerade gegen diese brauchte er seine Macht und alles, was sie festigte.

Das Gesicht des Bischofs verzog sich zu einer lächelnden Fratze. Salbungsvoll hob er die Arme.

»Lobet den Herrn!«, presste er hervor. »Er hat ein Wunder gewirkt.«

24

Einige Tage später ging der Henker auf die Lichtung, wo er sein Schwert schliff. Das Wunder lag noch immer in der Luft und mit ihm eine Entrücktheit, die, aus der Ferne betrachtet, wirkte wie der Suff auf den Nüchternen.

Die Stadt trug Trauerflor und Fahnenkleid zugleich. Die gelb-weiß gestreiften Kirchenfahnen hingen aus den Gotteshäusern, die rot-weiß gestreiften Fahnen des Landes aus den Palästen. Der Tiroler Adler darauf schaute grimmig drein, der Stadtrichter war zufrieden. Er lief durch die Gassen, die Nase in der Luft, und wies seine aus den Simsen hängenden Helfer persönlich an, die vom Wind verhedderten Wimpel zu befreien.

Die Kirchen waren voller Menschen, deren Gebete überraschend gegenwärtig klangen im Vergleich zum sonstigen Singsang. Die Kollekte kam reichlich. In den Klöstern stapelten sich die Gaben der Gläubigen und die Anfragen jener, die ihrem Besitz entsagen und ihr Leben Gott verschreiben wollten. Wer das Wunder gesehen hatte, fühlte sich einem Kreis von Auserwählten zugehörig, zwar nicht zwölf an der Zahl, aber genauso verschworen wie die Jünger Jesu.

Das mit Blumen und Kerzen übersäte Köpfplatzl war zu einer Pilgerstätte geworden. Den ganzen Tag zogen Menschen an der Szenerie vorbei, die Gottes Hand gezeichnet hatte: die Marterklötzli auf der Richtstätte, die Pfosten mit den gelösten Fesseln daneben, die rußgeschwärzten Planken dort, wo das Richtrad gebrannt hatte. Das Richtrad selbst hatte man in die Jesuitenkirche gebracht, wo es, an starken Seilen, auf Augenhöhe mit dem gekreuzigten Christus hing.

Selbst dem Henker sahen die Menschen plötzlich in die Augen. Sie näherten sich ihm am helllichten Tag und fragten ihn, ob er den Blitz vom Himmel habe kommen sehen und den Engel gleich dazu, der den Strahl geführt haben musste. Ob er die göttliche Kraft gespürt habe, mit der der Herr sein Urteil hatte ausführen lassen. Ob er ebenso wenig schlafen könne wie sie, denen das Bild vom hellen Schein die Nacht zum Tage machte. Sie fragten und zogen beleidigt ab, als der Henker auf jede Frage den Kopf schüttelte.

Auf der Lichtung war der Henker ungestört. Er setzte sich auf den morschen Baumstumpf in Ufernähe, legte den Spaten ab, den er bei sich trug, und zog das Schwert aus der Scheide. Die Brandblasen auf seinen Händen waren aufgeplatzt. Vorsichtig fuhr der Henker mit seinen Fingern über die Klinge. Noch einmal tastete er die Gravuren darauf ab.

Der Wind brauste auf. Er fuhr durch die Äste und trieb sie auf der Stelle vor sich her. Der Henker sah auf. Das Sonnenlicht fiel durch die Zweige. Doch da war noch etwas anderes. Er kniff die Augen zusammen. Zwischen den Bäumen bewegte sich eine Gestalt. Sie kam den Weg entlang, der von der Straße zur Lichtung führte.

Der Henker sprang auf, als er Rebecca erkannte.

Es war nicht einfach gewesen, die Lichtung zu finden, die der Henkersknecht ihr beschrieben hatte. Zweimal schon hatte Lorenz den Wagen angehalten, weil sie meinten, die Stelle erreicht zu haben. Zweimal war Rebecca nach wenigen Augenblicken wieder aus dem Wald herausgekommen, weil der Weg sie nicht weiterführte. Jetzt war sie richtig.

Langsam ging Rebecca auf den Henker zu. Wie bei ihrer ersten Begegnung im Theatersaal trug sie das einfache braune Kleid und den Domino-Rock mit der Kapuze. Diesmal waren ihre roten Locken nicht darunter versteckt. Der Wind trieb sie ihr ins Gesicht. Unter ihren Arm hatte sie ein dickes Bündel geklemmt. Wortlos streckte sie es dem Henker entgegen. Er sah ihr in die Augen, nahm es und schlug es auf. Der weiße Mantel des Kaufmanns kam zum Vorschein.

»Danke«, sagte Rebecca.

Der Henker nickte.

»Nicht nur dafür. Ich soll es von meinem Vater sagen.«

»Der Doctor«, das Gesicht des Henkers hellte sich auf, »wie geht es ihm?«

Rebecca strahlte. »Sehr gut, Gott sei's gedankt. Die Brandblasen sind schon aufgeplatzt, die Striemen der Fesseln sind kaum noch zu sehen. Und die Arme und Beine kann mein Vater auch schon wieder bewegen, weil«, Rebecca stockte und senkte ihre Stimme, »weil die Knochen nicht einmal gebrochen sind.«

Der Henker reagierte nicht.

»Mein Vater sagt«, fuhr Rebecca langsam fort, »du verstehst dein Handwerk gut.«

Der Henker rammte das Schwert in den Boden. Er nickte, ohne sie anzusehen.

»Und du wusstest, dass ein Verurteilter frei ist, wenn er die Hinrichtung überlebt, nicht wahr?«

»Wie Euer Vater gesagt hat, ich verstehe mein Handwerk.«

Rebecca schluckte.

»Aber das Wunder? Ich meine … mein Vater glaubt nicht an Wunder.«

»Nicht?« Der Henker tat überrascht. »Wie gut, dass wir wenigstens die anderen überzeugen konnten.«

»Wir?«

Es entstand eine Pause, ehe der Henker antwortete. »Chiara.«

»Die Hure?«

Der Henker nickte. Lächelnd schaute er zu Boden. Ein Fächer dünner Falten legte sich um seine Augen. »Sie hat das Wunder als Erste erkannt.«

»Du meinst«, Rebeccas Augen weiteten sich, »sie hat über das Köpfplatzl geschrien?«

Der Blick, mit dem der Henker wieder aufsah, war Antwort genug.

Tränen der Erleichterung schossen Rebecca in die Augen. »Dann hat mein Vater also recht. Es gibt für alles eine Erklärung, auch ohne Gott.«

Der Henker wiegte den Kopf. »Da bin ich mir nicht sicher. Vielleicht lässt sich nicht alles ohne Gott erklären. Am Ende vielleicht gar nichts. Manchmal aber muss man dem Himmel eben ein bisschen nachhelfen.«

»Wie?«, hauchte Rebecca.

Der Henker sah sich um. Wie befreit atmete er ein. »Mit dem Skapulier und –«

»Von dir ist es?«, fiel Rebecca ihm ins Wort.

Der Henker nickte. Er kannte Pater Vinzenz schon lange. Zu oft hatten sie gemeinsam auf der Richtstätte gestanden, als dass der Pater ihm eine Bitte hätte abschlagen können.

»Mit dem Skapulier und …?«, hakte Rebecca nach.

»Ein bisschen Phosphor, um das Wunder zu entfachen.«

»Was um Himmels willen ist Phosphor?«

»Ein durchsichtiger Stoff, den man auf eine Klinge reiben kann und der beim kleinsten Funken brennt. Gut möglich, dass«, wieder huschte ein Lächeln über das Gesicht des Henkers, »gut möglich, dass selbst Gott ihn noch nicht kennt, weil er erst vor Kurzem entdeckt worden ist.«

Stumm sah Rebecca den Henker an. Er hatte sie alle ausgetrickst, die ehrwürdigen, erhabenen, gelehrten Herren. Er hatte den Bischof mit seinen eigenen Waffen geschlagen. Er hatte dem Gerechten gedient und nicht dem Recht.

»Es heißt, du gehst fort«, sagte sie unvermittelt.

»Ich muss.«

»Der Bischof, nicht wahr?«

Der Henker schüttelte den Kopf. Offiziell hatte ein anderer den Befehl erteilt.

»Der Landrichter. Bei seiner Arbeit soll der Henker Wunder vollbringen. Aber wehe, wenn eines geschieht.«

Rebecca lachte auf. Ihre Augen leuchteten. Dann wurde sie wieder ernst. »Und was machst du damit?« Sie deutete auf das Schwert.

»Ich werde es begraben.«

»Begraben?«

»Ja, es heißt, man soll ein Schwert begraben, wenn es hundert Mal gerichtet hat.«

»Sind es hundert Mal?«

»Es sind genug.«

Es wurde still.

»Wir gehen auch fort«, sagte Rebecca nach einer Weile.

»Der Bischof?« Jetzt war es der Henker, der fragte.

»Die Universität. Sie hat die Macht, ihre Mitarbeiter des Landes zu verweisen. Was sollen wir noch hier? Sie lassen meinen Vater nicht mehr arbeiten. Den Theatersaal haben sie ausgeräumt. Alles ist weg.«

»Und das Mädchen?«

»Beerdigt, als sei nichts geschehen. Dabei, meint mein Vater, sei viel zu viel geschehen.«

»Bei der Sektion?«

»Schon vorher.« Rebecca errötete. »Mein Vater meint, sie hätte es aus Verzweiflung getan. Jemand«, sie schluckte, »hätte sich vergangen an ihr.«

Die Risse in der Scham. Der Henker entsann sich. »Wer?«

Rebecca zuckte mit den Schultern.

Stumm hingen beide ihren Gedanken nach.

»Wir gehen zu meinem Onkel nach Perugia«, sagte Rebecca schließlich. »Mein Vater kann an der dortigen Universität arbeiten. Und während er die Körper untersucht«, meinte sie lächelnd, »werde ich weiter nach den Seelen suchen, die dahinter stecken.«

»In Euren Büchern?«

Rebecca nickte. »Und in mir selbst. Wer weiß«, sagte sie, von Begeisterung erfasst, »womöglich schreibe ich eines Tages mein eigenes Buch. Italien ist ein gutes Pflaster, um seinen eigenen Weg zu gehen. Vielleicht«, sie zögerte, »führt dich dein Weg auch dorthin?«

Der Henker atmete aus. Es war, als würde eine Starre, die er vorher nie bemerkt hatte, aus seinen Muskeln weichen.

»Ein Edelmann«, fuhr Rebecca fort, »hat mir einmal gesagt, es gäbe viele Welten auf dieser Erde. Perugia«, Nachdruck lag in ihrer Stimme, »ist eine Welt, in der dich keiner kennt.«

»Aber Ihr wisst, wer ich bin«, brach es aus dem Henker hervor.

Rebecca nickte.

»Und trotzdem?«, fragte der Henker.

Rebecca nickte wieder.

»Aber die Vergangenheit«, warf der Henker ein, »sie lässt sich nicht einfach vergessen.«

Sein Blick streifte die Fichte, unter der die vielen Steine lagen. »Ihr könnt mir glauben«, verzweifelt hob er seine Stimme, »man kann gehen, wie weit man will, man kann sie begraben, wie tief man will, sie holt einen immer wieder ein. So oft schon habe ich sie zu verscheuchen versucht. Es geht nicht.«

»Wie sollte es auch«, sagte Rebecca.

Überrascht sah der Henker sie an.

»Sie machen uns doch aus, unsere Taten«, sagte sie. »Ich habe doch gesehen, was du getan hast.«

»Nur das eine«, warf der Henker ein. »Es ist einfach, nur das eine zu sehen. Aber was ist mit all den anderen? Mit den Geistern? Mit den Seelen?«

»Vielleicht«, sagte Rebecca, »wollen auch sie einfach nur gesehen werden.«

Der Henker sah Rebecca nach, als sie die Lichtung verließ und hinter den Bäumen verschwand. Selbst als der Wald sie schon längst verschluckt hatte, blieb sein Blick auf ihren Spuren haften. Ihre Worte begannen zu wirken. Vielleicht wollten die Geister der Vergangenheit wirklich nur gesehen werden.

Der Henker atmete durch. Dann tat er, was er noch nie getan hatte. Er schaute zur Fichte mit den vielen Steinen.

Zum ersten Mal in seinem Leben schaute er sie an, ohne zuvor einen Menschen gerichtet zu haben. Sein Blick streifte sie nicht zufällig wie sonst. Er flüchtete nicht wie üblich vor ihr. Er blieb auf ihr liegen.

Der Henker fühlte. Und horchte.

Nichts.

Er horchte weiter. Schaute. Spürte.

Nichts.

Keine Kälte stieg aus dem Wurzelwerk empor. Kein spitzer Schrei drang aus dem Boden. Die Fichte reihte sich in die anderen ein.

Er begriff. Die Erinnerung hatte sich gewehrt gegen das Vergessen. Je mehr er sie verteufelt hatte, umso stärker hatte sie sich an ihn gekrallt. Jetzt, da er den Mut gefunden hatte, sich ihr zu stellen, ging sie von selbst. Die Fichte hatte ihren Schrecken verloren. Die Leiche zu ihren Füßen ruhte. Der Hund hatte ihm verziehen.

Und er sich selbst.

Epilog

Mehr als drei Jahrhunderte sind seit der Aufklärung vergangen. Wieder spüren wir die Veränderung. Wir stehen vor einer uns noch unbekannten Welt. Vor einer Dimension, in der das Gute und das Böse nicht mehr benannt werden, weil sie eins sind. In der Ängste nicht mehr Gestalt annehmen und uns überfallen. In der sie beachtet und angenommen worden sind und ruhen dürfen. Was sollen wir tun? Wir sollen selbst über uns bestimmen. Zu unserem Wohle und zum Wohle aller. Die Zeit drängt uns aus der Stagnation, aus dem Wissen zum Wirken, weg vom Schein, hin zum Sein. Sie nimmt uns die Masken, sie nennt uns beim Namen und führt uns ins Licht. Sie lässt vieles sterben, um alles zu lieben.

Zum Kriminalroman

Das geistige Beben, das Tirol im Jahr 1690 erschüttert hatte, zog weiter seine Kreise.

1731 begann der Beruf des Henkers seinen Makel zu verlieren: Alle Ehrlosen und Ausgeschlossenen wurden für zunftfähig erklärt. Wenig später verfügte Kaiserin Maria Theresia, die Henker sollten nur als unrein gelten, solange sie ihre Arbeit taten. Ihre Kinder durften jedes Gewerbe ausüben.

1787 wurde im Habsburgerreich die Todesstrafe abgeschafft. Nach 299 Jahren erlosch das blutige Erbe der Henker von Hall.

Der Anfang und das Ende des Romans basieren auf wahren Begebenheiten in der Tiroler Henkersgeschichte.

Am 17. März 1690 wurde der Haller Münzwardein Johann Voglsanger hingerichtet und als erste Leiche an der Universität Innsbruck seziert.

Das Mirakel beim Rädern ereignete sich 1663. Ein Zeitzeuge berichtet:

»Thomas Hanns, von Hall in Tirol gebürtig, ist seiner schweren Verbrechen halber im Pustertal auf dem Schloss Heinsfels festgesetzt und durch das Rad den 27. Juli 1663 zu sterben verdammt worden. Für seinen geistlichen Beistand hatte sich aus Luggau eingefunden P. Stephanus Maria Pichler, damaliger Prior, der ihn auch zum letzten Kampf mit dem heiligen schwarzen Skapulier bewaffnete. Als hinach der arme Sünden wirklich zu Klettenheim auf der Richtstatt angelangt, hat ihm der Freimann die Kleider bis auf das Hemd und das heilige Skapulier ausgezogen, mit dem Rücken auf die dreischneidigen, mit langen Nägeln angehefteten Zwanghölzer, so einem Rost gleichten, gelegt, Hände und Füße mit starken Stricken ausgespannt und angefangen, die Rad-Stöße zu führen, wobei er dann zwei Stöß auf die Arm und drei auf das mit dem heiligen Skapulier bedeckte Herz gegeben. Aber auf diese ge-

waltigen Stöß ist nichts anders als die Brust ein wenig aufgestoßen. Zu bemerken ist, dass der Freimann, dem Hanns geschwinder das Leben zu nehmen, unter dessen Herz einen dicken eisernen Nagel gelegt hat, der gleichwohl ungeachtet der gewaltigen Stöße nicht durchgegangen ist. Daher hat der Scharfrichter auf die unteren Glieder die noch übrigen sechs Stöß mit Hilfe seines Sohnes, eines starken und frischen Mannes vollbracht. Aber das mit einem dreispitzigen, handbreit-schneidigen Eisen beschlagene und auf das Schienbein niedergestoßene Rad ist jedes Mal ohne Verletzung zurückgeprellt. Indem nun kein einziges Zeichen des Todes gesehen worden, hat der Herr Landrichter den Freimann befragt, ob er vollbracht, was das Urteil und Recht vermag.

Dieser antwortete: ihm sei es sattsam bekannt, was in dergleichen Umständen vorzukehren sei: und legte den noch lebenden Thomas auf ein anderes Rad, flocht die Glieder ein, setzten ihn also erhoben auf einen Pfahl aus und reiste hernach aus Verdruss von Klettenheim ab, dem endlich auch das anwesende Volk von dem Richtplatz folgte. Indessen begab sich Honoratus Maria Frizlar, ein Laienbruder unseres Ordens und Mitgespann des P. Prior, aus innerlichem Antrieb eilfertig nach Klettenheim, eine Hacke, Bett und Trage abzuholen, nahm sodann den Thomas von dem Rad und brachte ihn unter Obdach, der, auf die Frage des P. Prior, wie er sich befinde, nicht anders als einen unbeschreiblichen Durst und Schmerzen, welche das Einschneiden der Stricke in das Fleisch verursachten, klagte. Hinach wurden Wund-Ärzte gerufen, und die gestoßenen Glieder besichtigt, nichts anderes aber gefunden, als einige kleine Geschwülste und das linke Schienbein gebrochen, welches sie leicht und bald zu heilen versprachen.«

(aus: Heinz Moser, »Die Scharfrichter von Tirol«)

Der Gerichtete wurde in Gewahrsam genommen, der Henker befragt. Man wollte nicht glauben, dass Gottes Wille geschehen war. Doch am Ende entschied die Regierung, dem Volk sein Wunder zu lassen.